KB271772

돈 빌려
드립니다

FUSION FANTASTIC STORY
The N 장편 소설

돈 빌려
드립니다

FUSION FANTASTIC STORY
The N 장편 소설

돈 빌려 드립니다 1

The N 장편 소설

초판 1쇄 찍은 날 § 2012년 1월 6일
초판 1쇄 펴낸 날 § 2012년 1월 13일

지은이 § The N
펴낸이 § 서경석

편집부장 § 권태완
편집책임 § 박우진

펴낸곳 § 도서출판 청어람
등록번호 § 제1081-1-89호
등록일자 § 1999. 5. 31
어람번호 § 제1-1319호

주소 § 경기도 부천시 원미구 심곡2동 163-2 서경B/D 3F (우) 420-822
전화 § 032-656-4452 팩스 § 032-656-4453
http://www.chungeoram.com
E-mail § chungeoram@chungeoram.com

ⓒ The N, 2012

ISBN 978-89-251-2738-5 04810
ISBN 978-89-251-2737-8 (세트)

돈 빌려 드립니다

1

FUSION FANTASTIC STORY

The N 장편 소설

THE LOAN FOR JUSTICE

CONTENTS

"이 개새끼야!"

쨍! 하고 칼이 나뒹굴었다. 그리고 뒤이어 둔탁한 소리가 났다. 한 남자가 허리를 숙이고 컥컥댔다. 검은 옷의 남자가 허리를 숙인 남자를 마치 도살장으로 돼지 끌고 가듯 질질 끌어다 구석으로 집어 던졌다. 끌려간 남자는 벽에 부딪쳐 고통스런 신음을 내뱉었다.

"빌린 돈은 못 갚을망정 어디서 칼부림이야! 죽을래?"

쓰러진 남자가 자조적으로 웃었다. 그의 눈가에 광기가 스쳐 지나갔다.

"크하하하! 그 돈, 어차피 갚을 수 없잖아, 씨발 놈들아! 갚으려고 해도 네놈들이 안 받잖아!"

"하하하! 이 개새끼 봐라?"

검은 옷 남자가 쓰러진 남자의 배에 우악스런 발길질을 했다.

"억!"

남자가 배가 쑥 꺼지는 고통에 허리를 숙이자, 다른 건달이 그의 등에 팔꿈치를 찍은 뒤 쓰러지려는 남자의 얼굴을 무릎으로 쳐 다시 일으켜 세웠다. 남자가 꺽 소리를 내며 고통을 토해내자 피와 함께 이빨 하나가 툭 떨어졌다.

한동안 일방적인 폭행이 이어졌다. 그리고 건달이 힘에 겨워 그만두자 남자는 기다렸다는 듯 건달에게 주먹을 휘둘렀다. 하지만 너무나 많이 맞은 까닭일까? 주먹은 힘없이 허공을 갈랐다.

"빌어먹을 새끼들아……."

"그렇게 처맞고도 혓바닥은 잘 굴러가나 보다? 동수야, 저 새끼 칼 가져와."

건달이 남자를 때렸다. 남자가 털썩 쓰러졌다. 뒤로 다른 건달이 아까 전에 남자가 휘둘렀던 칼을 들고 왔다.

"이거 보이냐? 네가 방금 나한테 칼빵하려던 거야."

건달이 위협적으로 남자의 눈에 칼을 휙 찔렀다. 남자가 짧은 비명을 지르며 고개를 돌렸다.

"이게 그 칼이라고. 안 보이냐? 제대로 봐야 할 거 아냐."

건달이 고개 돌린 남자의 볼을 양손으로 붙잡고 세게 눌렀다. 남자가 억, 억 소리를 내며 입을 열자 건달은 남자 이 사이에 칼을 꽂았다. 찌걱 소리가 나며 이빨이 벌어지자 남자가 비명을 내질렀다.

"아까처럼 씨부려 봐라. 응? 잘 안 들려, 이 자식아!"

남자가 도리질을 쳤다. 건달의 눈에 광기가 스쳐 지나갔다. 그리고 그의 손이 움직이려는 찰나 뒤에서 담배를 피우며 지켜보기만 하던 건달이 입을 열었다.

"그만해라. 애 죽겠다."

"형님, 하지만 이 새끼가 저한테……."

"그래서? 네가 언제부터 나한테 그렇게 말대답을 했냐?"

"죄송합니다."

칼 든 건달은 고개를 푹 숙이고 물러섰다.

"이은수 씨, 이제 좀 정신이 드쇼? 나 곽수요."

곽수가 그렇게 말하며 담배 연기를 은수의 얼굴에 내뿜자, 은수가 고통스러운 듯 쿨럭였다.

"왜, 싫소? 이러기 싫었으면 더러운 돈은 건드리지 마셨어야지."

"살려줘……."

은수는 얼이 나가기라도 한 듯 다 죽어가는 눈으로 그에게 말했다. 그러자 그는 은수를 바라보더니 픽 웃었다.

"괜한 걱정하고 계시는구만. 걱정 마쇼. 안 죽이니까."

잠깐이나마 은수의 얼굴에 안도감이 스쳐 지나갔다.

"일단 오늘은."

물론 저 말이 나오기 전까지. 은수의 얼굴이 삽시간에 절망으로 물들었다.

"뭐 그런 표정 지으쇼? 기뻐해야 되지 않겠소? 일단 오늘은 안 죽으니 말이오."

곽수는 인생 뭐 그리 힘겹게 사느냐는 표정으로 은수의 지갑을 빼앗아 카드를 모두 꺼냈다.

"비밀번호 뭐요?"

은수는 그런 그를 멍하니 보고 있다가 도리질 쳤다.

"그 돈은 안 돼."

곽수는 은수의 거절에 기분이 퍽 상했던 건지 담배를 그의 눈가에 가져다 댔다. 은수는 눈앞으로 커다란 불씨가 다가오자 겁에 질려 눈을 감았다.

"이은수 씨, 나는 그렇게 인내심이 많은 사람이 아니니 참고하쇼."

"안 돼! 그 안엔 중요한 돈이 들어 있어!"

"지 돈은 소중하고 남 돈은 안 소중한가? 참 웃기는 논리로구만. 비밀번호나 말하쇼."

"닥쳐!"

곽수가 한숨을 푹 내뱉곤 은수의 눈꺼풀을 담뱃불로 지졌다. 은수가 한동안 고통에 몸부림쳤다.

"눈꺼풀은 얇아서 금방 뚫릴 텐데? 실명되고 싶소? 서로 좋게 좋게 빨리 끝냅시다."

곽수는 은수의 비명을 배경음 삼아 말했다.

"1932! 1932! 그만해, 그만! 제발 그만해……."

곽수는 비밀번호를 들은 것에 만족했는지 다 꺼져 버린 담배를 집어 던져 버리곤 '가자'라는 말만 남기고 사라졌다.

건달들이 사라지자 은수는 바닥에 주저앉아 잠시 숨을 고른 뒤 떨리는 손길로 자신의 이빨을 찾아 주머니에 넣었다. 그런 다음엔 쓰레기마냥 널브러져 있던 지갑을 주워 펼쳤다. 안에는 아무것도 남아 있질 않았다.

"흐어……."

마치 폐가 통째로 뽑혀져 나올 것만 같은 한숨. 이후 그는 자리에 그대로 주저앉아 멍하니 있다가 문득 뒷골목에 누가 뱉어놓은 토사물을 쳐다보곤 꼴사납게 엉엉 울었다. 그리고 나서야 분이 다 풀렸는지 몸을 추스르고 골목길 밖으로 나갔다.

그는 커다란 대로 위를 시체처럼 걸었다. 그러다 갑자기 멈춰 서서 하늘을 쳐다봤다. 인간들이 쌓아 올린 커다란 콘크리트 탑만 보일 뿐 별은 보이지 않았다. 그래도 그는 아주 자그마한 희망을 좇듯 별을 찾았지만 끝내 찾을 수 없었다.

은수의 볼에 눈물이 흘렀다. 그러다 무슨 생각인지 갑자기 가까운 빌딩으로 들어가 계단을 오르기 시작했다. 그리고 옥상 문을 열고 느릿느릿 걸어 하늘을 향해 뛰었다.

남자가 떨어졌다.

몇몇 사람은 그를 발견하고 비명을 질렀지만, 이미 뛰어내린 사람을 구제할 도리는 없었다. 남자는 빠른 속도로 땅을 향해 돌진했고, 머지않아,

픽!

Chapter 01

돈빌려 드립니다

아팠다.

온몸이 마치 만두 뭉개지듯 터져 버린 것만 같았다. 하지만 그 고통은 잠시뿐이었다. 그다음엔 온몸이 하늘에 붕 뜨기라도 한 양 편안했다. 남자, 아니, 은수는 흐릿한 의식 속에서 이게 죽음이구나 하고 느꼈다.

그는 그 몽롱한 기분 속에서 눈을 떴다. 처음 느낀 건 눈부신 빛이었다.

“아⋯⋯.”

눈이 따가워 실눈을 뜨고 빛에 익숙해지길 5초. 눈이 진정되자 은수는 멍한 얼굴로 주변을 살폈다.

바람이 불면 당장에라도 기분 좋게 날아가 버릴 것만 같은 구름 색 벽지에, 은수가 누워 있던 침대 바로 맞은편 위쪽엔 TV가 있고, 왼쪽에 달린 창 밖엔 환자복을 입은 사람들이 산책을 하는 것이 보였다.

'병원? 난… 죽은 게 아니었나.'

문득 그렇게 생각하고 침대 머리맡을 조사하니, 떡하니 이은수 M, 22라고 적힌 푯말이 걸려 있었다.

은수는 잠시 자신이 죽은 건지 산 건지 혼란스러워졌다. 하지만 머지않아 자신의 귀로 직접 뭔가 터지는 소리를 들었던 것이 기억났다. 퍽! 하고 말이다. 은수는 그 기억이 떠오르자 눈살을 찌푸렸다. 자신의 몸이 터져 나가는 소리가 떠올랐는데 기분 좋은 사람이 이 세상 어디에 있겠는가.

은수는 자신이 죽었다고 확신하곤 저승 세계를 살펴봤다. 깨끗한 환경, 현대와 별로 다를 것 없는 건축 방식, 거기다 밖에 있는 사람들도 평범한 인간으로 보인다. 마치 자신이 살던 세계처럼 말이다.

은수는 잠시 멍하니 있다가 그러려니 하기로 했다.

지금은 사람이 우주로도 날아가는 21세기다. 만약 그리스 시대처럼 신들이 정말 하늘 위에 있었다면 그들도 인간들에게 맞춰 더 먼 곳으로 이사를 갔겠지. 그리고 현세가 이렇게 발전하는데 사후 세계의 기술이 중세로 쭉 멈춰 있어야 한다는 선입견도 코미디다.

은수는 시범 삼아 몸을 움직여 봤다. 몸은 마치 오랫동안 정비하지 않은 관절 인형처럼 뻐근했고, 목소리는 잠겨서 잘 나오지 않았다.

"커흠, 커흠."

은수가 몸과 목을 풀고 있으니 문 여는 소리가 들리며 한 여자가 들어왔다. 그녀는 간호사 복장을 하고 있었다.

"일어나셨네요."

"아, 네."

여자는 친절한 표정을 지으며 은수에게 다가와 익숙한 손길로 혈압을 재기 시작했다.

"몸은 좀 어때요?"

"괜찮아요. 근데 좀 뻐근하네요."

은수는 뭔가 묻고 싶은 말이 있었지만, 자신의 일에 집중하는 여자만 멍하니 보다 타이밍을 놓쳐 버렸다. 여자는 은수의 혈압을 다 재고 이어서 체온을 쟀다.

"정상이에요."

그녀는 그 후 은수 머리맡에 있는 기계 상지 버튼을 눌러 은수의 의식이 돌아왔다고 말했다. 그러자 머지않아 의사 가운을 걸친 남자가 들어왔다. 쥐를 닮은 얼굴이 매우 인상적인 남자였다.

"아프신 곳은 없습니까?"

남자는 은수의 신상 정보를 훑어보며 말했다. 그러자 은수는 짧게 ‘네’ 라고 대답하곤 여자와 남자를 번갈아 봤다.

꽤나 현대식 복장을 한 것이 어째 진짜 의사랑 간호사 같다. 은수는 속으로 이곳은 금방 죽은 사람들을 위한 재활치료소 같은 곳일까 하는 망상을 해봤지만, 어째 짙은 현실 냄새는 날아갈 줄 모르고 은수 주변을 계속 맴돌았다.

결국 은수가 호기심을 이기지 못하고 물었다.

“아, 네. 근데… 저 죽은 거 맞죠?”

그러자 남자는 파일을 넘기던 손을 멈추곤 은수를 쳐다보곤 픽 웃었다.

“원래대로면 죽어야죠. 20층 빌딩에서 맨몸으로 뛰어내리면 대부분은 죽습니다. 아니, 그게 정상이죠.”

“그래서 죽었잖아요?”

“아뇨. 이은수 씨는 죽지 않으셨습니다.”

“네?”

은수가 이해할 수 없다는 듯 되묻자 의사 가운을 입은 사후 세계 남자, 아니, 의사는 어이없다는 표정을 지었다.

“이은수 씨는 빌딩에서 뛰어내렸지만 죽지 않으셨습니다.”

은수는 혼란스러워졌다. 의사 말대로 상식적으로 생각해 봤을 때 빌딩 위에서 투신하면 아주 처참하게 터져 죽는다. 그런데 살아 있다니? 은수는 순간 정신이 아득해졌다.

‘모두 꿈인 거야?’

그는 옅어지는 정신 속에서 혀로 앞니를 훑었다. 그러자 화끈한 통각이 아득해져 있던 정신을 거칠게 뒤흔들어 깨웠다. 분명 꿈은 아니었다.

"그게 가능해요?"

"불가능하죠. 의사 생활 30년에 당신 같은 환자는 처음 봅니다."

은수는 잠시 머리를 세게 맞은 듯 멍하니 있다가 물었다.

"그럼 처음 일어났을 때 목소리도 잘 나오지 않고 몸도 뻐근했던 건 뭐죠? 제가 죽었다 다시 깨어나서 그런 것 아니었나요?"

그러자 간호사가 웃음 참는 얼굴로 은수가 2일 동안 정신을 잃고 있었기 때문이라고 귀띔해 줬다.

'오랫동안 누워 있었네. 근데 2일? 잠깐만… 2일?

몸에 배어 있는 소시민 정신 때문일까? 은수는 자신이 2일 동안이나 정신을 잃었다는 것보다, 2일 동안 입원해 있었다는 사실에 더 놀랐다. 그는 시사나 정치에 대해서 잘은 모르지만, 얼마 전 통과된 어떤 법률 때문에 병원비가 살인적으로 높아졌다는 것을 어렴풋 알고 있었다.

"저 퇴원할게요!"

"그래도 혹시 모르니 더 검사를 받아보시는 게 어떻습니까?"

"저 돈 없어요! 당장 퇴원할게요! 2일 동안 치료 받은 돈은 어떻게 해서라도 갚을 테니⋯⋯!"

의사는 조용히 듣다가 안경을 고쳐 쓰곤 은수의 말을 잘랐다.

"말씀하는데 죄송합니다만, 병원비는 이미 보호자 분께서 완납하셨습니다."

"보호자요?"

은수는 보호자라는 말에 잠시 멍해졌다.

"전 고아인데요?"

반백 머리에 두꺼운 뿔테 안경을 쓴 남자가 병실 문을 원수라도 되는 양 드세게 열어젖히며 들어왔다.

"은수야! 괜찮니? 어디 아픈 곳은 없고?"

"아, 선생님? 네, 아픈 곳은 없어요."

중년 남자는 아픈 곳 없다는 은수의 말에 다행이라는 듯 한숨을 내쉬곤 그의 손을 꽉 잡았다.

"다행이다. 다행이야, 이 녀석아!"

"죄송합니다."

"죄송한 건 알아?"

"네⋯⋯."

"졸업하고 나서 일 열심히 하면서 산다고 들었는데 갑자기 자살이라니? 심장이 눈에서 튀어나오는 줄 알았잖아!"

은수는 연신 죄송하다며 고개를 꾸벅 숙였다.

중년 남자의 이름은 오한필. 은수의 철없던 고등학교 시절, 잡아주는 사람 하나 없어 범죄의 길로 빠지려던 은수를 꽉 잡아준 사람이다.

한필은 고개를 숙이는 은수를 씁쓸하게 쳐다보다가 한숨을 내뱉었다.

"많이 야위었구나. 밥은 먹고 다니냐?"

그러고 보니 일어나고 나서 아무것도 먹지 않았다. 은수가 쑥스럽다는 듯 웃자, 한필은 가져온 종이 가방에서 도시락을 꺼내 침대 탁자 위에 올렸다.

"이게 뭐예요?"

"죽이다."

"죽요?"

"그래, 죽. 안 먹을 테냐?"

은수가 황급히 고개를 저으며 아니라고 말했다. 그러자 한필은 은수가 닭을 굉장히 좋아하는 것을 알고 있어 닭을 사 올까 했지만, 아무래도 환자다 보니 죽이 나을 것 같아 죽으로 했다고 덧붙였다.

"그동안엔 어떻게 지냈냐?"

"잘 지냈어요. 일도 열심히 했고요. 월세지만 제 집도 구했죠."

"그래, 일자리는?"

은수가 죽을 떠 호호 불었다.

“아침엔 편의점에서 일하고 저녁땐 닭 배달을 했어요. 그리고 요즘엔 새벽에 찜질방 청소도 했고요.”

“일을 세 개나 해?”

순간 한필의 눈이 가늘어졌다.

“그럼 잠은?”

“찜질방 청소 최대한 일찍 끝내고 쪽잠 자야죠.”

은수는 저런 일들을 마치 어제 먹은 저녁 반찬 중에 뭐가 맛있더라 하는 식으로 얘기했다. 한필은 그런 얘기를 들으며 굉장히 화난 표정을 지었지만, 은수는 그런 한필을 보지 못하고 죽을 떠먹으며 맛있다고 말했다.

한필은 그 얘기를 듣곤 죽을 떠 후후 불고 있는 은수에게 말했다.

“도대체 왜 뛰어내린 거냐?”

그러자 수저를 움직이던 은수의 손이 멈췄다.

“하하하, 뭐…….”

“뭐?”

은수는 말하고 싶지 않아 말꼬리를 길게 뺐지만, 한필은 꼭 들어야겠다는 듯 그 꼬리를 길게 물고 늘어졌다.

“그냥요.”

“그냥? 잘살던 사람이 그냥 빌딩에서 뛰어내려? 솔직히 말해봐라. 너, 무슨 짓했어?”

은수의 얼굴에 그림자가 드리워졌다. 한필은 은수의 얼굴을 곁눈질로 살폈다. 왼쪽 눈꺼풀엔 새끼손톱만 한 딱지가 얹어 있고, 오른쪽 볼은 멍들고 부어 있다. 한필도 학생들이 싸우는 것을 자주 봐서 안다. 저건 누군가에게 심하게 맞아야 생기는 상처다.

"아무 짓도 안 했어요."

"돈 때문이냐?"

"돈 때문인 거 아니에요."

한필은 좋지 않은 예감이 들었다.

"그럼 왜 일을 세 개나 했어?"

"…헤헤."

한필이 언성을 높였다.

"웃지 마, 이 자식아! 왜 일을 세 개나 했냐고 묻잖아!"

은수가 얘기하기 싫다는 듯 고개를 돌렸다.

"사채 썼어요."

"사채를? 왜?"

"친구가 저 때문에 다쳤어요. 수술 안 하면 식물인간이 된대요. 그래서 사채를 썼어요. 걔는 가족도 있는데 아프면 안 되잖아요."

한필이 한숨을 내뱉었다.

"얼마나 썼냐?"

"3,000요."

"이런… 병신 같은 자식아!"

한필은 손을 들어 은수를 때리려다 한숨을 푹 내쉬곤 양손으로 얼굴을 쓸어내렸다.

"너 정신이 있는 거야, 없는 거야? 너 그쪽에서 똘마니 짓 해봐서 이자 얼마나 센지 알잖아! 근데도 그딴 짓을 해!?"

은수가 고개를 푹 숙였다.

"하지만 친구가……."

"그거 동일이 놈 얘기냐?"

"예."

"일 생기면 나한테 얘기하랬잖아! 내가 최대한 도와준다고! 근데 왜 전화 안 했어!"

은수는 마치 꿀 먹은 벙어리마냥 입을 꾹 다물었다.

사실 한필의 말이 빈말이 아니라는 것 정도는 자신이 제일 잘 알고 있다. 아마 은수가 도움을 청했다면 그는 당장에라도 발 벗고 뛰어와 자신의 일처럼 도와줬겠지. 한필은 그런 남자였다. 곤란에 처한 사람이 있으면 절대 내버려 두지 못하는 사람. 은수는 그렇기에 더욱 도움을 청할 수 없었다.

"그래서 이자는 얼마냐?"

"월 10부요."

월 10%. 한 달 이자가 300만 원이란 얘기다. 거기다 사채 특성상 한 달이라도 밀리면 그 300만 원은 다시 원금에 합산돼서 이자로 돌아온다.

한필이 얘기했듯 은수도 그런 이자 계산법을 알고 있었지만 어떻게든 열심히 일하면 돈을 갚을 수 있을 거라고 생각했다. 그래서 하나만 하던 일을 두 개로 늘리고, 나중엔 세 개까지 늘렸다. 그렇게 해서 한 달에 번 돈이 약 400만 원. 그리고 거기서 세금 및 월세 등 기타 잡비를 빼고 나니 남는 돈이 350만 원이었다.

은수는 그 돈으로 한 달 이자를 갚고 원금은 50만 원씩이라도 조금씩 갚아 나가려고 했는데 그들은 원금이 불어날 때까지 돈을 받아주지 않았다.

그렇게 석 달이 지나자 원금은 4,000만 원까지 불어났다. 그리고 그때부터 은수가 벌 수 있는 돈보다 이자가 더 많아지기 시작했다.

은수는 찾아가서 따졌다. 왜 돈을 받아주지 않느냐고. 하지만 그 답으로 주먹이 날아왔다. 그리고 그때 깨달았다. 이 녀석들은 애초에 돈을 받을 생각이 없었다고.

그래도 조폭들이 은수를 구타하고 돈을 빼앗아 갈 때까진 괜찮았다. 어떻게 해서든 조금 더 돈을 많이 주는 일자리를 찾으면 되니까. 하지만 뛰어내렸던 그날 밤, 건달의 말을 듣고 은수는 확신했다.

이자들은 자신에게 다른 것을 기대하고 있다고 말이다.

은수는 안 좋은 기억이 떠올랐는지 얼굴을 찌푸렸다.

"너, 그래서 이제 어떻게 할래?"

"모르겠어요."

한필이 한숨을 내쉬었다. 하긴, 살아남을 방법을 찾지 못해 자살 기도한 사람한테 이런 질문 하는 것도 우습다.

"내일 불법 사채 신고하자."

"네?

"신고 말야, 신고."

은수가 눈동자가 휘둥그레졌다.

"신고요?"

"그래. 내 친구 중에 잘난 변호사 나리 한 마리 있다. 그 녀석 데려올 테니까 같이 가자."

"괜찮습니다, 선생님."

그러자 한필이 우악스레 그를 노려봤다.

"뭐가 괜찮아, 이 새끼야!? 그러다 너 진짜 죽어! 그냥 신고하고, 선생님이 어디 시골에 농가 하나 소개시켜 줄 테니까 거기서 일이나 하면서 조용히 있어. 알겠어?"

은수는 한필의 기세에 눌려 어쩔 수 없이 알겠다고 대답했다. 한필은 이후 좀 더 있다가 그 변호사 친구라는 사람 전화를 받고 밖으로 나갔다.

그날 밤.

은수는 뻐근한 몸을 이끌고 간호사실로 향했다.

"퇴원하고 싶습니다."

간호사는 은수의 정보를 물었고, 은수는 그에 대답했다. 간호사가 말했다.

"이은수고, 지금 1504호에 있습니다."

"예. 아직까지 아무런 진료를 받지 않으셨네요. 근데 내일 엑스레이랑 CT 검사 예약 있는데 괜찮으시겠어요? 이미 완납하신 건데."

아마 오한필이 해놓은 것이리라. 은수는 한필의 돈을 헛되게 하고 싶진 않았지만, 어쩔 수 없이 퇴원 수속을 밟겠다고 했다. 이곳에 오래 있으면 건달들이 냄새를 맡고 찾아올지도 몰랐다.

"음, 네. 그럼 내일 아침 9시쯤에 가능하니까 그때 1층으로 내려가 보세요. 예약해 드리겠습니다."

"지금은 안 되나요?"

"네."

다시 병실로 돌아왔다.

'내일 아침은 너무 늦어. 말했으니 알아서 처리하겠지.'

그는 주변에서 종이와 펜을 찾아 적었다.

전 퇴원하겠습니다. 선생님, 죄송합니다. 이 못난 제자는 선생님까지 끌어들이고 싶지 않습니다. 모두 저 혼자 책임지겠습니다.

그는 펜을 내려놓은 뒤 자신의 초라한 짐들을 챙겼다. 비어 있는 지갑, 꺼진 핸드폰, 그리고 응급실에 실려 왔을 때 찢긴 옷 조각이 다였다.

'안 그래도 세 벌밖에 없는 옷인데……'

은수는 애써 수선하면 어떻게든 다시 쓸 수 있을 거라고 자위하며 널브러져 있던 옷들을 잘 묶어 어깨에 멨다. 그리곤 간호사의 눈을 피해 병원 밖으로 나왔다. 딱히 그를 막아서는 사람은 없었다.

신고. 사실 그도 불법 사채 신고에 대해 생각해 봤다.

한국엔 법정 최고 이자를 넘는 사채는 무효이며 채무 관계 일체가 소멸된다는 법이 있다. 쉽게 말해 법에 적힌 최고 이자를 넘길 경우, 돈을 갚지 않아도 된단 얘기다. 그리고 이런 불법 이자에 시달리고 있는 사람은 신고를 통해 채무를 무효화할 수 있다.

이 얼마나 좋은 법인가?

하지만 잠시 생각해 보자.

저 법대로라면 불법 채무는 모두 무효다. 근데 어째서 불법 사채가 이렇게나 많을까? 추론해 보면 간단했다. 사채업자들도 저 법망을 피해갈 방법을 가지고 있다. 그러지 않고서야 어떻게 당당히 불법 사채를 할까. 그리고 그 방법이라는 것은 의외로 굉장히 간단했다.

고소한 자를 없애면 된다.

물론 불법 사채는 친고죄(신고하지 아니하면 처벌받지 않는

죄)가 아니므로 기소 중 고소자가 실종된다 해도 그 죄의 위법성 자체가 사라지는 것은 아니기에 여전히 처벌받아 마땅하다. 그러므로 경찰들은 고소자의 실종 여부에 상관없이 수사를 해야 하지만, 슬프게도 한국 경찰들은 이해 당사자가 사라진 사건까지 전부 다 처리해 줄 정도로 손이 남아돌지 않는다.

한국 경찰은 너무 적고 고통 받는 사람은 너무나 많지 않은가? 예컨대 새벽에 전화해서 집 데려다 달라는 길 잃은 취객 같은 사람들처럼 말이다.

게다가 덤으로 충격적인 얘기 하나를 더 얹자면,

경찰과 암흑가 간에 테이블 밑으로 오가는 돈도 있기에 정말 큰 건이 아니면 서로 건들지 않고 쉬쉬하며 넘어가는 게 불문율이다.

은수는 저 얘기를 경찰서에서 직접 들었다. 덜덜 떨리는 손으로 고소장을 적고 있으니 늙은 경찰 하나가 조심스레 다가와 '젊은 나이라 내가 그냥 둘 수 없어서 말하는데…' 로 시작하는 말로 말이다.

결론적으로 은수 같은 하층민에겐 법보다 주먹이 훨씬 가깝단 얘기였다.

법적으로 도움의 손길을 뻗으면 그 손길이 채 닿기도 전에 건달의 칼이 먼저 날아온다. 그건 다른 사람에게 부탁해도 마찬가지다. 그가 지금 누군가에게 도움의 손길을 내밀면 그것은 같이 죽자고 뛰어드는 것과 같다.

결국 모든 책임은 혼자 짊어져야 할 수밖에 없다.

"에휴."

그래도 후회는 없었다. 자기 때문에 다친 친구를 위한 돈이었으니까. 다시 원상태로 돌려주진 못하더라도 저승길 담보로 이 정돈 해줘야 한다고 생각했다.

은수는 다리가 뻐근해 택시를 탈까 했지만 지갑이 텅텅 비어 어쩔 수 없이 그냥 걷기로 했다.

약 세 시간 정도 걷자 집에 도착했다. 낡고 허름하지만 그리운 집. 그는 속으로 똥구덩이라도 역시 집이 최고라며 문을 열려는 순간, 평소와 다른 이질감에 멈칫거렸다.

'창문이 깨졌다.'

그리고 깨져 버린 창문 옆으로 누군가 붙여 놓은 종이 한 장이 보였다.

다음에도 없는 척하면 죽여 버린다.

금방이라도 분노가 흘러나올 것만 같은 필체. 은수는 당장 그 종이를 떼어버린 뒤 문을 열고, 아니, 연다는 표현은 옳지 않겠다. 문고리가 박살 나 있었으니까. 문을 밀고 시체 같은 걸음으로 방 안으로 들어갔다.

가로등 빛은커녕 달빛조차 닿지 않는 중세시대 지하 감옥 같은 단칸방. 전등 스위치를 켰지만 불은 들어오지 않았다. 아마 전기가 끊긴 것이리라. 은수는 익숙한 손길로 신발장에서 전등을 꺼내 켜 깨진 유리 파편을 치운 뒤 그 자리에 누워 바로 잠을 청했다.

마음 같아선 씻고 옷을 갈아입고 싶었지만 몸이 너무나 피곤했다.

그리고 다음날 아침은 조금 과격하게 시작됐다.

"잘 잤냐, 이 새끼야?"

거친 욕설과 함께 뾰족한 구둣발이 뱃속으로 쑥 들어왔다.

"컥!"

"미친 새끼야! 돈 내놔!"

이번엔 머리가 울렸다. 은수는 그 충격에 그제야 빚쟁이들이 들이닥쳤다는 것을 깨닫곤 몸을 웅크렸다.

"병원 갈 돈은 있고 우리 줄 돈은 없냐? 돈이 없으면 네 장기라도 뜯어서 갚으란 말야!"

그들은 마지 은수가 제 부모님 원수라도 되는 것처럼 때렸다. 방 안엔 한동안 고기 때리는 소리만 울렸다. 빚쟁이들은 은수를 흠신 두들겨 팬 뒤 돌아서며 그의 머리 위에 가래침을 뱉었다.

은수는 몸을 웅크린 채로 상처 입은 짐승마냥 헐떡이며 밖으로 나가는 빚쟁이들의 구두를 쳐다봤다. 은수가 그렇게 문

밖을 쳐다보고 있자니, 문 사이로 중년 여자가 불쑥 나타났다.

"괜찮아? 큰 소리가 나던데……."

주인집 여자였다. 집세가 몇 달 밀려도 꾹 참아주던 친절한 사람. 하지만 지금 그녀의 눈엔 난처함이 가득했다.

"아, 피나네. 기다려!"

그녀는 잠시 후 구급상자를 가져와 은수의 피를 닦은 뒤 소독해 줬다.

"한동안 안 보이던데, 어디 갔었어?"

"병원에요."

"병원에는 왜?"

"그냥요."

"그렇구나."

여자는 잠시 안됐다는 듯 침묵했지만 금방 원하던 말을 꺼냈다.

"있지, 은수 씨."

"예."

"미안한데… 방 좀 빼줘."

"아……."

하긴 일주일에 한 번 꼴로 건달들이 나타나서 행패를 부려대니 주인집도 곤란하겠지.

"네……."

"미안해, 은수 씨. 나도 먹고살아야지. 우리 은하 이제 대학 들어간단 말이야. 돈이 필요해. 이해해 줘."

은수는 한숨을 내쉬곤 아니라고 말했다.

"짐은 최대한 빨리 빼볼게요."

"응."

여자가 나가자 은수는 혼자 남아 한숨을 쉬었다.

"씨발."

은수는 멍하니 자신의 손을 내려다봤다. 자신의 손인데도 마치 남의 손 같았다.

너무나도 큰 좌절을 경험했기 때문일까. 현실 감각이 옅어졌다. 마치 자신이 자신이 아닌 것 같은 묘한 느낌. 분명 자신을 보는 것이 분명한데도 마치 남을 보는 것 같았다. 그리고 그 느낌은 자신이 마치 달관이라도 한 것처럼 느껴져 모든 것에 무관심하게 만들었다.

'그래, 어떻게 되든 무슨 상관이야.'

어차피 죽으면 다 끝나는데.

달콤한 유혹.

그래, 그날도 이랬다. 득달같이 쫓아온 빚쟁이들에게 도망가다 잡혀 흠씬 두들겨 맞았다. 어떻게 저항을 해보려 칼을 꺼내 위협해 봤지만, 도리어 그 칼로 죽을 뻔했다. 거기다 카드까지 빼앗겨 전 재산도 날렸다.

그때 처음 느껴본 감정이었다.

어차피 죽으면 다 끝나는데 하는 기분.

그 감정은 정말 몽롱하고 달콤했다. 마치 마약이라도 한 것처럼, 뇌가 하얗게 녹아내린 것 같았다. 그리고 그 몽롱한 기분에서 다시 현실로 돌아왔을 땐 그는 이미 하늘을 날아오르고 있었다.

'꽤 높았지.'

자신이 직접 올라갔으니 그 정돈 기억났다. 그리고 그에 이어 의사가 했던 말이 떠올랐다. 상식적으로 죽어야 정상이라는 말. 근데 왜 자신은 살아 있는 걸까.

그는 손바닥만 한 거울로 몸을 살펴봤다. 하지만 빚쟁이들에게 맞아서 난 상처 빼곤 아무것도 없었다.

은수는 그 상처들을 바라보고 있자니 왠지 짜증이 밀려 나와 거울을 집어 던져 버렸다.

쨍!

날카로운 소리가 방 안에 튀었다.

은수가 상처 입은 짐승처럼 웅크렸다.

세상이 싫었다. 아무리 일해도 빚은 줄어들지 않고, 물가는 계속 오르고, 정치판은 항상 시끄럽다.

그는 언젠가 읽었던 국사책이 생각났다. 언제나 결론은 농민의 생활이 어려워졌다던 그 책.

우습지 않는가?

농민의 생활이 어려워졌다.

서민의 생활이 어려워졌다.

'도대체 지금이 그때랑 뭐가 달라.'

그는 문득 자신의 목에 보이지 않는 쇠사슬이 걸려 있는 것 같다고 느꼈다.

이건 멍에다. 벗을 수 없는 멍에. 아무리 벗고 싶어도 목을 잘라내기 전까진 절대 벗을 수 없다.

은수는 문득 무능하기 그지없는 스스로가 혐오스러워지기 시작했다.

'그래, 내가 벌레처럼 악착같이 살아남아도 변하는 건 아무것도 없어. 차라리 그럴 바엔……'

죽자. 죽으면 모두 다 끝난다.

그는 멍하니 깨져 버린 거울 파편에 비친 눈을 쳐다봤다. 이미 썩어 문드러졌다. 그의 썩은 눈이 싱크대로 향했다. 그리곤 시체처럼 느릿느릿 일어나 싱크대 밑 서랍에서 식칼을 뽑아 들었다.

식칼. 식재료를 써는 칼. 굉장히 날카롭다. 고기도 슥슥 잘라내니 사람 고기도 문제없이 잘라낼 수 있겠지.

그는 식칼을 잡고 목 쪽으로 향했다. 날카로운 칼끝이 목젖을 파고들어 상처를 냈다. 작은 핏방울이 칼끝에 맺혔다.

'그래, 뛰어내리는 것같이 불확실한 것 말고 확실하게 가자.'

하지만 생각과는 다르게 칼끝이 부들부들 떨렸다. 두려웠다. 이 칼을 그대로 밀어 자신의 목을 찌르면 모든 게 끝나는데, 그렇게나 원하던 죽음이 있는데도 손은 움직여지지 않았다.

'아플까?

하지만 아까 빚쟁이가 말한 원금이 떠오르자 떨리던 손이 멈췄다. 다시 한 번 현실 감각이 없어지기 시작했다.

'이제 후회하는 것도, 부정하는 것도 모두 지쳤어.'

달콤한 몽롱함은 그에게 달콤한 죽음을 유혹했다

'죽자.'

손을 당겼다.

[그래, 그게 네가 그렇게 원하던 거야? 기껏 살려놨더니 다시 죽으려는 거? 멋지네.]

아니, 정확하겐 당기려고 했다.

이질적인 목소리만 들려오지 않았다면 말이다.

Chapter 02

그가 당황해하며 주변을 둘러봤지만 아무도 없었다.

[멍청하네. 돌아보는 꼴 하고는.]

"누구야! 당장 나와!"

은수가 깜짝 놀라며 칼을 휘둘렀다. 그러자 목소리는 미친 듯 웃었다.

[카하하하하! 그게 뭐야? 그걸로 날 찌르려고?]

"그, 그래! 난 무서울 게 없어!"

[글쎄다? 그럼 방금 칼 들고 벌벌 떨던 꼬맹이는 누구? 오줌 지릴까 봐 내가 다 안절부절못했어.]

"닥쳐! 죽여 버린다!"

[정말로 한심하구나. 자신을 죽일 용기도 없으면서 남을 죽이겠다고? 아아, 정말 한심하다 못해 토 나오는 녀석이네. 나도 지쳤어. 그만둘래. 그냥 죽어.]

"뭐?"

은수는 어이가 없어졌다, 좀 전에 막은 녀석이 누군데 지금 와서는 그냥 죽으라니? 물론 원래 죽을 생각이긴 했지만 저렇게 들으니 또 이상하게 화가 났다.

"지금 나랑 장난해!? 당장 튀어나와!"

[마음 같아선 나도 그렇게 해서 널 패주고 싶은데 안타깝게 그럴 수가 없거든.]

"그게 무슨 개소리야!"

[이쯤 되면 알 수 있지 않을까 했는데. 너 정말로 구제할 방법이 없을 정도로 바보구나? 네가 빌딩에서 떨어지고도 멀쩡한 이유가 뭔지 궁금하지도 않아?]

"닥쳐! 그딴 거 내가 알 게 뭐… 뭐라고? 잠깐만. 네가 그걸 어떻게 알아?"

[간단해. 그거 내가 했거든.]

"하?"

[얘기가 길어질 것 같은데, 귀찮다. 그냥 죽어. 어차피 죽으려고 했잖아? 죽을 건데 뭘 또 이런 걸 들어.]

"자, 잠깐만. 잠깐!"

은수가 급히 제지하곤 주변을 둘러봤지만, 역시 아무도 보이지 않았다. 은수는 다급해졌다.

"무슨 얘기야? 네가 날 살렸다니! 얘기해 줘!"

[이제 좀 들을 생각이 들었어? 아깐 발정난 개처럼 뿔뿔거리더니 이젠 또 순한 양 같네. 그럼 저승길 가기 전에 아주 조금만 더 인내심을 발휘해서 잘 들어봐.]

그, 아니, 그녀일까? 어쨌든 그것은 자신의 이름이 라피스라는 것을 시작으로 아주 긴 소개를 시작했다.

루핀 대륙, 마법사, 악마들, 차원 이동 등, 한 번도 들어보지 못한 말들이 은수의 머릿속에 울렸다. 은수가 단 한 번도 들어보지 못한 단어들에 벙 쩌 있으니 라피스 혼자서,

[난 그날 판데모니엄에서 마왕과 함께 죽었어. 아니, 정확하겐 난 내가 죽은 줄만 알았지.]

하고 설명을 끝냈다. 은수는 그 말을 다 듣곤 머릿속에서 지울 수 없는 생각 하나를 꺼냈다.

"뭐라는 거야? 너, 사이비지? 아니, 내가 미친 건가?"

[사이비가 뭐야? 난 그런 거 몰라. 네 세계의 지식을 내게 강요하지 마. 그리고 저승길 가기 직전인데 겨우 이 정도 인내심도 못 내? 좀 닥치고 들어!]

라피스가 커다랗게 쏘아붙이자 은수는 머리의 머리가 윙윙 울렸다.

"악!"

[그날 난 부정 마법을 맞았어. 아냐. 지금 생각해 보면 붕괴

나 추방 같기도. 어쨌든 난 굉장히 강력한 것을 맞았고, 내 몸은 산산이 부서졌어.]

라피스는 굉장히 서글픈 말투로 말했다.

[난 그렇게 모든 게 끝날 줄 알았어. 그래도 나름 괜찮다고 생각했지. 비록 사람들에게 억지로 떠밀려 영웅이 된 것이었지만, 어쨌든 난 마왕과 같이 죽음으로써 내 임무를 완수했으니까. 이제 대륙엔 평화가 찾아올 테고, 나도 지친 몸 쉴 수 있으니까. 뭐… 살아서 더 하고 싶은 게 있긴 했지만, 그냥 쉴 수 있다는 것 정도로 만족하기로 했지. 그렇게 포기하려니 누군가의 목소리가 들리더라? 내게 힘이 있었다면, 하고 말야. 그리고 그와 동시에 기묘한 기시감을 느꼈지. 왜, 그런 거 있잖아. 처음 온 길인데 왠지 와본 것 같았던 그런 느낌. 난 몸이 사라져 가는 도중에 그 기시감을 느꼈고, 그 마음에 따라 몸? 영혼? 잘 모르겠다. 어쨌든 그런 것을 움직였어. 그리고 눈을 떠보니까.]

추락하고 있었다.

[처음 느낀 건 굉장한 풍압이었어. 죽기 전 내 육체는 아무런 감각도 느끼지 못했거든. 그래서 굉장히 놀랐어. 그리고 죽을까 봐 엄청 무서웠다고. 떨어지면 아프잖아. 그래서 살렸어. 마술을 좀 부렸지.]

"하아? 마술?"

은수가 어이가 없다는 듯 되물었다. 은수는 속으로 라피스의 말을 믿을 수 없다고 생각했지만, 그런 그의 생각과는 다르게 은수의 몸은 이미 라피스의 말에 집중하고 있었다.

[그래, 마술. 몰라?]

"옷을 순식간에 갈아입거나, 모자에서 비둘기를 꺼내거나, 사람을 사라지게 하는 거 말야?"

라피스는 잠깐 곤란한 침음성을 냈다.

[그래, 후자는 조금 가깝지만… 전자는 할 수 있지만 하진 않아.]

"그럼 그것 외에 뭘 할 수 있는데?"

[잠깐만. 왜 그런 것을 물어? 넌 마술을 몰라? 네 세계엔 마술이 없어?]

"내가 먼저 질문했… 아냐. 그래, 우리 세계 마술은 내가 말한 것 정도야. 그나마 그것도 전부 눈속임뿐이고."

은수는 자신의 질문 우선권을 주장하고 싶었지만, 라피스의 날카로운 목소리에 포기하곤 조곤조곤 설명해 줬다. 그러자 라피스는 어이가 없다는 듯 웃으며 말도 안 된다고 말했다.

[마술은 숨과 같은 건데? 넌 숨 안 쉬고 살 수 있어?]

"아니."

[그래. 우리도 똑같아. 마술을 쓰지 않으면 마나가 계속 육체에 쌓이고, 시간이 지나면 부패돼. 그럼 우리 육체도 그 마나와 같이 썩어가기 시작해.]

"뭐?"

[썩어. 죽는다고. 피부가 주글주글해지고, 뼈가 삭으며, 눈도 나빠지고, 살은 축 늘어져.]

라피스는 끔찍하다는 듯이 얘기했지만 은수는 전혀 이해할 수 없었다. 사람은 누구나 나이가 들면 피부가 주글주글해지고, 뼈가 삭으며, 눈도 나빠지지 않는가?

"너 지금 노화를 얘기하는 거야?"

[노화? 그래. 마나 부패 현상을 그렇게 부르기도 했던 것 같아. 끔찍하지.]

"잠깐만, 그러면 네가 말한 마술인가 마나인가 뭔가를 하면 늙지 않아?"

[그래, 썩지… 아니, 늙지 않아. 이 멍청한 녀석. 대충 말하면 잘 알아들어. 내가 이렇게 단어까지 바꿔줘야 해?]

은수는 라피스가 눈에 보인다면 한 대 때려주고 싶다는 강한 충동이 들었지만, 라피스의 말이 흥미로웠으므로 조금 참아보기로 했다.

[그뿐만이 아냐. 육체 능력도 강화돼. 물론 그렇다고 해서 불사의 몸이 되는 건 아냐. 그저 몸을 갈고닦는 거지. 마치 칼이나 방패에 기름을 발라서 유지, 보수하는 것처럼 말이야. 게다가 마술을 수련하면 늙지 않는 것뿐만 아니라 신체 능력도 강화돼. 힘이 더 세지거나 더 빨라지거나 더 똑똑해지거나 하는 거지.]

"아, 그럼… 내가 그렇게 되면 돈도 벌 수 있어? 난 돈이 필요해."

[돈? 아까 네 얘기를 들어보니 여긴 마술이 없는 모양인데… 만약 그런 세상에서 마나를 다룰 줄 아는 사람이 너 혼자라면 넌 굉장히 특별해지겠지. 그걸로 된 거 아냐? 네가 흥미가 있다면 그 방법을 전수해 줄 순 있어. 그 다음부턴 너 하기 나름이겠지.]

"혹시 마술이란 걸로 사람도 죽일 수 있어?"

은수의 말이 잘 벼린 칼날처럼 섬뜩하게 울렸다.

[네가 원하면.]

"그럼 날 도와줘."

[알겠어. 돕지. 하지만 넌 내게 뭘 줄 거야?]

"나도 너한테 뭔가 줘야 해?"

[당연하지. 너, 머리가 이상한 녀석? 내가 왜 너만 좋을 짓을 해줘?]

"하지만 네 말대로라면 넌 몸이 없잖아. 전부 사라졌다면서."

[아니, 있어. 바로 네 몸.]

은수는 라피스의 말을 듣자 어릴 적 봤던 영화가 생각났다. 영혼을 대가로 힘을… 뭐 그렇고 그런 이야기들 말이다.

"안 돼. 내 몸은 못 줘."

[아니, 그건 또 무슨 개소리야, 지금. 네 몸 너머로 내가 느

낄 수 있다고, 멍청아!]

"어? 몸을 달라는 소리가 아니었어?"

[너 정말 한 대 후려치고 싶을 정도로 멍청하구나? 말 전부 다 들어. 거래 조건은 간단해. 내가 새로운 마술을 만들어내면 네가 그것을 실험해 봐. 그게 내가 원하는 전부야.]

"아, 그럼 난 네가 가르쳐 준 것만 하면 되는 거야?"

[그래. 나쁜 제안은 아니잖아?]

"좋아. 알겠어."

[그전에 이 주변부터 치우자. 너무 산만해.]

라피스가 짜증난다는 듯 중얼거리자, 은수는 아까 라피스가 몸이 없었다고 말한 것이 떠올라 그에게 시각 기관이 있느냐고 물었다.

[당연히 없지. 아까 말했잖아. 너 혹시 바보?]

"근데 어떻게 봐?"

[나도 잘 모르지만 그냥 느껴져. 일단 기본적으로 네 오감은 나와 공유돼. 그리고 추가적인 건 내가 마나를 써서 주변을 직접 감지할 수도 있어.]

"마나?"

[나중에 알려줄게. 일단 치운다. 괜찮겠지?]

"네가? 어떻게?"

[보고 있어. *Mine tagasi algne olek*(원 상태로 돌아가라).]

라피스가 이상한 말을 내뱉자 은수는 갑자기 가슴 안에서 뭔가 요동치는 것을 느꼈다. 심장보다 조금 느린 규칙적인 박동. 은수는 그 박동이 울릴 때마다 마치 온몸에 청량한 무언가가 흐르기라도 하는 것처럼 시원해졌다. 하지만 그 기운은 금세 사라져 버렸고, 이내 가벼운 상실감만 남았다.

라피스가 주문을 마치자 주변에 늘어져 있던 쓰레기들이 마치 원래 없었던 것처럼 알아서 사라졌고, 깨진 유리 조각들은 쓰레기통에서 나와 다시 제자리로 붙었으며, 찌그러진 문고리는 마치 풍선에 공기 들어가듯 원상태로 돌아왔다.

하지만 라피스는 뭐가 잘못됐는지 짧게 침음성을 냈다.

"왜 그래?"

[실수했어. 저번에도 느끼고 같은 실수를 하다니, 둔해졌네.]

라피스는 잠시 생각을 정리하듯 우 소리를 내다가 입을 열었다.

[지금 나도 내가 무슨 상태인지는 정확힌 모르겠지만… 굉장히 불안한 상태야. 아마 내가 육체를 잃은 뒤에 내 영혼이 차원을 넘어서 너에게 빙의해 버린 게 아닐까 추측하고 있어.]

라피스는 한숨을 뱉은 뒤 말을 이었다.

[짧게 말하자면 마법을 사용하면 마나가 들어. 그건 누구나 다 똑같아. 물론 나도. 하지만 조금 다른 게 있다면 난 육체 없이 너한테 들러붙은 상태이기 때문인지 네 육체에 있는 마

나를 사용해. 근데 무슨 이유에선지 모르겠지만 내가 마법을 쓰면 네 마나가 소멸되어 버려.]

"소멸? 소멸되면 어떻게 되는데?"

[다 소멸되면 죽겠지. 마나가 없어진다는 건 곧 수명이 없어진다는 거니까. 어쨌든 그래서 내가 마나를 좀 날려먹었어. 불만이야?]

"딱히. 어차피 죽으려던 몸이야."

[그 자세는 마음에 드네. 어쨌든 미안.]

라피스는 호탕하게 웃어젖혔다.

"근데 그럼 난 어떻게 가르쳐 줄 거야? 네 말대로라면 넌 마법을 못 쓰잖아."

[그거에 대해선 걱정 마. 너 따윈 말로 설명해도 충분하니까.]

은수가 살짝 얼굴을 찌푸렸다. 라피스의 화법은 매우 고압적이었기 때문이다.

"근데 그 설명이랑 연습, 오래 걸려?"

[어. 오랜 시간 동안 방해받지 않을 공간이 필요해. 특히 연습하던 도중 공격이라도 받으면 치명적이야. 그리고 연습 정도에 따라 큰 소란도 날 거야.]

그렇다면 집은 곤란했다. 만약 빚쟁이들이 찾아오면 아까처럼 두들겨 맞을 게 빤하니까.

은수는 문득 자신의 집이 안전하지 않다는 사실에 잠시 슬

퍼졌지만, 이내 이겨내곤 연습할 만한 장소를 물색했다.

서울 시내에서 조용한 곳이 어디가 있을까. 서울에서 사람 없는 곳을 쉽게 찾아낼 순 없었다. 작은 땅덩어리에 인구 천만이 넘는 도시가 서울이다.

'과연 서울에서 조용한 장소가 있긴 할까?

은수는 룸 카페나 모텔 같은 장소들을 생각해 봤지만, 지갑을 열어보자 그곳은 은수에게 외국만큼 먼 곳이라는 것을 깨달았다. 저번에 빚쟁이들에게 통장에 있는 돈까지 모두 탈탈 털려 지갑이 비었다.

결국 은수가 생각해 낸 곳은 산밖에 없었다. 좀 불편하긴 하겠지만, 산이라면 확실히 인적이 드물고 조용했다.

목적지가 결정되자 은수는 망설임없이 발걸음을 옮겼다. 그가 선택한 산은 인왕산이었다. 단순히 가장 가깝다는 이유에서였다.

버스나 지하철을 타면 30분 정도 걸리는 거리지만, 안타깝게도 은수에겐 그 돈조차 없다. 결국 방법은 하나. 걸어가야 했다. 그렇게 지루하게 걷고 있으니 문득 라피스가 말했다.

[저 마차는 뭐야? 빨라.]

마차? 웬 마차일까 하고 주변을 둘러보자, 은수의 눈에 도로를 달리는 차가 보였다.

"자동차?"

[자동차? 자동차라는 게 지금 네가 보고 있는 저거야?]

"어, 그거야."

[넌 저런 마차 못 타? 내 세계엔 마부에게 돈을 지불하고 원하는 장소까지 도착할 수 있는 문화가 있었어. 네 세계는 어때?]

"있지. 지하철이나 버스, 택시 같은 거."

[그럼 타. 지루해.]

은수는 한동안 입을 다물었다가 말했다.

"타려면 돈이 필요해. 근데 난 그럴 돈 없어."

[아하! 너 거지구나?]

라피스는 아무런 생각 없이 느낀 그대로를 말한 것이었지만 은수는 그 거지라는 말이 굉장히 거슬렸다.

"그래, 난 거지라 못 타. 그러니까 조용히 해."

[좋아, 그럼 돈이 있으면 저걸 탈 수 있다는 거지?]

"맞다고 몇 번을 말해야 돼? 근데 난 돈 없어. 그러니 제발 조용히 해. 날 더 이상 비참하게 만들지 마."

[거지가 비참한가? 난 잘 모르겠네. 어쨌든 돈 벌러 가자. 어차피 음식 살 돈도 필요했어.]

"거지는 당연히 비참… 뭐?"

[돈 벌러 가자고. 저게 좋겠네. 복권? 저걸 사면 돈을 많이 벌 수 있나본데.]

은수는 라피스의 복권이란 말에 그 자리에 우뚝 섰다. 그리곤 멍하니 좌측을 쳐다보니 편의점 쇼윈도에 벽보가 붙어 있었다.

일확천금을 노리세요. 로도복권.

"말도 안 돼. 벼락 맞을 확률보다 낮아. 차라리 저 돈으로 밥을 먹겠어."

[도박? 너희에게나 도박이겠지.]

"뭐?"

[아, 몰라. 넌 멍청하니까 설명해 줘도 모를걸. 일단 들어가.]

은수는 거절하고 싶었지만 라피스가 비명을 질러 한발 양보하고 편의점 안으로 들어갔다. 은수가 복권을 찾자 점원이 이것저것 설명을 해줬다.

[저 뭔가에 가려져 있는 양피지가 복권이야? 우리 시대랑은 좀 다르네. 그래 봐야 다 거기서 거기겠지만.]

은수는 라피스의 말을 듣곤 시야 구석에 있는 즉석 복권으로 눈을 옮겼다.

"한 장 드릴까요?"

"아, 아뇨. 잠시만요."

[웬만하면 안 쓰려고 했지만 아무래도 돈이 없으면 많이 불편하겠지. 손톱만 한 정도긴 하지만 분명 아까운 마나 사용해서 얻는 거니까 영광스럽게 써.]

은수는 라피스의 말에 뭐라 답을 하려 했지만 라피스는 은수가 입을 열기도 전에 마법을 시전해 버렸다.

[*Näme paremale(꿰뚫어 보리라).*]

영창이 끝나자마자 마치 눈 위에 털이 돋아나는 것처럼 따가웠다.

"악!"

은수가 깜짝 놀라 눈알을 굴리자, 마치 눈알이 털에 휘감긴 것 같이 아파왔다. 그리고 그 고통이 끝난 뒤 눈을 뜨자 평상시와는 다른 세계가 펼쳐져 있었다.

"손님?"

"헉?"

은수는 눈앞에 있는 점원의 모습에 깜짝 놀라 뒤로 넘어질 뻔했다.

점원은 피부가 모두 벗겨진 채 얼굴 근육을 다 드러내고 있었고, 상품들은 겉표지 없이 내용물만 공중에 둥둥 떠다니고 있었으며, 편의점 벽지는 모두 사라지고 콘크리트만 보였다.

해괴한 광경에 은수가 얼굴을 찌푸리자, 점원의 얼굴 근육도 꿈틀거렸다. 그는 조심스레 은수를 살피듯 눈을 움직였는데, 어째 눈꺼풀 없이 큰 눈알만 사각사각 움직이는 것이 TV 너머로 보던 괴물들과는 비교도 할 수 없을 정도로 그로테스크했다.

"나한테 무슨 짓을 한 거야?"

은수는 목구멍까지 올라온 욕설을 꾹 눌러 담으며 말했다. 하지만 라피스는 은수의 말이 들리지 않는지 헛소리만 해댔다.

[숫자가 하나 있고, 그 숫자가 아래 있는 네 개 중 하나라도 맞으면 당첨. 재밌는 규칙이네. 확률은 매우 낮지만 사는 입장에선 굉장히 잘 맞을 것 같은 착각을 주는 법칙이네? 좋아, 한번 당첨을 찾아보자.]

라피스는 한동안 숫자 나열을 계속 말했다. 그러던 도중 뚝 멈추더니,

[첫째 줄 두 번째.]

"당장 그만둬."

"네?"

은수의 말에 점원이 답했다. 그러자 은수는 당황해서 설명하려다가 점원의 얼굴을 보곤 아무 말 못하고 다시 고개를 푹 숙였다.

"아, 아뇨. 아무것도."

[첫째 줄 두 번째 장. 아, 당첨금 500원. 가격이 500원이니까 본전인가. 그럼 더 큰 거.]

"어디 아프세요? 119 불러드릴까요?"

"괜찮아요."

은수는 점원을 쳐다보며 곧 죽을 것 같은 사람처럼 말했다. 그러자 점원의 얼굴 근육이 더욱 일그러졌다.

'토할 것 같아.'

[아아, 셋째 줄 네 번째 장. 저게 좋겠다.]

라피스는 한동안 셋째 줄 네 번째라는 말만 반복했다. 은수는 그게 뭔 개소린가 싶다가, 그것이 복권의 위치를 말한다는 것을 깨닫곤 점원에게 복권을 달라고 말했다.

"스피드 복권 셋째 줄 네 번째 것 주세요."

"네?"

"세 번째 줄 네 번째 거요."

"저기 손님, 그렇게 사시면 다른 손님들이 사시기 불편한데요."

은수는 점원의 얼굴을 바라보며 토할 것 같은 얼굴로 얘기했다.

"그냥 주시면 안 될까요?"

그러자 점원도 은수를 약 2초 정도 쳐다보며 복권을 일일이 뜯어서 파는 것과 카운터에 흩뿌려진 토사물을 치우는 것의 불편 기회비용을 비교해 본 뒤 말했다.

"드, 드리겠습니다."

점원이 세 번째 줄 네 번째 복권을 찢어줬다. 그러자 아까와 비슷한 현기증이 나더니 은수의 세상이 원래대로 돌아왔다.

은수는 제일 먼저 점원의 표정을 살폈다. 그는 굉장히 오묘한 표정을 짓고 있었는데, 마치 112와 119 중 무엇을 선택할지 고민하는 그런 표정이었다.

은수는 점원에게 미안해져 재빨리 계산했다.

"여기 500원요."

은수는 100원과 50원 동전을 조합해서 건네주곤 남은 동전으로 복권을 긁었다. 배당금은 500만 원이었고, 결과는…….

"당첨?"

"정말요?"

점원도 신기한지 고개를 쑥 내밀고 쳐다봤다. 그리곤 둘 다 어안이 벙벙해져 숫자를 몇 번이나 확인했다.

당첨이었다. 은수는 멍하니 얼빠진 표정을 하고 있다가 점원에게 돈을 요구했다. 그러자 점원은 잠시 당황해하더니 어디론가 전화를 했다.

"점장님, 스피드 복권 당첨자 나왔는데 어떻게 해요? 네, 500만 원요. 네, 네. 네, 알겠습니다."

점원은 전화를 끊고 말을 이었다.

"저기 손님, 5만 원을 초과되는 금액일 땐 저희가 대금을 지불하지 못해서 복권 뒤편에 있는 은행에 가서 받으셔야 한대요"

은수도 어안이 벙벙해져서 짧게 알았다고 대답했다.

500만 원. 굉장한 돈이다. 은수는 당첨된 복권을 보며 믿을 수 없다는 듯 허탈하게 웃었다.

"하, 하하하!"

[말했지? 나한텐 도박이 아니라고.]

"대단해!"

은수는 복권을 보물이라도 되는 양 앞주머니에 쑤셔 넣어 꽉 쥐었다. 그런 은수의 머릿속에 빚에 대한 생각이 스쳐 지나갔다.

"이거 또 할 수 있어?"

그러자 라피스는 별것 아니라는 듯 웃었다.

[당연하지. 너 내가 누구라고 생각하는데?]

"하자! 나 돈이 정말 많이 필요해!"

이렇게 복권을 계속 당첨되면 빚을 갚는 건 문제도 아니었다. 은수는 거만하게 웃는 라피스에게 구원의 손길을 내밀었지만, 라피스는 그 손을 냉정하게 툭 쳐냈다.

[근데 싫어.]

"왜? 할 수 있다며!"

[너 뭔가 마술을 쓰기 편리한 도구로 착각하나 본데, 아까도 말했듯 내가 마법을 쓸 때마다 네 수명이 줄어. 알겠어? 이건 애들 장난감이 아냐.]

"그래도 난 돈이 필요하다고! 안 그럼 내가 죽을지도 몰라!"

은수가 악을 쓰며 말하자 라피스는 그런 은수가 불쾌하다는 듯한 말투로 입을 열었다.

[비참한 녀석이네.]

"네가 뭐라고 하든 상관없어. 난 돈이 필요해. 그것 때문에 자살을 시도할 만큼."

라피스가 한숨을 푹 내쉬었다.

[좋아, 그럼 관점을 조금 바꿔보자. 네가 지금 무슨 문제에 처했는지는 모르겠지만 말이야, 마법을 배운다는 건 네가 반칙을 갖게 된다는 거야. 네가 얼마 전에 돈 벌 수 있냐고, 사람 죽일 수 있냐고 물어봤지? 그거 둘 다 할 수 있어.]

라피스는 한숨 재끼고 말을 이었다.

[돈이야 네가 마법을 얼마나 쓰느냐에 따라서 이 세상 모든 돈이 네 것이 될 수도 있겠지. 그리고 마법으로 사람 죽이는 거? 수도 없이 많아. 안타깝게도 내 세상 사람들은 서로를 죽이지 못해서 안달이었거든. 찌르고, 꺾고, 베고, 짓누르고, 녹이고 분해하고, 추방시키고. 그 외에도 셀 수 없이 많아.]

은수는 라피스의 섬뜩한 말에 입을 다물었다.

[네가 뭘 하고 싶은지 모르겠지만 난 돈이랑 네 수명이랑 바꾼다는, 수지타산 맞지 않는 쓸데없는 짓 따위 도와주고 싶지 않아. 알겠어? 그리고 너 뭔가 착각하나 본데 난 네 어린애 같은 소원 들어주는 편리한 도구가 아냐. 그러니 이제 아까운 네 수명 써가며 돈 달라고 칭얼거리지 마. 정 하고 싶으면 네가 배워서 직접 해!]

은수는 라피스의 말에 입을 다물었다. 그의 말이 모두 옳았다. 그가 만약 라피스가 쓴 것과 같은 마술들을 배운다면 어느 방법으로든 탈출구는 있었다.

"그래, 네 말이 맞아. 내가 잠깐 흥분했어."

[그래. 이제 좀 대화가 되겠네. 그러니까 빨리 목적지로 가
자. 난 이 시끄러운 곳을 빨리 벗어나고 싶어.]

결국 은수는 라피스의 의견에 따라 당첨된 복권을 가지고
농협중앙회로 향했다. 어차피 복권에 당첨될 것이었기에 그
는 쿨하게 전 재산 모두 털어 택시를 탔다.

"복권 당첨금 교환하려고 합니다."

어디서 본 건 있는지 은수가 허리를 팍 숙이고 작게 말했
다. 그러자 은행원이 긴장한 듯 눈을 파르르 떨며 복권 이름
과 당첨 금액을 물었다.

"스피드 복권요. 500만 원이요. 돈은 계좌 하나 만들어서
따로 넣어주세요. 카드도요."

그러자 은행원은 정중히 인사하곤 성큼 은행장에게 다가
가 몇 마디 속삭이더니 돌아왔다.

"당첨을 축하드립니다."

은수는 계좌와 카드를 하나 새로 만들어서 넣어 달라고 말
했다. 원래 쓰던 계좌가 있긴 하지만, 그리로 들어가는 순간
그 돈은 모두 건달들의 것이 된다.

은수는 꾸벅 인사하는 은행원을 뒤로하고 밖으로 나왔다.
그리고 버스를 타려고 했지만 라피스가 사람이 가득 찬 버스

안을 보며 기겁을 했기에 어쩔 수 없이 택시를 탔다.

"가까운 산… 아니, 인왕산으로 가주세요."

"예."

은수는 문득 창밖을 보며 예전에 마지막으로 택시를 타봤던 게 언제였을까 하는 생각을 했다. 은수는 까마득한 기억들까지 전부 뒤져봤지만 적어도 그가 기억하는 한도 내에선 없었다.

"하하……."

"뭐가 그렇게 우습습니까?"

은수가 허탈한 웃음을 짓자 택시 기사가 물었다.

"아뇨. 얼마 전까지만 해도 죽으려고 했는데 꼭 죽으란 법은 없네요. 그냥, 다시 살아보려고요."

그야말로 웃기지 않는가.

바로 몇 시간 전까지만 해도 자신의 목에 칼을 박으려 했다. 근데 이상한 녀석이 나타나더니 순식간에 복권이 당첨되고, 이젠 영화에서나 나올 법한 마법을 배우러 가고 있다.

은수의 말에 택시 기사가 진담 섞인 농을 건넸다.

"하하하! 한강 다리 가자고 하지 않아서 퍽 다행입니다. 거기서 사람 내려주면 영 맘에 불편하거든. 어쨌든 다시 살아본다니 다행이올시다. 이왕 이렇게 된 거, 열심히 살아보십시오."

"그러려고요. 정말, 정말… 열심히 살 거예요."

그러는 사이 택시는 금세 인왕산에 도착했다.

사실 그가 사는 동네에서 가장 가까운 산은 북한산이다. 하지만 그보다 조금만 더 가면 인왕산이란 작은 산이 있다. 분명 북한산이 더 깊고 험해서 인적 드문 곳은 많을 테지만 그에겐 인왕산이 더 편했다. 아무래도 그가 자란 고아원이 그 주변이었던지라 심심해서 많이 올라가 봤기에 그쪽이 더 정겨웠다.

그는 택시에서 내려 산에서 생활하는 데 필요한 물품들을 통 크게 구입한 뒤 익숙한 길을 따라 산을 올랐다. 그리고 도중에 등산로를 이탈해서 산 깊은 곳으로 들어갔다. 그러자 X 모양으로 죽어 있는 고목나무가 나왔는데, 은수는 익숙한 몸짓으로 몸을 숙여 지나갔다. 그러자 이번엔 가파른 비탈이 나왔고, 그곳을 미끄러지듯 내려간 뒤 낙엽이 산처럼 쌓인 조그마한 분지를 지나자,

"찾았다!"

굴이 나왔다. 어렸을 적에 우연히 발견해 혼자만의 비밀 아지트로 만들어놓았던 장소다. 저 장소라면 비와 바람을 피하기도 좋고 사람의 손도 닿지 않아 조용할 것이다.

"좋아, 도착했어. 아무에게도 방해받지 않을 곳."

[하아, 도대체 이 세계는 어떻게 돼먹은 거야? 인간이 왜 이렇게 많아? 어딜 가도 인간, 인간, 인간! 완전 시장통이네. 도대체 너희는 어떻게 혼자만의 시간을 가져?]

"글쎄, 방에서 문 꼭 닫고 혼자 있어야지. 그래도 나름 활기가 넘친다고 생각하는데? 사람이 많아서 할 수 있는 것들도 있어."

[아하, 아침에 사람이 가득한 마차에 끼워 타기 같은 것? 와, 퍽이나 재밌겠다. 미쳐 버릴 정도로 말이야.]

은수는 라피스의 노골적인 자기주장에 얼굴을 살짝 찌푸렸다.

"그래, 알겠으니 어쨌든 시작이나 하자."

Chapter 03

돈빌려
드립니다

일단 라피스는 시작에 앞서 지루한 얘기들을 늘어놓았다. 마법사의 기본 자질이라든지, 맹세 같은 것들—물론 그에게 맹세할 것까진 강요하지 않았다—부터 시작해서 어려운 마나학, 마술학 같은 것들까지 알려줬다.

[잘 들어. 마술사란 마술을 부리는 존재야. 너도 그 정돈 알겠지? 하지만 어떤 식으로 마술을 부리는지, 어떻게 그 마술이 작동되는지는 모를 거야. 그러니 이제부터 그걸 설명할게.]

사실 은수는 저런 지루한 이론보단 실전을 먼저 배우고 싶었지만, 라피스가 반드시 외우지는 않더라도 꼭 한 번쯤은 들어야 한다고 거세게 주장했기에 어쩔 수 없이 들었다.

[우리는 마나라는 것을 사용해서 현실을 비틀어. 상식적으로 생각해 볼 때, 허공에서 불이 솟거나 뜨거운 여름에 얼음을 얼리거나 하는 것은 분명히 불가능해. 하지만 마술은 그런 것을 가능하게끔 하는 거야. 자연을 비틀어내는 거거든.]

라피스의 어조가 바뀌었다.

[근데 여기엔 억제력이라는 게 있어. 자연의 반격이지. 우리가 이렇게 마나를 사용해서 자연의 법칙을 무시하면 자연도 그에 상응하는 반작용을 해. 그게 바로 억제력이야. 이 억제력은 자연의 법칙을 무시하는 자를 응징하기 위해 발동되는데, 거의 백이면 백 술자에게 해롭게 적용돼.]

"그럼 마술을 부리는 건 자연의 법칙을 위배하는 거야?"

[당연하지. 넌 여름에 눈이 내릴 수 있다고 생각해?]

"아니. 절대."

[하지만 마술사들은 그걸 할 수 있어. 물론 그 억제력을 감당할 자신이 없으니 안 하는 것뿐이지만. 어찌 됐든 저렇게 되면 생태계는 아주 커다란 상처를 입게 돼. 자연은 아주 민감한 녀석이라 조그마한 변화에도 크게 반응하거든.]

"아아, 대충 알겠어. 그럼 그 억제력을 방어하지 못했을 땐 어떻게 돼?"

[나도 잘 몰라. 하지만 굉장히 좋지 않다는 것 정도는 알아 둬. 자신이 쓴 마법의 위력만큼 억제력도 커지게 되는데, 화

상이나 동상 같은 가벼운 것들부터 시작해서, 상상하기도 싫을 정도로 곤죽이 되어버리는 경우도 있어. 내 친구 같은 경우엔 뇌가 녹았었어. 그러니까 절대로 마술을 쓸 땐 무리하면 안 돼. 잘못된 계산은 거의 반드시라고 할 정도로 죽음과 이어지니까. 물론 아직 네 수준에서 억제력이라고 해봐야 그냥 손이 데거나 툭탁거린 것 정도로 멍드는 것으로 끝날 테지만 그래도 무리는 절대 하지 마. 억제력은 언제든 예측 못한 방향에서 날아와.]

"알겠어."

은수는 라피스의 섬뜩한 말에 침을 꿀꺽 삼켰다.

[얘기가 좀 샜네. 어쨌든 그럼 이제 마나에 대해 얘기해 볼까. 저번에 들어서 기본적인 것은 알고 있지? 간단하게 설명할게. 마나는 연료야. 마법 연료. 간단하지? 그리고 저번에도 말했듯 마나를 사용하면 사용할수록 네 몸이 정비돼. 뭐 신체 능력 증가, 뇌 용량 증가 등 여러 가지가 있어. 뭐, 사소한 거니까 생략. 네가 직접 경험해 보면 알 거야.]

저게 바로 라피스가 언급했던 신체 능력 증가리라. 은수는 그 부분에서 눈을 반짝였다.

"신체 정비라고 해봐야 감이 안 와. 대충이라도 알려줄 수 없어?"

[내 전성기 땐 건물 높이 정도는 뛰었던 것 같아. 이 정도면 되겠어?]

건물 높이? 은수는 그 말에 입을 떡하니 벌렸다. 사람 사는 집이라면 어느 문화권이든 무조건 사람 키보다는 높다. 단순 점프가 저 정도면 아마 다른 쪽도 입이 떡 벌어질 정도로 강해지겠지.

그리고 이후 라피스는 지루한 설명들을 이어갔다. 하지만 결국 한동안 라피스만 꾸벅꾸벅 조는 은수에게 소귀에 경 읽는 형식으로 마술의 기원에 대해 설명했지만, 이내 인내심이 다했는지 소리를 빽 질렀다.

[그럼, 그다음으로 마술 학파, 마술의 기원, 마술의 뜻, 자연의 억제력은 어디서 왔는지 같은 것 들을… 야! 이 빌어먹을 자식아! 자지 마! 에라, 이! 넌 그냥 기본이고 나발이고 마술만 뿅뿅 써제끼면 좋겠지?!]

"뭐, 사실은 그렇지."

결국 라피스도 두 손 두 발 다 들었는지 한숨을 푹 내쉬었다.

[됐다, 됐어. 벌써 설명한 지 네 시간이니까 네가 그러는 것도 무리가 아니네. 일단 그 꼬르륵 소리 좀 어떻게 하고 실전 들어가자. 듣느라 수고했다, 멍청아. 물론 너 같은 멍청이보다 바퀴벌레가 훨씬 나았겠지만 말이야.]

"너도 입 아프게 떠드느라 수고했어."

[뭐, 이 자식아?!]

식사는 라면에 김밥으로 했다.

[자, 그럼 다시 시작한다. 몸 상태는 어때?]

라피스의 말에 은수가 가볍게 뜀뛰기를 했다. 몸에 깃털이라도 돋지 않았을까 싶을 정도로 가볍다.

"괜찮아."

[아주 가벼운 것부터 할 거지만, 넌 그 가벼운 것들조차 몰라. 그리고 사전 지식, 심지어 기본 술식조차 모르니까 항상 조심해야 해. 알겠어? 내가 치명적인 부작용들은 막아줄 테지만 그때마다 네 마나가 줄어.]

"응. 어차피 죽으려던 몸이야. 무서울 것 없어."

[그래, 당돌한 면은 좋네. 하지만 그렇다고 무모해지진 마.]

라피스는 은수에게 자리에 앉으라고 한 뒤 이것저것 시켰다. 숨을 크게 쉬어보라거나, 바람을 느껴보라거나, 편하게 누워보라거나 등등. 은수는 영문을 몰랐지만 일단 시키는 대로 했다.

[일단 마나부터 느껴볼 거야. 너 아까 움직이면서 평소와 다른 느낌 없어? 공기 중에서 달콤한 냄새가 난다거나, 아니면 네 몸 속에서 뭔가 꿈틀댄다거나, 아니면 심장이 요동 칠 때마다 피 말고 다른 것이 도는 것 같다거나 하는 거.]

라피스는 마나의 느낌을 설명하기 위해 애썼지만 은수는 고개를 갸웃거리기만 했다.

애초에 마나라는 건 사람마다 전부 다르게 느낀다. 누군 얼어붙듯 차갑다 하고, 또 다른 이는 타오르듯 뜨겁다고 한다. 이런 특이 현상에 대해 그 어떤 마법사도 밝혀내지 못했기에 자칭 최강 마법사라는 라피스 역시 주변에서 귀동냥한 얘기들만 뱉어낼 수밖에 없었다.

"잘 모르겠어. 그냥 산속이라 공기가 좋네?"

[아냐. 그거랑은 달라. 뭐랄까, 아주 새로운 것. 이 세계의 것이 아닌 것이라고 하면 편할까? 그래, 기시감. 아주 좋네. 기시감을 느껴봐. 네가 해본 것 같지만 분명 이 세상에서 이뤄질 수 없는 것들 말이야. 내가 네 몸으로 마술을 부렸으니 네 몸은 그것을 기억하고 있어. 단지 네가 의식하지 못한 것뿐이야.]

"기시감? 그런 걸 내 맘대로 느낄 수 있을 리가 없잖…아?"

은수는 생각없이 말을 내뱉다가 문득 멍해졌다.

두근.

'뭐지?'

두근두근.

마치 심장이 뛸 때마다 피가 아닌 다른 무언가가 은수의 몸 구석구석을 질주하는 것 같은 느낌이 들었다. 은수는 이 느낌을 기억하고 있었다. 분명 저번에 라피스가 집에서 마술을 부렸을 때 받은 느낌이다. 은수는 그 느낌을 쫓으려 노력했다.

"아……!"

그러자 그때처럼 몸 안에 청량한 것이 흐르는 것 같았다. 하지만 그것은 금방이라도 사라져 버릴 듯 불안했다. 은수는 그 느낌이 사라질세라 급히 쫓았다.

그러자 기시감이 길어지기 시작했다. 길어지는 기시감 속, 마치 현실이 구부러지는 것 같은 착각, 그리고 세상이 비틀어지는 것 같은 아찔한 느낌, 아니, 정확하겐 은수의 시야가 비틀어지고 있는 걸까? 은수는 헷갈렸지만 그런 것 따위 생각할 시간은 없었다. 조금이라도 멈추면 그 청량감이 사라져 버릴 것만 같았다.

그렇게 청량감을 따라 몸을 한 바퀴 돌아 심장에 돌아왔을 때,

꿀렁.

'이게… 마나?

느껴졌다. 확실하게 느껴졌다. 이번엔 기시감 따위가 아닌 확실한 감각. 그의 몸 안에서 피가 아닌 다른 무언가가 옅게 흐르고 있었다.

"찾았다?"

분명 찾았다. 하지만 아직 기시감은 끝나지 않았다. 뭔가 더 남은 걸까? 은수는 기시감을 필사적으로 쫓았다. 그러자 길어지는 기시감 속에서 현실이 일그러지며, 그 사이로 이상이 흘러들어 오기 시작했다. 아니, 정확하겐 이상이 현실을 침식하기 시작했다고 하는 게 옳겠다.

펑!

그렇게 이상이 현실 사이로 흘러들어 오고, 그것이 어느 정도로 휘어졌을 때! 살면서 단 한 번도 듣지 못했던 소리가 들리더니 뭔가가 깨졌다.

갑자기 주변이 더워지기 시작하더니, 공기가 금세 후끈한 사우나 안 증기 같이 변해 버렸고, 그 공기를 따라 몸 안을 질주하던 마나 역시 갑자기 용암처럼 뜨거워졌다.

기시감일까? 아니, 달랐다. 이건 기시감 따위가 아니다.

아팠다.

은수는 급작스런 변화에 놀라 숨을 들이켰다. 그러자 마치 기도 안으로 뜨거운 쇳물을 들이붓는 것 같이 뜨거웠다.

"캑… 껙! 끄어어… 껙!"

마치 식도가 녹아 내리는 것 같은 고통!

[확실히 한 번 마법을 경험한 몸이라서 느끼는 건 빠르네. 아까 억제력에 대해 얘기했지? 그게 바로 억제력이야. 첫 경험 축하해. 좀 아플 거야. 나도 막아주고 싶긴 한데, 처음은 나도 어떻게 할 도리가 없어. 처음으로 억제력을 맛본 기분은 어때?]

라피스는 고통에 겨워하는 은수에게 태평하게 물었다.

"살… 려줘……."

은수가 침을 토해내며 목을 세게 잡았다. 그의 얼굴은 붉게 물들었고, 눈알은 터질 것만 같이 부풀어 올랐다. 그는 쉴 새

없이 꺽꺽거리는 소릴 냈다.

　[살려달라니? 뭘? 잘 생각해 봐. 넌 지금 착각하고 있는 것뿐이야. 과연 지금 공기가 뜨거울까? 아냐. 자연은 절대로 대기 중 공기가 뜨거워지도록 내버려 두지 않아.]

　"거짓말… 하지… 꺽!"

　[뇌가 기시감을 통해 마나를 접한 까닭에 현실과 이상을 구분하지 못하고 있어서 그래. 곧 네가 느끼는 것 모두가 착각이란 얘기야. 알겠어? 그러니 최대한 빨리 벗어나. 그렇지 않으면 죽어.]

　라피스는 시간을 재기 시작했다. 은수가 숨을 쉬지 못한 게 20초. 사람의 뇌는 2분 이상 산소가 전달되지 않으면 손상되기 시작한다. 아마 폐에 남아 있는 공기를 아껴 쓰면 약 30초 정도 버틸 수 있을 테니 남은 시간은 약 2분 10초. 충분할 정도로 남았지만 혹시 모르니 라피스는 은수를 좀 더 닦달하기로 했다. 그래도 나름 첫 제자인데, 겨우 신고식 따위에 어이없게 죽어버리면 곤란했다.

　[마법이 쉬울 줄 알았어? 겨우 마나의 존재를 느낀 정도에 그 지경이라면 억제력은 견디지도 못해.]

　자연은 마법사가 등장하는 것 자체를 반기지 않아 처음 등장할 때 억제력을 발산한다. 그게 바로 기시감을 통해 마나를 느끼는 마법사에게 착각을 심어주는 것인데, 기시감이라는 부정확한 지표를 따르던 위태위태한 뇌에 가벼운 억제력을 날려주는 것이다. 그러면 나타난 지 얼마 되지 않은 새내기 마술사는 너무나도 쉽게 이상과 현실 사이에 갇혀 버린다.

[네 마음을 다스려. 그렇지 않으면 죽어. 네가 그렇게 원하던 죽음이니 차라리 낫니? 벌레처럼 버둥거리다 죽는다니. 너다운 최후네.]

라피스는 최대한 은수의 속을 긁었다. 그는 분노가 아주 좋은 동기 부여 방법이라는 것을 아주 잘 알고 있었고, 물론 그 방법은 은수에게도 잘 적용됐다. 은수가 라피스의 도발에 욕을 하며 펄쩍 뛰었다.

"크, 꺽… 꺼거걱!"

그리곤 땅바닥에서 몇 바퀴 구르더니 이내 억지로라도 숨을 쉬기 시작했다. 입과 목이 전부 타버릴 것 같이 고통스러웠고, 폐 안엔 불이라도 난 것 같았지만 꾹 참고 숨을 들이켰다 내뱉었다.

'아무 일도 일어나지 않는다! 아무 일도 일어나지 않아! 아무 일도……!'

그렇게 몇 번 반복하니 조금씩 익숙해지는 듯하더니 괜찮아졌다.

[좋네. 잘했어. 몸은 좀 어때?]

라피스가 싱글거리며 묻자, 은수는 굉장히 불쾌한 표정을 지었다.

"이럴 거라곤 얘기 안 했잖아!"

[글쎄, 나처럼 아무렇지도 않은 사람도 있고, 너처럼 죽을 듯 아파하는 사람도 있지. 개인차야. 네가 재능이 없는 걸 나 보고 어쩌라고? 난 아무 일도 없었어.]

"이 개새끼… 난 죽을 뻔했어!"

[어차피 죽으려던 녀석이 뭐 그 정도로 그래? 그리고 어차 피 죽을 거였으면 지금이 훨씬 나아. 억제력 때문에 뇌가 흐 물흐물하게 녹아서 평생 장애인처럼 으어, 으어 하고 사는 것 보단 인간답게 죽는 게 낫잖아. 그리고 애초에 배우겠다고 한 것은 너야. 죽을 각오로 배울 것 같았는데, 네 각오가 겨우 그 것밖에 안 돼?]

은수는 라피스가 억제력에 대해 전혀 말해주지 않은 것에 굉장히 화가 나서 말했지만, 라피스는 아무것도 모르겠다는 듯 되레 은수의 속을 긁었다.

"씨발!"

은수가 화가 나 욕설을 내뱉었다.

'계획대로구나.'

사실 그런 것들은 모두 라피스가 의도한 것이었다.

억제력은 굉장히 위험하다.

사실 마술을 부린다는 것 자체가 절벽에서 외줄 타는 객기 나 다름없다. 마술을 부릴 때마다 세상이란 거대한 존재에게 돌 던지는 것이니 말이다. 그렇기에 마법사들은 언제나 죽음 과 가깝게 지낸다. 라피스는 은수에게 그 사실을 깨우쳐 줄 필요가 있다고 판단했다.

물론 억제력이 위험하니까 조심하라고 라피스가 누누이 말하긴 했지만, 사람은 누구나 자신이 겪어보기 전엔 이해하지 못한다. 역시 제일 좋은 건 경험밖에 없다.

은수 입장에선 굉장히 떨떠름하고 불쾌하겠지만, 라피스 딴엔 저게 굉장히 친절—웃기시네. 두 번 친절했다가 사람 잡을 기세다—했던 것이다. 물론 친절의 방법이 좀 문제가 되긴 하겠지만 말이다.

[자, 그럼 마지막으로 물을게. 네가 되려는 마술사는 죽음을 옆에 두고 살아가는 존재야. 언제 죽을지 모르고, 항상 세상에 혼자 맞서야 해. 마술은 네게 강한 힘을 갖게 해주지만, 그만큼 네게 큰 책임이 따라와. 그래도 좋아?]

"시끄러워! 할 수 있어! 무시하지 마!"

어차피 죽으려던 몸이다. 뭐가 무서울까. 애초에 목숨을 담보로 얻은 기회다. 그렇게 얻은 기회인데, 그 기회가 금줄인지 인간 내장인지 가늠하는 것 따위, 웃기지도 않는 사치다.

'무조건 한다!'

그는 빠드득 소리가 날 정도로 이를 세게 물며 다짐했다. 라피스는 그런 은수의 모습을 보며 그 누구에게도 보이지 않는 미소를 지었다.

[재미있네.]

마나를 느낀 다음부턴 바로 실전 연습으로 들어갔다. 라피스는 좀 더 마법 이론을 설명하고 싶어했지만, 이론 얘기만 꺼내면 꾸벅꾸벅 조는 은수 때문에 며칠 못 가 포기해 버렸다. '에라, 이 바퀴벌레 더듬이만도 못한 녀석아!' 하고 말이다.

이후 은수와 라피스는 미친 듯이 수련했다. 라피스는 은수를 아무런 망설임 없이 위험으로 내몰았고, 은수 역시 죽을 각오로 고통을 견뎌냈다. 그 결과 은수는 빠르게 성장할 수 있었다.

*　　　　*　　　　*

그렇게 수련한 시간이 약 한 달. 시간 가는 줄도 모르고 계속 수련만 했다.

"*Flaming punane keel*(타오르는 붉은 혓바닥)!"

은수의 손에서 뱀의 혀 형상을 한 불꽃이 뿜어져 나왔다. 하지만 은수는 그것으로 만족하지 못했는지, 불꽃을 굴 한구석으로 날려 버리곤 다음 마법을 시전했다.

"*Kasus's Wing Tuul*(카수스의 날개바람)!"

이번엔 그의 손 위에 있던 공간이 일그러졌다. 손 안에서 뿜어져 나오는 거센 바람! 은수는 그 바람을 손으로 꾹 눌러

압축한 뒤 장풍 쏘듯 내뿜었다. 그러자 거센 바람 덩이가 날아가 불에 부딪치더니 펑 소리가 나며 불이 폭발하듯 팽창했다. 후끈한 열기를 품은 빛이 굴 안을 가득 채웠고, 밝은 빛 사이론 씻지 않아 야만인 같은 은수의 모습이 드러났다. 하지만 은수는 그런 자신의 모습 따윈 신경 쓰지 않는지 주문을 계속했다.

"Merikilpkonnade Breath(바다거북 숨결)!"

은수가 말을 마치고 숨을 확 들이쉬자 그의 코에서 냉기가 서린 김이 흘러나왔다. 그리고 '푸하!' 하고 뱉자 그의 입에서 서리가 잔뜩 뿜어져 나왔다. 그 서리는 순식간에 커다란 불을 뒤덮어 꺼버렸다.

[좋은데? 배우는 게 빨라. 아니, 그냥 죽을 각오로 수련하는 것뿐인가?]

"그래. 그만큼 꼭 해야 할 일이 있거든."

[그게 뭔데?]

"그게 너한테 중요해? 훈련이나 계속해."

[까칠하게 왜 그래? 변비냐? 뭐, 네 멋대로 하세요.]

은수는 계속해서 마법을 수련했다. 하지만 은수의 적은 마나량 때문에 하루 훈련량이 제한될 수밖에 없어 은수는 마법 수련이 끝나면 항상 육체 단련을 했다. 라피스는 그에 대해,

[좋은 생각이네. 하긴 네 코딱지만 한 마나 갖곤 마법 개똥만큼밖에 못 쓰지. 그러니까 몸이라도 갈고닦아. 물론 지금

네 몸도 정비가 된 상태라 일반인보단 신체 능력이 좋지만, 거기에 운동을 더 하면 더더욱 좋겠지.]

은수는 유산소 운동과 무산소 운동을 번갈아가며 했다. 처음엔 산을 한 바퀴 뛰는 것으로 시작해 몸을 데우고, 그다음으로 웨이트트레이닝을 했다. 처음엔 혼자 팔굽혀펴기나 윗몸일으키기 정도만 했지만, 후에 아령을 구입해 다른 운동도 조금씩 하기 시작했다.

그리고 그와 함께 싸움 연습도 시작했다.

[그게 뭐냐?]

"복싱 책."

[복싱? 뭔데? 소설 같은 거야?]

은수는 라피스의 말에 실소를 지었다. 마법에 관해선 그렇게나 잘 아는 녀석인데도 어째 조금이라도 이 세계의 지식이 들어가면 어린아이처럼 물어온다.

"복싱은 일종의 싸움 방법이야. 무술이지. 잘 때리고 잘 막는 방법을 수련하는 거야."

[아하, 그렇구나. 나도 예전엔 단련을 좀 했었지. 물론 그럴 시간에 마술 수련하는 게 훨씬 이득이었기에 얼마 하다가 그만두긴 했지만.]

은수는 그저 책을 보며 땅 짚고 헤엄치기 식으로 시작했지만, 시간이 점점 더 지나자 더 빠르고 더 쉽게 책을 흡수해 나가기 시작했다.

라피스는 빠르게 성장하는 은수의 모습을 보며 굉장히 신기해했다.

[도대체 어떻게 된 걸까. 보면 볼수록 신기한 녀석이야. 저 녀석 몸이 마나를 잘 받아들이는 걸까, 아니면…….]

"크아!"

은수가 벽에 쌓아놓은 포대를 주먹으로 후려치자, 마치 포대가 차에 치이기라도 한 양 퍽 하고 터져 나갔다.

*　　　*　　　*

그렇게 긴 한 달이 지났다. 그리고 은수는 자신이 웬만한 상대에게는 제압당하지 않을 거라 생각될 때쯤에서야 산에서 내려오기로 결정했다. 그리고 마지막 날.

"후아! 후아!"

그는 몸이 끊어질 것 같은 고통을 느끼며 숨을 내뱉었다. 윗몸일으키기를 몇 번이나 했을까. 기억도 나지 않았다.

물론 라피스의 말마따나 지금 은수의 몸은 재정비되어 일반인과는 능력 자체가 다르다. 굳이 따지자면 야생 짐승 같은 몸이랄까. 하지만 그래도 은수는 계속해서 몸을 단련했다. 물론 마법이란 이능의 힘이 굉장히 강력했지만, 라피스의 말대로 마법엔 강력한 부작용이 뒤따른다.

'마법은 중요한 순간에만 쓴다. 여차할 때 도움 되는 것은

80

먼 이계에서 온 마법이 아니라 가까운 내 몸이니까.'

그는 땀이 송골송골한 이마를 손으로 슥 닦았다. 한동안 씻지 않아 악취가 진동했지만, 은수는 이미 익숙해져 상관없었다.

"크하! 대충 천 개 했나? 이쯤 하자."

그는 몸을 일으킨 후 짐을 쌌다. 문득 짐을 싸다 수련을 하던 굴을 훑어봤다. 굴이 넓어진 것 같은 것은 은수만의 생각일까? 그는 한 달 동안 죽어라 연습했던 굴을 보며 감상에 젖었다.

[아니, 확실히 커졌어. 그 정도로 깽판을 쳐댔으니까 안 넓어질 수가 없지.]

그리고 그걸 내버려 둘 라피스가 아니었고 말이다.

"시끄러워. 우수에 젖어 있잖아."

[네가? 푸하하하! 퍽이나. 근래에 들은 유머 중 제~ 일 재밌다!]

"못된 놈."

은수는 백팩 하나에 다 들어가는 작은 살림살이를 챙기곤, 라피스와 한동안 툭탁거리며 내려왔다. 얼마 만에 다시 맡아보는 사회의 냄새일까. 물론 훈련 중 몇 번 내려오긴 했지만, 그땐 생필품만 사고 최대한 빨리 굴로 복귀했다.

은수는 일단 내려와서 돈 봉투를 열어봤다. 남은 돈은 약 350만 원. 복권 당첨금 중 불로소득세를 제하고 받은 돈이 약

400만원이라고 봤을 때, 어지간히도 아껴 썼다. 물론 더 쓰려면 더 쓸 수 있겠지만 어차피 야외 노숙하는 입장에서 스위트룸 쓸 것도 아니지 않는가. 거기서 거기다.

그가 산을 내려온 후 처음 향한 곳은 편의점이었다. 거의 일주일에 한 번씩 들렀던 편의점. 항상 같은 시간에만 갔던 까닭인지 점원은 꾀죄죄한 꼴의 은수를 보곤 곤란한 웃음을 지으며 반겼다(?).

"이번에도 식사 사 가시려고요?"

"아뇨. 이제 산에서 내려왔어요."

은수는 그렇게 말하며 휴대용 면도칼 하나와 비누, 그리고 수건을 구입했다.

"아, 핸드폰도 충전해 주세요."

빚쟁이들에게 쫓기기 시작하면서부터 자연스레 꺼놓은 핸드폰. 한 달 수련을 끝내고 켜보려니 어째 켜지지 않았다. 방전된 걸까.

"시간 좀 걸리는데 괜찮겠어요?"

"한 시간 후에 다시 가지러 오겠습니다."

은수는 점원의 '네~' 하는 소리를 뒤로하곤 가까운 목욕탕으로 향해 몸을 닦았다. 꺼먼 땟물 몇 번 빼내자 광택이 날 정도로 하얘졌다. 그리곤 사온 면도칼로 덥수룩한 수염도 자르고, 보기 싫게 자라난 머리도 목욕탕 이발소에서 스포츠머리로 짧게 잘랐다.

그렇게 때 빼고 광낸 뒤 옷을 입으려니 이거 어째 너무 많이 낡았다. 그래서 가까운 옷집으로 가 옷도 한 벌 장만했다. 그러자 순식간에 8만 원이 사라졌다. 문득 돈을 너무 헤프게 쓰는 게 아닐까 싶었지만, 그래도 꼭 필요한 곳에 쓴 것이니 그러려니 하기로 했다.

그렇게 편의점으로 돌아오자 충전이 끝난 핸드폰을 켰다. 그러자 익숙한 시동음과 함께,

부르르르르르르르르르르르르르르르르르!!

하고 핸드폰이 굉장한 기세로 떨었다. 핸드폰을 열어보니 새로운 문자 메시지가 40개. 대충 훑어보니 대부분 빚쟁이들에게 문자가 와 있었다. 온갖 욕설이 섞인 협박 문자. 은수는 문자들을 슥 훑었다.

'기다려라, 이 빌어먹을 새끼들아!'

근 한 달 동안 그들에게 복수할 생각으로만 수련했다. 그렇게 문자를 다 읽어갈 때쯤 특이한 문자를 발견했다.

어디냐? 걱정하고 있으니 빨리 와라.

서툰 문자 실력 아래에는 발신자 오한필이라고 적혀 있었다. 순간 분노에 휩싸였던 은수의 가슴이 뭉클해졌다. 한필은 그를 이미 졸업해 성인이 됐는데도 아직까지도 자신의 제자처럼 걱정해 주었다. 하지만 한편으론 걱정만 끼쳐 너무나 죄

송했다.

'굉장히 감사드립니다. 하지만 아직 일이 끝나지 않아서 대답해 드리지 못해요. 죄송합니다. 이제 곧 모든 게 끝낼 거예요. 그러면 그때 꼭 찾아뵐게요.'

그는 한필의 문자를 넘겼다. 한동안 협박 문자가 계속됐다. 그러다 눈에 띄는 또 한 통의 문자가 있었다. 협박 문자가 아닌 다른 내용의 문자.

네가 뭐하는 놈인지는 모르겠지만, 오한필까지 끌어들이지 말고 튀어나와라. 네 일은 네가 책임져.

'뭐?

은수는 순간 머리가 멍해졌다. 누군가 자신의 두개골을 깨부수고 뇌를 헤집고 있는 것만 같았다.

'아니, 왜? 도대체 왜? 어째서?

자신과 선생님과의 관계는 없었다. 마지막으로 만난 게 2년 전 졸업 때밖에 없… 아니, 있다.

'병원!'

오한필은 은수의 병원비를 내줬다.

'설마 겨우 그 정도로……!'

혹시 건달들이 쫓을까 바로 퇴원까지 했는데, 그게 전부 물거품이 되어 버렸다.

‘왜… 왜! 어째서 따라 붙을지도 모른단 생각을 하지 못했지……! 왜!’

돈 냄새가 민감한 건달들이 그 사실을 놓칠 리 없다. 은수는 그런 간단한 사실조차 깨닫지 못한 자신이 토악질이 나올 정도로 싫어졌다. 오한필이 연루되다니……. 이래서야 은혜에 칼로 보답하는 것밖에 되질 않는다.

빚쟁이들의 방식은 정말 악질적이다. 처음엔 단지 찾아가서 사실을 알려주고, 시간이 지나면 엄포를 놓기 시작하며, 다음부턴 그가 사는 곳 어디에나 찾아가 횡포를 부린다.

은수는 절대 한필에게 그가 겪었던 것과 같은 고통을 느끼게 하고 싶지 않았다.

“안 돼!”

Chapter 04

돈빌려
드립니다

은수는 핸드폰을 열자마자 한필에게 전화를 했다. 하지만 전화가 꺼져 있다는 기계음만 돌아올 뿐 한필의 목소리는 들을 수 없었다. 은수는 갑자기 불안해졌다.

달렸다. 그저 달렸다. 그런 다음 제일 먼저 보이는 택시를 잡고 문자 메시지를 보낸 모르는 번호로 전화를 걸었다. 마치 하루처럼 긴 신호음이 몇 번 끝나고 전화가 연결되자 웬 남자가 다짜고짜 욕설부터 내뱉었다.

"너, 뭐하는 새끼야!"

은수도 마음 같아선 전화 너머에 있는 상대에게 고개 푹 숙이며 사과하고 싶었지만 지금 중요한 것은 그게 아니었다. 먼저 물어볼 게 있다.

"선생님! 선생님께 무슨 일이 일어난 거예요?"

"미친 새끼야! 왜 네가 빌린 돈을 오한필이 갚아야 하는데! 너! 당장 돌아와!"

"어, 어디로요?!"

"진관고등학교! 당장 튀어와! 와서 얘기해!"

은수는 끊어진 전화를 멍하니 쳐다봤다. 도대체 무슨 일이 생긴 걸까? 이해가 잘 되지 않고 머리만 혼란스러웠다.

"진관고등학교로 가주세요. 최대한 빨리요."

진관고등학교는 그의 모교이자 은수가 오한필을 만난 장소다.

"제발… 제발… 아무 일 없기를!"

은수는 택시에서 내리자마자 다시 그 남자에게 전화를 걸었다. 그러자 그는 교무실로 오라고 했다. 은수는 그 말을 듣자마자 익숙한 길을 전력 질주해서 교무실로 들어갔다. 하지만 은수를 의식하는 사람은 아무도 없었다. 그렇게 어색하게 2분 정도 지나자, 은수가 먼저 앞으로 걸어나가 젊은 교사를 잡고 물었다.

"안녕하세요. 오한필 선생님을 찾는데요."

그러자 젊은 교사는 은수를 의심 가득한 눈으로 훑어봤다.

"무슨 일이시죠?"

"오한필 선생님을 찾으러……"

"그러니까, 무슨 일이시냐고요."

태도가 날카롭다. 아무래도 무슨 일이 있었던 걸까.

"재작년 졸업생입니다. 한번 뵙고 싶어서……."

남자가 눈을 가늘게 떴다.

"지금 오한필 선생님께선 개인적인 사정으로 학교를 잠깐 쉬고 계십니다."

은수는 온몸이 굳는 것을 느꼈다. 말이 개인적인 사정이지 근황을 조합해 봤을 때 근신이 틀림없다.

"저기… 그럼 선생님 주소를 알 수 있을까요?"

"아뇨. 개인 정보는 함부로 유출할 수 없습니다."

은수는 남자에게 사정사정했지만 남자는 가르쳐 주려 하지 않았다. 그렇게 조금 소란스러워 지려는 찰나, 운동복을 입은 중년 교사가 교무실 문을 열고 들어왔다.

"왔냐?"

그는 문을 열고 들어오자마자 바로 은수에게 다가와 노려봤다, 그러자 젊은 남자는 난처한 듯 중년 교사와 은수를 번갈아 보다 적당히 자리를 빠졌다.

"박… 현준 선생님?"

"그래, 이 빌어먹을 자식아."

은수는 기억 끝에 간신히 걸려 있는 한 이름을 기억해 냈다. 단 한 번도 그에게 수업을 받은 적은 없지만 한필의 친우인지라 알고 있는 사람. 은수의 기억 속에 있던 그는 항상 학생들에게 친절했지만, 지금 앞에 서 있는 그는 은수를 씹어먹을 듯 이를 갈아대고 있었다.

"일단 나가자."

현준은 은수의 팔을 우악스레 붙잡곤 질질 끌어 으슥한 곳으로 끌고 갔다.

"너 도대체 무슨 짓을 한 거야!"

그건 도리어 은수가 묻고 싶었다. 도대체 그가 없었던 동안 무슨 일이 일어났던 걸까.

"오한필 선생님께 무슨 일이 있었나요?"

은수의 되물음에 현준이 얼굴을 찌푸렸다.

"너, 무슨 생각이냐? 진짜 몰라서 묻는 거야? 아니면 염장 지르는 거야?"

"혹시… 선생님께 빚쟁이들이 찾아왔었나요?"

"그래. 와서 한바탕 깽판 치고 갔다. 덕분에 교장 빡 치고 학부모들 개판 쳤지. 덕분에 오한필, 교편 잡고 처음으로 근신 받았다."

현준은 살기등등한 기세로 '바로 너 때문에, 이 개새끼야'라고 덧붙였다. 근신. 은수의 생각이 맞았다. 이후 현준은 은수에게 이런저런 사정을 물었고, 은수는 그가 묻는 말에 대답했다.

"여기 온 거 보면 너도 생각이 있겠지. 그러니 말 짧게 하마. 네가 벌언 일이니까 다른 사람 힘들게 하지 말고 네가 직접 해결해라. 알겠냐?"

은수는 죄송하다는 듯 고개를 푹 숙이곤 고개를 끄덕였다.

"저기… 오한필 선생님 주소랑 집 전화번호 좀 알려주세요."

"왜?"

"일단 선생님 찾아뵈려고요."

"기다려. 가지고 올 테니까."

현준은 마지막으로 담배를 깊게 빨아들이곤 땅에 비벼 끈 뒤 정보를 가져왔다.

은수는 정보를 받자마자 집으로 전화를 했지만 전화벨이 스무 번 넘어가도록 받지 않았다.

결국 은수는 한필의 집으로 향할 수밖에 없었다.

한필의 집에 도착한 은수는 가슴이 먹먹해졌다. 박살 난 방범창과 깨진 유리창은 폭풍이 지나간 지 얼마 지나지 않았음을 알려줬고, 반쯤 열려 있는 문 사이론 한 여자가 서글피 흐느끼는 소리가 들려왔다.

은수의 몸이 차갑게 얼어붙었다. 자신이 겪었던 끔찍한 일들을 지금 오한필이 대신 겪고 있었다.

은수는 최대한 조심스럽게 문을 두드렸다. 그러자 잠시 후 사람 그림자가 나타났다.

"누구십니까?"

한필이었다. 다행히 어디 맞진 않았는지 다친 곳은 없어 보였지만 눈에 깊은 상심이 드리워져 있었다. 그런 한필은 은수를 발견하곤 적잖이 놀란 듯 은수를 쳐다봤다. 은수는 그런 한필의 모습을 보자 깊은 죄책감을 느꼈다.

그리곤 무슨 말을 들어도 모두 자신의 탓이라고 생각하곤 눈을 꼭 감았지만, 한필은 도리어 은수를 보곤 한숨을 푹 내쉬며 걱정의 말을 먼저 꺼냈다.

"몸은 괜찮냐?"

"서, 선생님……."

은수의 눈에서 왈칵 눈물이 쏟아져 나왔다. 이런 일들을 모두 자신이 직접 겪어봤기에 얼마나 비참한지 제일 잘 알고 있었다. 그렇기에 너무나 죄송해서 죽을 것만 같은데, 한필은 그런 짓을 당하고도 은수에게 욕을 하거나 헐뜯지 않았다.

"선생님은… 죄송합니다."

"다친 곳 없는 것 같으니 다행이구나. 일단 밖으로 나가자. 집 꼴이 말이 아니구나."

한필은 은수를 데리고 가까운 공원으로 향한 뒤 지금까지 생긴 일들을 설명해 줬다. 은수가 사라지고 나서 얼마 후에 빚쟁이들이 찾아와 횡포를 부린 것부터 그가 근신을 당한 것까지. 그는 그렇게 말하면서도 한필은 연신 '난 괜찮으니 걱정 마라' 하며 은수를 다독였다.

"아뇨. 전혀 괜찮지 않아요, 선생님. 이건 제가 터뜨린 일

이에요. 폐 끼쳐서 죄송합니다. 제가… 제가 모두 해결할게
요.”

그러자 한필이 눈을 험하게 떴다.

“네가 뭘 해서 해결하려고? 또 뛰어내릴 셈이냐?”

“아뇨. 이제 그런 짓 하지 않아요. 제가 죽으면… 선생님께
서 힘들어지시잖아요.”

“그럼 무슨 수로 5,000만 원을 벌 건데?”

한필은 불같이 소리를 내질렀지만, 금세 마른 한숨을 깊게
내뱉었다.

“그 녀석들, 이자부터 시작해서 폭력에 협박까지, 전부 불
법이야. 그러니 내가 알아서 해결하마. 넌 그냥 숨어 있어라.
신고하면 모든 게 끝난다. 준비도 거의 끝났어.”

은수는 그런 한필의 손을 꽉 붙잡았다.

“아뇨. 제가 전부 다 해결할게요. 신고하면 도리어 선생님
이 위험해져요. 선생님은 가만히 계셔주세요. 더 이상은 절대
선생님께 누를 끼치지 않겠습니다. 제가, 제가 모두 다 끝낼
게요! 믿어주세요!”

한필은 은수의 말에 헛소리하지 말라며 성을 냈지만 은수
는 그런 한필의 손을 마주 잡고 그의 눈을 바라보며 믿어달라
외쳤다. 그러자 한필은 한숨을 푹 내쉬곤 뭘 할 거냐고 물었
다.

“말해 드릴 순 없지만… 전부 좋게 끝날 거예요.”

이제 자신은 무력하기 그지없는 과거의 은수가 아니었다. 그의 손에 이능의 힘이 생겼다.

'선생님, 절대로 그들이 선생님을 망치게 하진 않겠습니다.'

어차피 산을 내려와서 녀석들부터 박살 내려고 했다. 이거 울고 싶은데 뺨 때려준 격이다.

'빌어먹을 사회의 암 덩어리들아, 모조리 하나도 남김없이 전부 씹어먹어 주마!'

*　　　*　　　*

[자, 말은 그렇게 했지만 이제 어쩔 거야, 애송이?]

은수가 한필을 뒤로하고 걷자 라피스가 아주 재미있다는 듯 입을 열었다.

"녀석들을 모조리 없애 버릴 거야."

[죽이려고?]

은수는 대답하지 않았다. 긍정도 부정도 아닌 긴 침묵. 라피스가 웃었다.

[재미있네. 마음대로 해.]

"도와줘."

사실 말은 당당하게 했지만 3개월 동안이나 일방적으로 맞기만 했다. 비록 은수가 강해졌다곤 하지만 아직은 두려웠다.

[난 개인적으로 사람 죽이는 거 싫어하지만 네가 그렇게 한다면 말리진 않아. 그리고 애초에 내가 지금 말려봐야 안 할 생각도 없잖아? 그러니 네 맘대로 해. 선택은 네가 하는 거니까.]

라피스는 비릿한 웃음을 지었다.

[하지만 이것만은 알아둬, 꼬맹이 마법사. 마법사는 언제나 자신이 하는 일에 책임을 져.]

"그래, 내가 모두 책임져야 할 일이야."

[잘라 버리고 싶을 정도로 교묘한 혀를 가졌구나. 아니면 단순히 멍청한 거니? 어쨌든 마음대로 해. 난 그저 지켜볼 테니까.]

은수는 지갑에서 명함 하나를 꺼내 부숴 버릴 듯 세게 쥐었다. 그 명함에는 나익환 개인 대출 상담 사무소라고 적혀 있었다.

"너희는 건드려선 안 될 것을 건드렸어."

그의 눈에서 악귀 같은 붉은 안광이 일렁였다.

결심이 서자 행동은 빨랐다.

그는 가까운 의류점으로 향해 블랙진과 쫙 달라붙은 검은색 후드 티, 야구 모자, 가죽 장갑을 구입한 뒤 갈아입곤 뒷골목으로 향했다.

사회의 빛이 미치지 않는 어둡고 습한 뒷골목. 처음 왔을 땐 굉장히 두려워했던 길이지만 지금 은수에겐 전혀 두렵지 않았다. 그는 당당한 걸음으로 뒷골목에 진입해 나익환 대출 사무소 앞으로 갔다. 불이 켜져 있었다.

은수는 심장이 두근거리는 것을 느꼈다.

'안에 나익환이 있다. 지금 가서 없애 버리면 모두 끝난다.'

은수는 지금 당장 모두 죽여 버리고 싶은 강한 충동을 느꼈지만 꾹 눌러 참았다. 그가 비록 이능의 힘을 얻긴 했지만, 그걸로 당장 무적 패왕이 되는 건 아니다. 그는 지금 여전히 약자이며 싸움 몇 번 안 해본 애송이에 불과했다. 굳이 비유하자면 호랑이 발톱과 이빨을 얻은 하룻강아지 정도가 옳겠다. 호랑이 이빨을 가졌다고 위풍당당했다간 경험 많은 늑대들에게 찢길 게 분명하다.

'기회는 딱 한 번이야. 완벽해야 해.'

그러기 위해선 정보가 필요했다. 적어도 나익환 패거리가 몇 명인지, 언제 어떻게 움직이는지 정도는 알아둬야 한다.

은수는 다시 발걸음을 옮겨 나익환 사무소가 잘 보이는 반대편 건물로 올라갔다. 그러자 창문 사이로 살이 뒤룩뒤룩 찐 나익환과 그 옆에 익숙한 실루엣이 보였다. 왼쪽 눈에 칼자국이 난 남자. 곽수였다.

은수는 곽수를 보자 순간 눈이 화끈거리는 것 같았다. 분명 상처는 전부 아물었는데도 왠지 모를 화끈함은 없어지지 않았다. 하지만 그렇다고 그 고통에 신경 쓸 여유 따윈 없었다.

은수가 정신을 눈에 집중했다. 그러자 날카로워진 시력이 바닥에 드리워진 그림자까지 포착했다. 그림자는 두 개였다. 그렇다면 안에 있는 사람은 나익환을 포함해 네 명이리라.

'더 있다. 저게 다는 아냐.'

평소에 은수를 찾아오던 조폭은 두세 명. 그리고 많을 땐 네 명까지도 왔다. 그렇다면 최소 나익환을 포함해 다섯 명이란 얘기다. 한 명이 부족했다. 은수는 좀 더 기다려 보기로 했다.

시간이 흘러 12시가 되자 건물에서 두 사람이 나왔고, 좀 더 지나자 한 사람이 더 나왔다.

은수는 셋이 나간 것을 보고 다시 창문으로 시선을 옮겼다. 나익환과 곽수가 보였다.

'뭐지?'

분명 방 안에 있던 사람은 넷이었다. 혹 이 건물에 상주하는 다른 사람일까 싶었지만, 검은 양복에 험악한 인상을 볼 때 건달이 맞았다.

'문지기?'

혹시 모른다. 그렇다면 조금 더 신중해져야 한다. 만약 문지기가 은수가 온 것을 알리면 나익환이 도망갈지도 모른다. 물론 그들은 은수를 먹잇감으로밖에 생각하지 않으니 도망가진 않겠지만 혹시 모를 가능성은 최대한 배제해 놓는 것이 좋았다.

새벽 1시쯤 되자 사무실에 불이 꺼졌고, 곽수와 나익환이 같이 나와 대로 쪽으로 나갔다.

'어딜 가는 거지?'

은수는 그 둘을 미행해야겠다고 마음먹었다. 운이 좋다면 오늘 당장 나익환을 없애 버릴 수도 있으리라. 그렇게 생각하는 사이 그 둘이 모퉁이 쪽으로 향했다. 마음이 다급해졌다.

'계단은 너무 오래 걸려. 그렇다면……'

은수가 재빨리 주변을 훑었다. 다행히 늦은 시간인 까닭에 주변에 사람이 적었다.

"*Karus's kamarin(카루스의 날개 깃털).*"

은수는 영창을 외치며 건물 아래로 뛰어내렸다.

후우웅!

강한 풍압이 은수를 찢어발길 것처럼 불어왔지만, 은수는 눈 하나 깜빡하지 않았다.

[똑똑한데? 딱 한 번 써본 마술인데 기억하고 있다니.]

"난 바보가 아냐. 무시하지 마."

왜냐면 떨어져도 아무 일 없을 거라는 사실을 알았기 때문이다.

은수는 마치 깃털 떨어지듯 조용히 바닥에 착지했다. 이후 은수가 곽수와 나익환을 확인하니, 둘이 코너를 돌 준비를 하고 있었다.

'아직 늦지 않았다!'

은수는 이를 꽉 깨물곤 발을 굴렀다. 남은 마법 지속 시간은 약 10초. 그들과의 거리는 약 100m 정도였다.

앞뒤 확인했다. 사람은 없었다.

'그렇다면……!'

발끝에 힘을 줘 있는 힘껏 점프했다. 그러자 은수의 몸이 탄환처럼 날아올랐다가 조용히 떨어졌다.

단숨에 20m나 되는 거리를 좁혔다.

하지만 은수는 그 정도로 만족하지 못했는지 두 번 발을 구른 후 한 번 더 도약했다. 다시 한 번 날아오르는 은수. 은수는 프로 선수가 봤다면 입 떡 벌릴 만한 속도로 100m를 돌파한 뒤 코너에 딱 달라붙어 고개를 내밀었다.

코너 너머에는 주차장이 있었는데, 나익환과 곽수는 그곳에서 차를 몰아 유유히 사라졌다. 차번호는 '마4829'였다.

은수는 다시 한 번 마법을 사용해 차량을 쫓을까 했지만 이내 포기했다. 차가 대로로 나가면 눈이 너무 많았다.

'젠장.'

짜증이 솟아올랐지만, 첫술에 어째 배 부르랴. 좀 더 인내를 가져야 했다.

다음날 밤에도 어제 했던 것을 반복했다.

이번에도 12시에 세 명이 같이 나왔고, 나익환과 곽수는 좀 더 있다가 나왔다.

다음날에는 조금 다르게 좀 더 이른 시각에 나와 뒷골목을 살폈다. 그러자 머지않아 10대 후반에서 20대 초반 정도로 보이는 양아치 무리가 취객을 몰아넣고 윽박지르고 있는 것을 발견했다.

'뭐지?

머리가 반쯤 벗겨진 취객의 머리에 양아치의 손바닥이 부딪쳐 짝 소리가 났다.

"돈 없냐고!"

"이러언 버르장머리 없는 새끼가!"

남자는 취한 손으로 앞에 있는 양아치를 때리려 했지만, 그 손은 너무나 쉽게 막혔다.

"아직 상황 파악이 잘 안 되나 본데!"

그리고 양아치는 처참할 정도로 남자를 때리기 시작했다. 다른 양아치들은 그 모습을 보곤 깔깔대며 웃었다. 그러다 은수가 다가오자 양아치들은 깜짝 놀라 하던 일을 멈추고 은수를 위협적으로 쳐다봤다.

"뭐냐? 갈 길 가라."

조악한 협박. 야구 모자 그늘에 있는 은수의 입이 비틀어졌다. 과연 저들은 지금 자기가 짐승 아가리에 머리를 들이밀고 있다는 것을 알기나 할까?

'그래, 어차피 물어볼 것도 있고, 실력 시험 상대도 필요했

다. 이 정도가 딱이겠지.’

은수가 대답하지 않자 양아치 중 하나가 다가왔다.

“꺼지라고! 귀 먹었냐?”

은수는 눈으로 그를 한번 훑었다. 건들거리는 걸음걸이. 그는 은수에게 일정 거리까지 다가오다 갑자기 빠르게 움직이며 주먹을 휘둘렀다. 양아치 짓, 그냥 배짱으로만 하는 것은 아니었는지 꽤나 날카로웠다. 하지만 그건 일반인한테나 그렇단 얘기고, 반사 신경이 늘어난 은수에겐 전혀 그렇지 않았다.

은수는 날아오는 주먹을 손바닥으로 잡곤 바로 반대편 손으로 러시안 훅을 날렸다. 산에서 몇 번이나 연습했던 자세다.

퍽! 하고 깔끔하게 턱에 명중하는 훅. 양아치는 훅을 맞고 풀썩 쓰러졌다.

“어?”

양아치들이 어이가 없는지 입을 쩝 벌렸다. 동료가 단 한 주먹에 풀썩 쓰러졌으니 그럴 만도 했다.

이제 남은 건 셋. 은수가 터벅터벅 걸어가자, 뒤에 있던 둘이 서로 눈치를 보다가 도망갔다. 뒤이어 취객을 폭행하던 양아치도 도망가려 했지만……

“야, 이 개새끼야아~!”

취객이 그를 붙잡았다. 양아치는 그를 떼어내려 애썼지만 취객은 양아치를 놓아주지 않았다. 그 사이 은수가 도착했다. 그러자 양아치는 갑자기 초인적인 힘을 발휘, 취객을 밀쳐낸 뒤 칼을 꺼내 들었다.

"꺼, 꺼져! 이 괴물같은 새끼야!"

은수가 반사적으로 몸을 멈췄다. 분명 그가 강해지긴 했지만 위에서 말했듯, 은수는 아직 하룻강아지였고, 자기 힘이 얼마나 강한지 아직 경험하지도 못한 상태다. 그렇기에 머리는 아직도 본능적으로 앞에 있는 칼을 두려워했다. 하지만 은수는 그 두려움을 꾹 눌러 참곤 양아치를 경계했다.

'저딴 주머니칼 따위 무서울쏘냐!'

양아치는 그런 은수를 앞에 두곤 도망가는 것과 덤벼드는 것을 고민하기 시작했다.

'도, 도망갈까?'

하지만 앞에 있는 이 녀석이 더 빠르다면 끔찍한 결과가 일어날 게 분명하다. 그렇다고 단 한 방에 사람을 쓰러뜨린 녀석에게 달려드는 것도 무모하긴 마찬가지. 결국 아무것도 못한 채 시간이 흘렀다.

서로에게 무거운 시간이 약 10초. 양아치는 결국 그 중압감을 이기지 못하고 먼저 달려들었다.

"으아아아!"

양아치는 몸을 낮추고 칼을 찔러 들어왔다. 그러자 은수는 몸을 옆으로 틀어 피한 뒤 그의 머리를 잡고 무릎으로 그를 가격했다.

끔찍한 소리가 났다.

"컥!"

양아치가 앞으로 쓰러졌다. 그는 일어서서 도망가려 했지만, 은수가 일어나려는 양아치를 발로 밀어 다시 쓰러뜨렸다. 그러자 그는 도망가는 것을 포기했는지 은수를 애절하게 쳐다봤다.

"때, 때리지 마세요! 잘못했어요!"

은수는 그에게 얼굴을 들이밀었다.

"물어볼 게 있다. 나익환이라고 아나?"

"나, 나익환 형님요?"

"그래."

"아, 알아요! 전부 말할게요! 그러니 제발 때리지 마세요!"

그는 겁을 잔뜩 집어먹었는지 은수가 묻기도 전에 정보들을 술술 뱉어냈다. 은수는 그 양아치에게 이것저것 더 물어본 뒤, 이후 밤 11시 반쯤에 어제와 같은 위치에서 나익환을 감시했다. 역시나 12시에 세 명이 나갔고, 조금 후에 나익환과 곽수가 나갔다.

이번엔 가져온 자전거를 타고 나익환을 미행했다. 신체 능력이 월등해져서 자동차를 따라가는 것에 문제가 없었다. 물론 거리를 두고 쫓아갔기에 조금 힘겹긴 했지만 말이다.

곽수는 나익환과 함께 사무실에서 조금 거리가 있는 주거

지역에 있는 다세대주택으로 들어갔다. 아마 합숙하고 있는 것 같았다.

은수는 이번엔 아침 일찍부터 그 자리에 앉았다. 어제 그 녀석을 통해 필요한 정보는 거의 다 얻었다. 일단 나익환, 그리고 곽수라는 행동대장과 그 아래 똘마니가 세 명 있다. 간혹 용역을 쓰는 것 같긴 하지만, 평소 상주 인력은 다섯 명이다.

'오늘까지만 지켜보고 아무런 변화가 없으면 내일 실행해야겠다.'

그들은 약 10시쯤 되자 출근했다. 그리고 나익환은 그 자리에 계속 있었고, 몇 명씩 흩어져서 나갔다. 수금을 나가는 것 같았다.

은수는 순간 지금 당장 습격할까 했지만 아무래도 아침엔 사람이 너무 많았다. 무엇보다 저 건물에는 나익환 대출 사무소만 있는 것이 아니지 않는가.

수금 나갔던 인원은 해가 지자 전부 사무실로 돌아왔다. 그리고 다시 12시.

'셋이 나가야 할 시간.'

하지만 은수의 생각과는 달리 다섯 명이 나왔다.

'어째서?'

그들은 다섯이서 우르르 나와 같은 차를 타고 나갔다. 은수가 입술을 꽉 깨물었다. 일이 뭔가 잘못됐다.

또 다음날. 은수는 애써 어제는 특별한 날일 거라 생각하며 뒷골목으로 향했다. 그리고 평소처럼 건물 위로 올라가려던 찰나, 쪼그려 앉아 담배를 피우던 양아치들에게서 흥미로운 얘기를 들을 수 있었다.

"야, 요즘 조심해라. 나익환 형님 캐고 다니는 새끼 있대더라. 그래서 형님들 날카로워져 있으니까 건들지 말고. 검은 후드에 모자 쓴 새끼 보면 조심해."

"검은 후드에 모자?"

은수가 듣고 있자니 양아치 중 하나가 은수를 바라보며 말했다. 그러자 양아치들의 눈빛이 전부 은수에게로 몰렸다.

"뭘 봐."

은수가 이를 꽉 깨물며 말하자, 양아치들은 순간 멈칫하며 욕설을 내뱉었다.

"아오! 놀래라. 재수없게 진짜!"

은수 역시 양아치들이 고분고분하게 나왔기에 그들 앞에서 사라졌다.

[아마 그 양아치 녀석이겠네.]

"아아, 내 힘을 확인해 볼 겸 정보도 캘 겸 한 것이었는데 너무 섣부른 행동이었어."

[잊지 마. 너만 생각할 수 있는 게 아냐.]

“그딴 건 나도 알아.”

말은 그렇게 했어도 은수는 혹시 모른단 생각에 밤까지 기다렸다. 하지만 역시나 나익환 일행은 12시에 다 같이 나왔다. 은수가 속으로 욕지거리를 내뱉었다.

‘계획 수정이다.’

다음날은 그믐달이 뜬 밤이었다.

은수는 달빛 하나 닿지 않는 골목길 사이를 걸었다.

“후…….”

두려웠다. 도대체 무엇이 두려웠던 걸까. 분명 자신의 몸은 굉장히 강해졌다. 근데 뇌는 이상하게 그것을 믿지 못했다. 언제나 건달들에게 맞기만 했던 까닭일까? 뇌는 은수에게 끔찍했던 과거를 되살려 내며 가지 말라고 붙잡았다.

다리가 떨렸다. 그러자 뇌는 지금이라도 늦지 않았다며 당장 발걸음을 돌리라고 재촉했다. 지금 이 걸음을 계속하면 다시는 돌이킬 수 없을지도 모른다고, 죽을지도 모른다고. 사실 굉장히 무서웠다. 지금이라도 당장 도망치고 싶었다. 하지만 도망친다면…….

한필이 위험하다. 그가 지금 일을 처리하지 않으면 한필은 분명 나익환 등을 고소할 테고, 그럼 그들은 한필을 쥐도 새도 모르게 없애 버릴 게 분명했다. 그리고 은수는 자신의 책임을 남에게 뒤집어씌우고 도망간 겁쟁이라고 평생토록 굴욕

감을 안고 살게 될 것이다.

'어차피 죽으려던 인생, 까짓것 두 번밖에 더 죽나!'

은수는 이를 꽉 깨물고 숨을 들이마셨다가 내뱉었다. 그러자 공포로 흐릿해져 있던 의식이 뚜렷해졌다.

결심이 서자 일은 일사천리로 진행됐다. 일단 은수는 주변에 있는 작은 조약돌을 한 움큼 주워 든 뒤 나익환 사무소를 향해 성큼 계단을 올랐다. 나익환 사무소는 3층. 하지만 은수는 2층에서 멈추곤 계단 난간 사이로 고개를 내밀어 3층 쪽을 쳐다봤다. 그러자 나익환 사무실 앞에 서 있는 건달이 보였다.

'역시 문지기가 있었군.'

은수는 문지기를 확인하곤 그를 끌어내기로 했다. 마음 같아선 당장 가서 묵사발을 내버리고 싶었지만, 다섯이서 함께 덤비면 곤란했다. 일단은 수를 줄여야 했다.

은수는 주머니에서 조약돌을 하나 꺼내 층과 층 사이로 던졌다. 탁 하는 소리가 울렸다. 애초에 건달에게 던지지 않았으니 건달이 맞을 리 없다. 대신 그의 신경을 긁는 것엔 충분했는지 은수가 몇 번 반복하자 계단 위에서 욕 소리가 들려왔다.

"신경 거슬리게 하지 마라!"

은수가 속으로 미소를 지었다. 적이 떡밥을 물었다.

"싫다면?"

“이 새끼가!”

싫다면 어쩌겠는가. 쫓아오겠지. 건달의 발소리가 들렸다. 은수도 그 발소리에 맞춰 아래로 향했다. 그리고 더 쫓아오라는 듯 건달 발치에 조약돌을 집어 던졌다. 그러자 건달은 더욱 성을 내며 은수를 쫓아왔다.

“너, 걸리면 뒤진다!”

“그럼 잡아보든가.”

“이런 쌍!”

건달이 달리기 시작했다. 성공이었다. 은수는 건달과 거리를 유지하며 계단을 내려와 건물 밖까지 끌어낸 후 의도적으로 막다른 골목으로 달렸다. 그러자 건달이 씩 웃으며 골목으로 들어왔다.

“도망 다 갔냐?”

은수도 웃었다.

“그래, 도망 다 갔다.”

그리곤 푹 눌러쓰고 있던 모자를 벗었다. 가로등 아래로 은수의 얼굴이 훤히 드러났다. 건달은 그를 훑더니 어이없다는 듯 픽 웃었다.

“이야, 너 은수 아니냐? 한참 찾았어, 새끼야. 너 찾느라 얼마나 힘들었는지 알아?”

“그러시겠지.”

은수가 이를 악물고 말하자 건달이 빠른 걸음으로 다가왔다.

"하하, 이 새끼 봐라?"

그리곤 사정거리가 닿자마자 바로 잽을 날렸다. 날카롭게 날아드는 잽. 역시 양아치 따위와는 수준이 달랐다. 하지만 그래 봤자 일반인. 몸이 재정비되기 시작한 은수보단 훨씬 못했다. 물론 예전의 은수였다면야 잽을 맞고 바닥을 굴렀을 테지만, 수련을 거듭한 지금의 은수에겐 박수 한 번 치고도 피할 수 있을 만큼 느리게 보였다.

'양아치 때와 똑같아! 이길 수 있다!'

은수는 그 잽을 피하지 않고 손으로 받아냈다. 건달이 바로 반대쪽 주먹을 날렸다. 그러자 은수는 그 주먹을 바로 쳐낸 뒤 그의 코를 머리로 들이받았다. 기괴한 소리가 나며 건달의 코가 뭉그러졌다.

"아, 아악!"

건달이 고통스러워하며 몸을 뒤로 빼려 했지만, 은수는 그런 건달을 그냥 보내줄 생각이 없었다. 은수는 잡았던 건달의 주먹을 머리 위로 올려 당긴 뒤 반 바퀴 돌아 끌려오는 건달의 인중에 팔꿈치를 처박았다.

그러자 건달은 껙 소리를 내며 앞으로 허리를 숙이곤 코와 입에서 동시에 피를 쏟아냈다. 쏟아지는 피 사이로 하얀 뭔가가 세 개 뚝뚝 떨어졌다.

은수는 그런 건달을 조용히 쳐다봤다. 산속에서 혼자 몇 백 번, 몇 천 번이나 상상하며 연습했다. 얼마나 이 광경을 기다려 왔던가!

"네가 자초한 결과야. 평소에 많이 때렸으니 그러려니 해."

건달은 은수의 말을 받아치려 했지만, 말이 끝남과 함께 날아온 발차기에 정신을 잃었다. 사족을 붙이자면 발차기는 건달의 고간에 꽂혔다.

"후으……!"

은수는 거품을 물고 쓰러진 건달을 내려다봤다. 이제 넷 남았다. 아마 넷 다 사무실 안에 있겠지. 은수는 마음 같아선 당장 사무실로 달려가 다 때려 부수고 싶었지만, 아직은 숫자가 많다. 넷이 동시에 덤비면 감당할 자신이 없었다.

'그렇다면……!'

은수는 문득 뭔가 떠오른 듯 쓰러진 건달의 주머니에서 핸드폰을 꺼내 들어 주소록을 뒤졌다.

"다음은 너다."

은수는 다시 나익환 사무실, 아니, 정확하겐 사무실 옆에 딸린 화장실로 향했다. 그는 제일 먼저 화장실에 사람이 있나 살폈다. 없었다. 하긴 조폭 사무실이 바로 옆인데 어디 무서워서 똥이나 누겠는가.

은수는 화장실에 아무도 없다는 것을 확인하자 맨 안쪽 칸에 들어가 문을 잠근 뒤 빠져나왔다. 그리곤 중앙 칸 변기 위에 양반다리로 앉아 문자를 보냈다. 수신자 이름은 동수 새끼였다.

'와라.'

은수는 휴대폰을 무음 모드로 해놓고 기다렸다.

'확인하는 시간에 따라 짧으면 30초에서 길면 10분 정도 걸리겠지.'

다행히 다음 타깃은 1분 만에 도착했다. 그는 화장실에 들어오자마자 박장대소했다.

"휴지가 없으셨습까, 형님."

은수는 그 소리를 듣자 심장이 빨리 뛰는 것을 느꼈다. 쿵쾅거리는 소리가 너무 커 마치 머릿속에 심장이 들어온 것만 같았다. 혹시나 밖으로 새어 나갈지 모를까 겁도 났다. 하지만 다행히 건달은 은수의 존재를 알아차리지 못하고 안쪽으로 들어갔다.

건달은 돌아오는 대답이 없자 뭔가 이상하다고 느꼈는지 노크를 했다. 하지만 역시나 대답은 없다. 그럼 대부분의 사람은 무의식중에 칸 아래를 내려다본다. 만약 사람이 있다면 발이 보일 테니까. 은수는 그 부분을 이용했다.

침묵이 약 3초.

"후— 읍!"

은수가 튀어나갔다.

은수는 있는 힘껏 문을 열어젖혔다. 그러자 화장실 변기 칸 아래를 내려다보던 건달의 머리에 문이 뻑 소리를 내며 부딪쳤다.

"억!"

남자가 균형을 잃으며 우스꽝스럽게 넘어졌다. 마치 코미디에 나오는 장면 같았지만, 은수는 웃음기 전혀 없이 널브러진 건달의 목에 발을 쑥 꽂아 넣었다. 그러자 건달이 껵 소리를 냈다. 이 일격으로 이제 비명이 새어 나갈 일 따윈 없어졌다.

"반갑습니다?"

건달은 눈물이 그렁그렁 맺힌 눈으로 은수를 올려다보곤 눈을 커다랗게 뜨고 꺽꺽 소리를 냈다. 하지만 은수는 더 들어줄 생각이 없어 남자를 발로 찼다. 남자는 발길질을 막으려고 손을 뻗었지만, 운이 없게도 손가락이 발에 채이며 부러져 버렸다.

"끅, 끄그그극!"

남자가 고통에 몸을 떨며 머리를 두 손으로 감쌌지만, 은수는 신경 쓰지 않았다. 대신 축 늘어진 손가락을 발로 차기 시작했다. 결국 건달은 몇 번 차이자 고통을 이기지 못하고 손을 치웠다. 그는 한 손으로라도 어떻게든 발길질을 막으려고 했지만 부족했고, 결국 그 건달도 머지않아 혼절했다. 건달이 혼절했는데도 은수는 한동안 건달에게 발길질을 했다.

그러다 문득,

띠리리리리, 띠리리리.

핸드폰이 울렸다. 쓰러진 건달의 것이었다.

은수의 머리가 굳었다.

은수는 재빨리 쓰러진 조폭의 품에서 핸드폰을 꺼냈다. 그러자 액정에 계호 형이라고 적혀있었다. 그리고 확인한 순간 전화가 꺼졌다.

'시간! 시, 시간이 얼마나 지났지?

그다음엔 은수의 주머니에서 진동이 느껴졌다. 아마 처음 쓰러뜨린 건달의 것이겠지. 이 전화가 끊기면 분명 건달이 수상한 낌새를 알아차릴 것이다.

'도망갈까? 기습해? 아니면 기다릴까?

은수의 머릿속에서 여러 선택지가 정신없이 뛰어다녔다. 하지만 그러는 사이에도 시간은 계속 흘러갔다.

[이미 알아차렸어. 문 열고 나오려고 하니까 준비해.]

라피스가 끼어들었다.

'벌써?

그리고 그 순간 저 멀리서 작지만 거칠게 문 여는 소리가 들려왔다.

"에이, 새끼들! 뭐 좀 사오라고 시킬랬더만, 눈치 까고 전화도 안 받아요 하여간."

그렇다면 남은 선택지는 기습밖에 없었다.

'일격에 끝내야 한다!'

은수는 주변에서 무기로 쓸 만한 것을 찾기 시작했다. 그러다 문득 거울 옆에 있는 수건걸이가 보여 그것을 뜯어낸 뒤 문 옆으로 밀착했다.

끼익!

절묘한 타이밍! 은수가 숨자마자 문이 열렸다.

"야, 동수!"

그리고 문 너머로 누군가가 깜짝 놀라며 쓰러진 건달에게 다가갔다. 은수는 그 소리를 듣곤,

끼이익!

문을 닫았고,

"아?"

그 소리에 고개를 돌린 건달의 머리에,

빡!

수건걸이를 내려쳤다. 속이 비어 있던 까닭에 수건걸이가 은수의 힘을 이겨내지 못하고 휘어버렸지만, 굳이 걱정할 필요는 없었다. 왜냐면 건달이 쓰러졌으니까.

은수는 쓰러진 건달을 마무리할 요량으로 다가갔다가 이내 그만뒀다.

건달의 머리 한편이 쑥 들어가 있었고, 그는 몸을 부르르르 떨며 신음 소리를 냈다. 이 정도면 목숨이 오락가락하는 치명

상이다. 은수는 순간 죄책감이 들었지만, 애써 그런 감정을 떨쳐내곤 화장실 밖으로 나왔다. 아직 할 일이 남아 있었다.

'이제 남은 건 돼지새끼랑 곽수밖에 없다.'

은수는 성큼 계단을 올라 나익환 사무소라고 적힌 문을 세게 열었다.

쾅 소리가 온 방 안에 튀었다. 그러자 곽수는 폭력적인 불청객을 확인하곤 눈을 찌푸렸다. 그는 뒤이어 '계호! 동수! 한음!' 하고 불렀지만 돌아오는 대답은 없었다. 그는 그제야 상황 파악이 됐는지 작게 욕설을 내뱉었다.

"요즘 우리 캐고 다니는 새끼가 있다던데, 그게 너였냐?"

"예, 그게 바로 접니다. 오래간만에 뵙네요."

은수가 푹 눌러쓰고 있던 후드를 벗자 그 밑으로 은수의 얼굴이 드러났다.

"상처는 예전에 나았는데 이상하게 당신 보니까 눈이 다시 아프네요. 잘 지내셨습니까?"

곽수가 어이없다는 듯 웃었다.

"네 새끼가 걱정 안 해줘도 될 만큼 잘살고 있다. 그러니 이제 남 걱정 말고 네 걱정이나 하지?"

곽수가 책상 옆에 놓여 있던 골프채를 뽑아 들곤 은수에게 과격한 축객령을 내리려고 하자, 나익환이 책상을 두드려 곽수를 제지했다.

"아아, 은수 고객님 아닙니까? 한참을 찾았습니다."

　마치 녹아서 흘러내리는 푸딩 같은 사람이었다. 돈 없는 사람들의 피를 잔뜩 빨아 자신의 살을 잔뜩 불린 인간. 몸속엔 피 대신 탐욕이 흐를 것만 같았다. 그는 의자 안으로 최대한 엉덩이를 밀어 넣으며 말했다.

　“돈을 못 받는 줄 알았거든요.”

　“그래서 제 은사님을 그렇게 만드셨습니까?”

　은수가 나익환의 태도가 기가 막혀 쏘아대자 나익환이 재미있다는 듯 웃었다.

　“글쎄요? 그 사람이 당신 은사인지 아닌지는 저야 관심 없지요. 중요한 건 그 사람이 당신 병원비를 내줄 정도로 친하다는 겁니다. 병원비를 대신 내줬으니 당신 돈도 대신 갚아줄 수 있지 않겠습니까?”

　은수가 이를 꽉 깨물었다. 앞에 있는 자는 악마였다. 인간의 가죽을 뒤집어쓴 탐욕의 악마.

　“무섭습니다. 그러다 절 죽이기라도 하시겠어요. 하지만 잊으시면 안 되죠.”

　그가 장부를 펼쳐 들었다.

　“당신이 저희한테 돈 3,000만 원을 빌렸다는 사실 말이죠. 저는 분명 이자가 셀 거라고 말씀드렸고, 언젠가 후회할 거라고도 말씀드렸습니다. 선택한 것은 당신이잖습니까?”

　“닥쳐! 난 조금씩이라도 갚아나가려고 했어! 하지만 너희가 이자를 받지 않았잖아!”

은수는 그렇게 말하곤 이를 꽉 깨물었다.

"글쎄요, 시간이 안 맞은 것 가지고 저한테 일방적으로 쏘아붙이면 곤란합니다."

"닥쳐! 오늘 모두 끝낼 거다! 너희 같은 새끼들 따위, 모조리 없애 버리겠어!"

은수가 악에 받쳐 말했지만, 나익환은 전혀 무섭지 않은 듯 되레 코웃음 치며 말했다.

"그래요. 지긋지긋한 채무 관계, 모두 끝내죠."

나익환은 미친 듯이 웃다가 웃음을 뚝 멈추곤 말했다.

"그 몸 전부 뜯어내서."

그 말이 끝나자마자 곽수가 은수에게 달려들었다. 날카롭게 날아드는 아이언 드라이버! 은수가 깜짝 놀라며 뒤로 피했지만, 조금 부족해 볼 끝을 스쳤다. 단지 그것뿐인데도 살점이 뜯기며 피가 튀어 올랐다. 저딴 일격을 머리에 맞으면 단숨에 이승과는 안녕할 게 분명하다!

곽수는 방금 전 일격으론 만족하지 못했는지 다시 덤벼들었다. 한 번 더 바람을 가르는 드라이버. 은수는 뒤로 피하려고 했지만, 좁은 사무실 안인지라 공간이 마땅치 않았다.

'막고 쓰러뜨린다!'

퍽 소리와 함께 팔에 굉장한 고통이 느껴졌다. 하지만 그런 고통 따윈 무시하고 곽수에게 달려들었다. 골프채를 회수하는 데 시간이 걸릴 테니 그사이에 때려눕히면 된다는 심산이

었지만,

"컥?!"

날아온 구두 굽에 보기 좋게 키스했다.

은수가 발차기를 맞고 넘어지자마자 바로 그 위로 골프채가 떨어졌다. 은수가 재빨리 몸을 비틀어 피하자 옆에서 바닥 깨지는 소리가 났다. 은수는 순간 섬뜩함을 느꼈다. 아마 방금 것도 제대로 들어갔다면 갈비뼈가 조각이 나버렸을 거다.

분명 은수의 몸이 강해지긴 했지만 안타깝게도 그에겐 경험이 부족했다. 반면 곽수는 늙어 육체적 능력은 떨어졌지만, 수없이 많은 싸움을 이겨낸 경험이 있었다.

굳이 비교하자면 좋은 하드웨어를 가졌지만 아무런 소프트웨어를 가지지 않은 은수와 보통 하드웨어에 효율 좋은 소프트웨어를 가진 곽수란 얘기다.

은수는 꼴사납게 대굴대굴 굴러 곽수의 사정거리에서 벗어났다.

'될 수 있다면 마법은 사용하지 않으려고 했는데……!'

어쩔 수 없었다.

"*Durge guets Zkose(딱딱하게 굳을지어다)*."

은수의 입에서 이계의 언어가 흘러나왔다. 그러자 은수의 몸이 회색빛으로 변하더니 순식간에 온몸에서 종기 나듯 돌들이 돋아났다.

"저, 저게 뭐야!"

곽수가 깜짝 놀라 은수에게 골프채를 휘둘렀다. 채 마법을 끝내지 못한 은수의 어깨에 골프채가 꽂혔지만 은수는 잠시 흔들릴 뿐 아무렇지도 않아 보였다.

"다 때렸냐?"

곽수가 깜짝 놀라 뒤로 물러났다. 은수는 깜짝 놀라서 주춤거리는 곽수를 때리려 주먹을 뻗었다.

둔중하게 날아가는 주먹. 하지만 돌이 붙은 까닭인지 주먹이 너무나 느렸다.

"으아악?!"

곽수는 그런 주먹을 골프채로 휘둘러 튕겨냈다. 은수는 바로 왼 주먹을 날렸지만, 곽수는 이번에도 쳐낸 뒤 바로 방향을 틀어 은수의 턱을 올려쳤다.

"카!"

"너 이 새끼, 정체가 뭐야!"

곽수는 굉장히 당황하는 듯 보였지만 은수의 공격을 전부 막아내고 반격까지 했다. 하지만 역시 이 상황을 믿을 수 없는지 은수가 나가가지 않으면 먼저 공격하지 않았다. 아마 비이성적 세계를 맛본 까닭에 머리가 굳어버린 것 같았다.

[저 녀석, 지금 굉장히 당황해서 방어적으로 변했어. 지금이 기회야.]

은수가 라피스의 말을 듣고 곽수에게 달려들었지만, 그는 이번에도 보기 좋게 은수의 공격을 막아냈다. 그렇게 공방을 몇 번 주고받자 은수는 결국 이 수단으론 안 된다고 판단, 다른 마법을 사용했다.

"*Onepsc migreas(미끄러운 바다).*"

영창이 끝나자 곽수가 밟고 있던 땅이 일렁거렸다. 이걸로 준비는 끝. 은수가 다가가자 곽수는 이번에도 한 발짝 물러나며 골프채로 쳐내려 했지만,

"어?"

보기 좋게 미끄러졌다. 몸이 무너지는 곽수. 은수의 입가에 미소가 그려졌다.

'걸렸다!'

그는 그렇게 넘어지는 곽수의 팔을 부여잡곤 그대로 창밖으로 집어 던져 버렸다,

휭!

"으, 으아아아!"

쨍그랑 소리를 시작으로 곽수의 비명이 멀어지더니 이내 퍽 소리가 나며 조용해졌다. 이제 남은 것은 나익환 단 하나. 은수는 그를 씹어 먹을 듯 노려보며 다가갔다.

"히, 히익!"

그러자 그는 겁먹은 표정으로 허겁지겁 책상을 뒤지더니 검은 뭔가를 불쑥 꺼냈다.

권총이었다. 비록 그가 가지고 있는 실탄은 세 발밖에 없었지만, 그 정도라면 사람 하나 죽이기엔 충분하고도 남았다.

'총?'

나익환이 총구를 은수에게 겨누고 움직이지 말라고 외쳤다. 그런 그의 총 끝이 오들오들 떨렸다.

'젠장! 쏘기 전에 제압해야 한다!'

은수는 나익환을 제압할 생각으로 달렸다.

탕!

"으아아아!"

은수는 마치 뜨거운 꼬챙이가 배를 뚫고 들어오는 것 같은 고통을 느꼈다.

'맞았… 다?'

그가 어리석었다. 도망갔어야 했다. 아무리 은수가 빨리 움직인다고 한들, 방아쇠 당기는 손가락보다 빠를 순 없었다.

돌 사이로 피가 뿜어져 나왔다. 그리고 그와 동시에 덜컥 겁이 났다.

죽을지도 모른다. 아니, 한 발 더 맞으면 죽는다!

[이런 젠장! 방금 무슨 일이 일어난 거야! 야, 괜찮아? 야!]

은수는 흐려지는 의식 속에 누군가가 자신을 부르는 것 같았지만 들을 수 없었다. 고통은 그의 사고 회로를 단숨에 먹통으로 만들어 버렸다.

"아……."

흐려지는 의식 속에서 뇌는 당장 상처를 먼저 돌보라고 외쳤지만, 은수는 그 명령을 무시했다. 상처 치료보다 먼저 해야 할 일이 있다.

'제압… 해야 해!'

그렇게 생각되자 시야가 좁아져 나익환밖에 보이지 않게 됐다. 마치 뇌가 녹아내리기라도 한 것일까. 머리는 허옇고 고통이 멀어졌다.

"크아아아!"

은수가 양손으로 머리를 가리고 돌진했다.

"오, 오지 마!"

탕!

이번엔 오른쪽 가슴에 총알을 맞았다. 은수는 오른쪽 가슴이 뜯겨져 나갈 것만 같았지만 멈추지 않았다.

쾅!

은수는 나익환을 짓누르며 넘어졌다. 그리곤 몸이 시키는 대로 움직이기 시작했다.

은수가 나익환의 코에 주먹을 꽂아 넣었다.

뭔가 부서지는 소리가 났다.

"아, 악!"

나익환은 고통에 겨워 비명을 질렀다. 아니, 지르려고 했다. 은수는 그가 입을 벌리려 하자 이번엔 그의 인중을 때렸다. 그러자 이가 우둑 부서지며 피와 함께 나익환의 목구멍으로 넘어갔고, 결국 그는 비명을 대신 가르르 하는 소리밖에 내뱉을 수 없게 됐다.

사실 이미 제압은 끝났다. 나익환은 너무 고통스러워 이미 전의를 상실했지만.

"크아아아아아! 죽어! 죽어!"

은수는 멈추지 않았다. 멈추는 게 두려웠다. 때리는 것을 그만두면 당장에라도 나익환이 일어나 총을 쏠 것만 같았다.

[정신 차려, 이은수! 야! 이 자식아! 지금 그거보다 상처 치료가 더 급하다고!]

라피스는 은수를 말리려 했지만 은수에겐 이미 아무것도 들리지 않았다. 그는 라피스의 말에 멈추기는커녕 양손으로 깍지를 낀 다음 나익환의 머리를 내려쳤다. 그러자 마치 해머로 고기를 때리는 것 같은 섬뜩한 소리가 울려 퍼지기 시작했다.

퍽. 퍽. 퍽. 퍽.

고기 때리는 소리가 났다. 피가 튀었다. 뼈가 박살 났다. 다시 고기 때리는 소리가 났다.

그리고 이윽고 아무것도 남지 않았을 때가 돼서야 은수는 몸을 일으켰다. 이미 그의 눈은 풀렸고 입은 쩍 벌어졌다. 그리고 도망치듯 터덜터덜 몇 걸음 걸었지만 몸이 이미 말을 듣지 않는지 얼마 못 가 다리가 풀려 쓰러져 버렸다.

[정신 차리라고! 야! 너 이러다 죽어!]

라피스는 은수를 깨우기 위해 필사적으로 소리쳤다. 하지만 돌아오는 것은 무언. 아마 이미 정신을 잃었으리라. 라피스는 있지도 않은 입술을 잘근잘근 씹고 싶다는 충동을 느꼈다.

곤란했다. 지금 이 상태로라면 은수는 죽는다. 그렇다면 아마 은수의 육체에 강제적으로 묶인 라피스 역시 죽을 가능성이 컸다. 하지만 그렇다고 해서 라피스가 은수를 치료하면 치료가 완료되기도 전에 은수의 몸이 마나 소멸로 썩는다.

진퇴양난이었다.

[젠장, 결국 그 수밖에 없나.]

라피스가 한숨을 내뱉었다. 이대로 가다간 둘 다 죽을 게 뻔했다. 그럴 바엔…….

[하나라도 사는 게 더 좋겠지. 빌어먹을! 끝까지 고생시키는구나, 이 빌어먹을 바퀴벌레 더듬이 녀석억!]

라피스가 정신을 집중해 은수에게 씌어 있던 자신의 영혼을 떼어냈다. 그러자 기묘한 불안정함을 느끼며 라피스가 은수로부터 분리되어 나왔다.

[결국 소울폼인가.]

라피스는 마나가 빠른 속도로 소진되어 가는 것을 느꼈다. 위험했다. 이 세계의 자연 마나는 너무나 탁해져 있었다. 라피스는 어떻게 이런 세상에서 사람이 살 수 있는지 잠깐 의문이 들었지만, 그 의문에 해답을 구하는 멍청한 짓 따윈 하지 않았다. 그에게 남은 시간이 많지 않았으니까.

[간다! *Otsus(지배)*!]

라피스가 주문을 외우자 은수의 몸이 부르르 떨렸다. 그의 몸은 자신을 침식해 가는 라피스를 거부하려 했지만, 그의 저항은 머지않아 라피스의 주문에 눌려 버렸다.

"크아아아아아악!"

은수의 입에서 소리굽쇠에서나 날 법한 굉장한 진동음이 뿜어져 나왔다.

"젠장!"

라피스가 은수의 몸에 접촉한 뒤 제일 먼저 느낀 것은 고통이었다. 아프다. 몸을 조금만 움직여도 온몸이 찢어질 것만 같았다. 라피스는 바짝 긴장했다. 조금이라도 흐트러지면 금방이라도 의식을 놓아버릴 것만 같았다.

라피스는 먼저 은수의 몸을 살폈다. 도대체 뭐에 당했던 걸까. 그는 굉장히 혼란스러웠다. 그저 작고 검은 부메랑 같은 것 정도로 생각하고 있었는데, 갑자기 불이 나더니 은수의 몸에 쇳덩이가 틀어박혔다. 복부에 한 발, 우측 흉부에 한 발.

상황이 좋지 않았다. 복부 쪽에 있는 것은 소장과 대장을 아수 걸레조각으로 만들어놓았고, 흉부 쪽에 있는 것은 폐에 틀어박혔다. 거기다 그 과정에서 갈비뼈를 관통했는지 박살 난 뼈 파편이 주변 근육에 틀어박혀 있었다.

"재수도 더럽게 없는 놈!"

복부 쪽에 있는 것은 그나마 괜찮았지만, 흉부 쪽에 있는 것은 매우 심각했다. 복부에 있는 거야 그냥 쇳덩이를 뽑아내고 재생 마법을 사용하면 되지만, 흉부 쪽은 재생에 앞서 뼈 파편을 제거해야 한다. 무시하고 마법을 사용하면 내장이 뼈를 덮어 내출혈이 일어난다.

라피스는 염동력을 사용해 몸 안에 박혀 있는 쇳덩이를 끌어당겼다. 그러자 온몸이 접혀 버릴 것만 같은 고통과 함께 손톱만 한 작은 쇳덩이가 뽑혀 나왔다. 라피스는 새끼손가락 끝마디만 한 쇳덩이에 욕설을 내뱉곤 집어 던졌다.

라피스는 쇳덩이를 뽑아낸 다음엔 뼈를 뽑아내기 시작했다. 그래도 큰 조각까진 괜찮았지만, 아예 가루가 되어버릴 정도로 잘게 조각난 뼈들은 이미 살에 파묻혀 보이지도 않았다.

라피스는 한동안 세밀한 작업을 했지만 이내 포기했다. 시간이 많다면 전부 찾아낼 수 있겠지만 지금은 출혈이 심했다.

'결국 그 방법밖에 없나. 이 미친 짓을 다시 하게 될 줄은…….'

그는 한동안 허무한 표정을 지으며 상처 부위에 냉동 마법을 사용했다.

"흐으……."

입술이 파랗게 질리고 얼굴엔 핏기가 옅어졌으며 온몸이 덜덜 떨렸다. 하지만 동시에 흉부 통증도 점점 옅어지기 시작했고, 좀 더 내려가자 마치 오른쪽 가슴이 없어지기라도 한 양 아무것도 느껴지지 않았다.

라피스는 마치 얼음처럼 차가워진 가슴을 쓸어내렸지만
딱딱한 것을 만지는 것 같은 촉감만 느꼈다. 그는 떨리는 얼
굴로 애써 자조 섞인 웃음을 지은 뒤 가슴 위로 마법을 시전
했다.

"Lagunemine(분해)."

딱딱한 뭔가가 잘려 나가는 소리는 들렸지만, 아무런 고통
도 느껴지지 않았다. 라피스는 떨어져 나간 파편을 쳐다보지
도 않은 채 집어 던졌다.

"기분 더럽네."

라피스는 가슴이 뻥 뚫린 느낌이라는 게 이런 걸까 싶었다.

'아무 감각도 없다는 것도 비슷하고 말이지.'

그녀는 그렇게 짧은 자조를 끝내고 재생 마법을 시전했다.
더 이상 여유 부릴 틈이 없었다. 가만히 있어도 저체온증이
고, 어쩌면 몸의 온도가 올라 상처 고통으로 쇼크가 올지도
몰랐다.

"Mängima(재생)."

라피스가 주문을 외우자 얼어붙어 있던 살들의 체온이 돌
아오며 다시 살아나기 시작했고, 그와 같이 통각도 되살아났
다.

"크아아아아아아아악!"

한동안 끔찍한 소리가 계속됐다. 아무것도 없던 가슴에 새
로운 내장이 돋아나고, 갈비뼈가 돋아났으며, 그 위로 근육과

살이 뒤덮였다.

굉장한 고통이 라피스의 영혼을 찢어버릴 듯 뒤흔들었다. 분명 육체는 재생되고 있는데도 재생 부위가 통째로 믹서에 갈리는 것처럼 아팠다. 하지만 그렇다고 넋 놓고 비명만 지를 수는 없었다. 라피스는 정신을 집중했다.

여기서 마법을 중단하면 피가 쏟아져 죽는다.

그녀는 마법을 끝내고 숨을 몰아쉬었다. 그러자 재생을 마친 가슴이 작게 부풀어졌다 내려왔다.

"흐어, 흐아아아!"

온몸이 축축하고 눈이 어지러웠다. 가벼운 현기증일까? 아니, 라피스는 그게 현기증 따위보다 훨씬 더 심각한 것임을 알았다.

'마나 소모가 너무 심해 더 이상 쓰면 위험하다. 하지만 그렇다고 여기서 그만두면……'

둘 다 죽겠지. 그녀도 어렴풋이는 알고 있었다. 아마 은수가 죽으면 자신도 같이 육체와 함께 소멸될 거라고. 차라리 그럴 바에는…….

'하나라도 사는 게 더 좋겠지.'

그녀는 마음을 굳히고 치료를 재개했다. 방법은 같았다. 염동력으로 쇳덩이를 뽑아내고, 재생 마법을 시전했다. 라피스는 고통에 당장에라도 의식이 끊길 것 같았지만 이를 꽉 물고 버텼다.

“후으…….”

라피스는 치료가 끝나자 깊은 한숨을 내뱉었다. 분명 치료는 전부 끝났지만 그 후유증으로 상처 부위가 한 대 얻어맞기라도 한 양 뻐근했다. 라피스는 그 뻐근한 몸을 애써 일으켜 나익환의 시체를 내려다봤다.

‘어지간히도 깽판 쳐놨구만.’

곤란했다. 라피스는 이 세계를 잘 알진 못했지만 분명 여기에도 법이 있을 터. 그렇다면 이 시체는 굉장히 곤란했다. 이유야 어찌 됐든 사람을 죽인 거다.

‘이 시체는 곤란해.’

라피스는 그렇게 생각하곤 마법을 시전했다.

“*Asmodeusr’s üheksa auku hel(아스모데우스의 아홉 지옥 구덩이).*”

그러자 나익환 시체 밑에서 뭔가 일렁거리더니 마치 바닥이 무너지기라도 한 양 나익환의 시체가 쑥 사라졌다. 이제 이 세계에서 저 시체가 발견되는 일 따윈 없을 것이다.

“*Lapis’s Kerge puhastada Sõbrad(라피스의 편리한 청소 친구들).*”

그러자 약 스무 개 정도 되는 팔로만 이뤄진 생명체가 나익환이 사라진 구멍에서 쑥 튀어나왔다. 라피스는 그 정체 모를 괴물에게 이곳을 깔끔하게 정리해 놓으라고 시켰다. 그러자 괴물은 알겠다는 듯 몸 윗부분에 달린 팔을 상하로 흔든 뒤

바쁘게 이리저리 움직였다.

　'이제 증거가 사라졌으니 이 장소에서만 사라지면 된다.'

　라피스는 뒤로 돌아 문을 열려고 했지만,

　"아……."

　이미 시야가 일그러져 있다는 것을 뒤늦게야 깨달았다.

　'빌어먹을, 시간이 너무 부족해. 조금만… 조금만 더……!'

　하지만 그런 라피스의 염원과는 달리 라피스는 얼마 걷지 못하고 나무토막처럼 쓰러졌다.

Chapter 05

돈빌려
드립니다

달콤한 꿈을 꿨다.

아무것도 없이 그저 끝없는 새하얀 공간 속. 그 안엔 은수와 이름 모를 여자 단둘밖에 없었다.

여자는 서글픈 미소를 짓고 있었다.

'누굴까?'

은수는 입을 열어 물으려 했지만 웬일인지 입이 떨어지지 않았다. 여자는 움직일 수 없는 은수를 한참 동안이나 쳐다봤다. 그 모습이 마치 꼭 기억해 잊지 않으려는 것 같아 보였다. 그러던 여자가 문득 입을 열었다.

"시간 다 됐네. 마음 같아선 너랑 더 얘기하고 싶지만 안타깝게도 이제 한계야."

일방적인 선언.

무슨 소리를 한 걸까? 은수는 무슨 소린지 도통 알아들을 수 없었지만, 여자는 은수 입장 따윈 상관없다는 듯 매정하게 뒤돌아섰다. 그리곤 끝없이 넓은 흰 공간 속으로 조금씩 녹아 들 듯 사라져 갔다.

그렇게 그 여자가 사라지자 눈부신 빛이 은수를 뒤덮었다.

*　　　*　　　*

"잠깐 기다⋯⋯!"

은수가 눈을 뜨자 낯선 여자는 온데간데없고 낯선 천장만 은수를 반겼다.

"어디⋯ 지?"

어지러운 시야 사이로 온통 흰색 인테리어와 살풍경한 의료기기가 보였다. 병원이었다. 그는 깜짝 놀라 왜 자신이 여기 있을까 생각했다. 그러자 머지않아 자신이 총을 맞았었던 것을 떠올렸다.

"아⋯⋯!"

급히 상의를 걷어 몸을 확인하자 전에 없던 흉측한 흉터 두 개가 생겨 있었다.

순간 은수의 눈빛이 흔들렸다.

136

'어떻게 됐더라?'

하지만 총을 맞은 이후부터 기억이 하나도 나지 않았다. 마치 누군가가 지워 버리기라도 한 것처럼 말이다.

은수는 애써 무슨 일이 일어났었는지 기억하려 했지만 머리가 아파 금방 그만뒀다.

'에라, 모르겠다. 일단 중요한 건 지금이잖아? 내가 병원에 있다는 건 누군가 자신을 이리로 옮겨놨다는 거잖아. 지난일은 그들이 알려주겠지.'

그리고 그 누군가는 의외로 금세 찾아왔다.

"이은수님, 서까지 동행해 주서야겠습니다."

"네?"

은수는 경찰들에게 이끌려 경찰서로 들어갔다. 지나가다 몇 번 본 적은 있지만, 올 생각은 한 번도 없었던 건물. 은수는 겁이 났다. 하지만 경찰들은 은수에게 수갑도 채우지 않았고, 미란다 3원칙을 말해주지도 않았다. 그저 그를 경찰서 내부 강력계로 데려갈 뿐이었다.

"야, 이 자식아! 도대체 무슨 일이 있었던 건데? 빨리 얘기 안 해?"

강력계 안에서 고함 소리가 튀어나왔다. 은수가 그 소리에 놀라 눈을 돌리자, 그곳엔 굉장히 세 보이는 인상의 형사와 낯익은 남자, 곽수가 있었다. 인상 더러운 형사가 곽수에게 욕설을 내뱉으며 증언을 재촉하고 있었지만, 곽수는 그저 입 꾹 다물고 아무 말도 하지 않았다. 그러자 형사는 짜증났는지 들고 있던 파일을 세게 내려놓았다.

"그러니까 무슨 일 있었냐고!"

형사가 곽수를 잡아먹을 듯 말했다. 그러자 곽수는 느릿느 릿 고개를 들어 형사를 바라보며 말했다.

"나한테 묵비권 같은 건 없는 거요?"

"아, 짜증나 죽겠네, 진짜!"

형사가 욕설을 내뱉곤 씩씩거리며 밖으로 나갔다. 아니, 나 가려고 했다.

"이철주 형사님, 목격자 데려왔습니다."

"아, 그래?"

'목격자?'

은수의 눈이 얇아졌다.

"안녕하십니까. 중요 사건 때문에 그러는데, 진술 좀 해주 십시오."

"아… 예."

은수는 굉장히 혼란스러웠지만 일단 알겠다고 답했다. 철 주는 은수를 곽수 옆으로 데려갔다. 그는 얼굴 여기저기엔 반 창고를 붙였고, 팔에는 깁스를 하고 있었다. 은수가 곽수를 뚫어져라 쳐다보자 곽수가 그의 시선을 느꼈는지 고개를 옆 으로 돌려 버렸다.

“컥?!”

“곽호수, 마지막으로 묻는다. 어제 무슨 일 있었냐?”

곽호수? 은수는 살짝 인상을 찌푸렸다. 저런 곰 같은 인상에 호수라니?

곽수는 고개를 더욱 아래로 숙인 채 말했다. 아까 묵비권에 대해 물을 때완 달리 지금은 초조해 보였다.

“아무 일도 없었소.”

그러자 철주는 노골적으로 짜증을 흩뿌렸다.

“야, 이 개새끼야! 네 부하 셋이 너희 사무실 바로 옆에서 병신이 됐는데 네가 아무것도 몰라? 장난해?”

“아무것도 기억나지 않소. 진짜요.”

그러자 철주는 곽수가 왜 3층에서 떨어졌냐고 물었다. 그러자 곽수는 바람이 불어 떨어졌다고 말했다. 철주는 포기했다는 듯 머리를 벅벅 긁었다.

철주는 이번엔 은수에게 말했다.

“몸은 좀 괜찮으십니까?”

“아… 네.”

은수가 말을 더듬었다. 그들이 은수를 목격자라고 지명하긴 했지만, 진실을 알고 있는 은수 입장에선 도둑이 제 발 저릴 수밖에 없었다.

“어제 일 기억은 나십니까?”

은수는 아무것도 기억이 나지 않는다고 말했다. 그러자 철주는 짜증난다는 표정으로 자초지종을 설명해 줬다.

아무래도 경찰들은 주변 사람들의 신고 때문에 출동한 것 같았다. 총 소리가 나고 사람이 창밖으로 가기까지 했으니 무리도 아니다. 하지만 경찰들은 아무런 단서도 찾지 못했다고 한다.

상황으로 보면 분명 누군가 사무실에 난입해서 때려 부순 것이 확실한데, 그 사람에 대한 결정적인 증거가 단 하나도 없다. 남은 거라곤 누가 사무실에 와서 뭘 좀 부수고 잘 치웠구나 싶은 흔적 뿐.

게다가 신고 내용에 있던 총은 증발하기라도 한 양 오리무중이다. 그들이 발견한거라곤 건물 밖에 쓰러져 있는 곽수와 그 외 도처에서 폭행당한 건달 셋, 그리고 깨끗한 사무실에 홀로 누워 있는 은수 밖에 없었다.

"아……!"

은수는 그제야 이해가 조금씩 가기 시작했다. 객관적인 시선으로 봤을 때 은수는 일반인이다. 그러니 다른 사람 입장에선 은수가 혼자서 저 많은 건달들을 폭행했다고 보진 않는다. 건달들에게 끌려왔다면 모를까.

'오해하고 있는 건가.'

은수의 입에 보이지 않는 미소가 드리워졌다. 철주가 말했다.

"어제 거기서 무슨 일이 있었습니까?"

은수는 머리를 긁적였다. 무슨 일이 있었는지는 간단하다. 은수가 그들을 저 꼴로 만들어 놨다. 하지만 여기에 와서 대놓고 '제가 범인입니다' 하고 말할 수 없는 노릇 않는가? 거기다 물증도 없고, 무슨 생각인지 곽수도 증언하고 있지 않다. 그렇기에 은수는 지금은 그저 저들이 착각하는 대로 입 다물고 있는 것이 제일 좋다고 판단했다.

"아무 일도 기억나지 않아요."

철주의 표정이 싹 굳었다.

"예?"

"기억이 안 나요. 아무것도."

그러자 철주는 은수를 데려온 형사에게 은수가 혹 머리를 심하게 다쳤냐고 물었다. 그러자 형사는 그렇지 않다는 식으로 답해줬다. 그 말을 들은 철주는 한숨을 크게 내뱉곤 은수를 잠시 서 구석으로 데려갔다.

"이보세요, 제가 위증을 하라고 부추기는 건 아니지만 말입니다. 저 녀석들, 쓰레기 같은 녀석들이에요. 보니까 패싸움한 것 같은데… 저흰 서 쓰레기 같은 녀석들을 반드시 잡아넣어야 합니다. 알겠습니까? 거기다 이 나라에서 총질까지 한 놈들이에요. 지금 녀석들 안 잡아넣으면 누가 죽을지 모른다고요. 혹시 보복이 무서운 거면 저희가 확실하게 보호해 드리겠습니다. 그러니 생각나는 거 있으면 말해주십시오."

철주는 이글이글 불타는 눈빛으로 말했다. 은수는 그 눈빛이 굉장히 부담스러웠다.

"형사님, 정말 죄송한데 아무것도 기억이 나질 않아요."

이후 철주는 곽수를 데리고 몇 시간이나 들들 볶았지만, 곽수는 입을 꾹 다물고 아무 말도 하지 않았다.

철주는 미칠 노릇이었다.

하긴 그럴 만했다. 총소리 들었단 신고 듣고 중무장하고 출동했는데, 정작 총은 코빼기도 안 보이고 웬 조폭 네 놈만 쓰러져 있다. 게다가 더 웃긴 건 저 녀석들의 보스인 나익환과 피의자 단서는 코빼기 하나 보이질 않는다는 것이다.

분명 사무실 집기들이 박살 나 있는 것을 볼 땐 사무실에서 크게 한판 한 게 분명한데, 어째 방엔 혈흔 하나 없이 깨끗하고 물건들만 태풍 맞은 양 박살 나 있다.

거기다 목격자로 보이는 인간은 아무 기억이 안 난다며 멍한 표정만 짓고, 피해자인 녀석도 아무 기억이 안 난다고 한다.

철주는 그런 생각을 하다 문득 내부 분쟁이 아닐까 싶었지만 그 방향으로 생각한다 해도 심증뿐 정황 증거조차 없다.

'망했다. 증거가 없어.'

그렇게 둘 다 입을 꾹 다물고 있길 몇 시간. 결국 증거 불충분으로 인해 사건 자체가 성립되지 않아 밖으로 나올 수 있었다. 물론 쓰러진 셋의 증언이 있다면 또 얘기가 달라지겠지만, 셋 다 반병신이 되어서 중환자실에서 치료 중이다. 결국 경찰 측에선 이 사건을 길게 매달릴 필요 없는 단순한 건달 간의 세력 분쟁이라고 정리해 버렸다.

"이 형사, 나도 이 사건 떨떠름하긴 한데 말이야, 그냥 포기해. 지금 사람 찢어죽인 엽기 살인마 놈 건으로도 충분히 바빠. 이런 데다 인력 돌릴 여유 없다고. 다 아는 사람이 왜 이래?"

"하지만……."

"그만, 그만. 시끄럽네. 이 사건은 여기서 끝이야. 어제 아홉 시 뉴스 봤나? 거기서 경찰들이 무능하다고, 하는 게 뭐냐는 식으로 뉴스가 나왔다고! 큰 건을 잡아야 해! 알겠나?"

철주는 그 말을 듣고 이를 꽉 깨물었다.

"알겠습니다."

말은 저리 했지만, 철주는 이 사건을 쉽게 포기할 생각이 없는지 마지막으로 은수에게 말했다.

"혹시 뭔가 생각나면 이리로 전화 주십시오. 저 새끼들, 진짜 악랄한 녀석들입니다. 꼭 잡아넣어야 해요. 아셨죠?"

그는 포스트잇에 자신의 핸드폰 번호를 적어주곤 은수의 소지품을 돌려줬다.

은수는 난처해하며 '네' 하고 포스트잇을 약 2초 정도 둘러보곤 자신의 소모품으로 눈을 돌렸다. 그러자 웬 못 보던 책자 하나가 껴 있었다.

"이건… 뭐죠?"

“그야 저도 모르죠. 현장에서 손에 꽉 쥐고 계셨다고 합니다. 무슨 중요한 내용이 적혀 있나 펴봐도 아무것도 안 적혀 있더군요.”

은수는 책자를 받아 들고 이리저리 훑었다. 하지만 아무것도 보이지 않더니 이내 뭔가 흐릿하게 보이기 시작했다. 은수가 눈을 가늘게 뜨며 글씨에 집중하자 흐릿하던 글씨가 진해지기 시작했다.

마법사 안내서.

“아?”

은수는 깜짝 놀랐다. 그리곤 철주에게 보여주며 안 보이냐고 말하자 철주는 은수를 미친놈 보듯 쳐다봤다.

“이제 가보시죠. 무슨 일 생기면 꼭 전화하시고요. 혹시 저 새끼들이 건들지도 모르니 항상 조심하는 것도 잊지 마십시오.”

“수고하세요.”

은수는 표정이 좋지 않은 철주를 뒤로하고 책을 열었다. 하지만 백지뿐. 은수는 고개를 갸웃거렸다. 혹시 처음처럼 집중하면 글씨가 생겨날까 해봤지만 글씨는 전혀 나타나지 않았다.

은수는 경찰서 밖으로 나갔다. 그러자 저 멀리 걸어가고 있는 곽수의 등이 보였다. 그렇게 그 등을 멍하니 쳐다보고 있

·으니, 문득 은수 머릿속에 어떤 말이 스쳐 지나갔다.

만약 누군가 내 정체를 알거나 마법을 보면 어떻게 해야 해?

은수는 이를 꽉 깨물었다. 답은 정해져 있다.

'하지만 그전에 그날 밤 정확히 무슨 일이 일어났는지 알아야 해. 경찰들의 말을 볼 때 나익환이 실종됐다. 살아 남았다면 곤란해.'

그리곤 곽수에게 성큼 다가갔다.

"안녕하세요."

곽수가 뒤를 돌아 은수를 쳐다봤다. 그의 표정에 공포와 당황스러움이 스쳐 지나갔다. 하지만 이내 그런 감정들을 억눌렀는지 애써 괜찮은 척했다.

"우리 얘기 좀 할까요?

"괴물이 나한테 무슨 볼일이오? 이제 다시는 빚 얘기도 안 하고 당신 정체도 뱃속에 꾹 처넣고 무덤까지 가져갈 테니 당장 내 앞에서 꺼져 버리쇼."

은수는 괴물이란 말에 난치한 웃음을 지었다.

"에이, 제가 무슨 괴물이라고 그러세요?"

그러자 곽수가 어이없다는 표정을 지었다.

"그럼 뭐요?"

하긴, 피부가 돌처럼 변하고 괴력까지 발휘했으니 괴물이라고 볼 만하겠지.

"하하, 그래요, 괴물. 나쁘지 않네. 근데 괴물이면 무섭지 않아요?"

그러자 곽수는 치욕적인 표정을 지었다.

"오미, 무서워서 지리겠네. 됐소?"

"근데 도망 왜 안 가요?"

은수는 단순히 궁금해 물었다. 마술을 모르는 은수였다면 돌로 변신하는 사람 따위, 보자마자 도망갔을 텐데 말이다. 하지만 곽수는 그러지 않았다.

"그야 네도 사람이고 생각이 있다면 이 대로 한복판에서 사고 치진 않을 것 아니오?"

참 특이한 어법이다. 반말인지 존댓말인지 모르겠다.

"그러네요. 네, 전 그 정도로 바보는 아니에요. 그럼 안전하다고 판단됐으니 우리 얘기나 좀 할까요?"

곽수가 움찔거렸다. 평소 매일같이 자신들이 얘기 좀 하자며 은수를 으슥한 곳으로 끌고 가 복날에 개 패듯 후려 패댔으니 아마 자신도 얘기 좀 하자는 말을 그렇게 받아들인 것이리라.

"무, 무슨 얘기 말이오?"

"그냥 이런저런 거요."

은수는 곽수의 표정을 살피곤 아차하며 말을 고쳤다.

"그냥 대화요. 손으로 말고 입으로."

"⋯알겠수다."

은수는 곽수를 배려해 최대한 밝고 사람이 많은 곳을 찾았다. 경찰서 인근에 있는 해장국 집이었다.

"배도 고프니까 먹으면서 얘기해요."

"네가 쏘는 거요?"

"……."

은수는 문득 곽수가 자신을 개 패듯 패던 그 사람이 맞나 싶었다.

"가죠."

둘은 약속이라도 한 듯 자리에 앉은 뒤 주문만 하곤 입 꾹 다문 채 서로를 살폈다.

'도대체 이 괴물이 무슨 생각으로 날 여기로 데려온 거지.'

'없애기 전에 다른 동료가 있는지 알아봐야 해. 그리고 덤으로… 나익환이 어디로 갔는지도.'

하지만 그것도 식사가 나오자 일단락. 허기졌던 둘은 식사에 열중했다. 둘 다 긴 취조 기간 동안 아무것도 먹지 못한 까닭이었다.

"크ㅡ 하!"

그리고 약 십여 분 후 식사가 끝나자 은수는 곽수에게 물을 따라주며 말했다.

"어젠 좀 미안했어요. 많이 아팠죠?"

저걸 말이라고 할까? 당연히 미친 듯이 아팠겠지. 3층에서 유리 깨고 날았으니 여기저기 찢긴 건 당연지사, 덤으로 팔뚝

뼈에 금까지 갔다. 그 증거로 곽수는 온갖 의료 물품을 온몸에 두르고 있었다. 얼굴엔 반창고, 한쪽 눈에는 안대, 팔에는 기브스.

"보면 모르겠소?"

"네, 많이 아팠겠죠. 저 많이 때리셨으니 그러려니 하세요. 일단은 살아 계시잖아요."

은수가 허탈한 웃음을 지으며 언젠가 곽수가 했던 말을 그대로 돌려줬다. 곽수는 '일단은' 이란 말을 듣고 어이가 없다는 듯 웃었다.

"자, 그럼 얘기 좀 할까요. 그날 무슨 일이 있었던가."

"그날? 뭐가 궁금하다는 거요? 당신이 무슨 짓을 했는지? 그걸 내 입으로 말하라고?"

곽수는 어이가 없었다. 지가 와서 깽판 다 쳐놓곤 아무것도 모르겠다는 표정이다. 그의 입장에선 은수가 가소롭기 그지없었다.

"이것저것 다요."

하지만 가소로워도 어쩌겠는가. 칼 쥔 건 은수다. 곽수는 불쾌한 표정으로 물을 한 모금 들이켜곤 그날 있었던 일들을 설명하기 시작했다.

곽수 시각에선 이랬다. 차례로 부하가 사라지고, 은수가 들어오고, 갑자기 괴물로 변하고, 자기를 창 밖으로 집어던졌다. 여기까진 은수도 기억하고 있었다.

‘내가 총을 맞은 이후에서부터 기억이 없어.’

남자는 주변을 살핀 뒤 소리가 새어 나가지 않게 상체를 푹 숙이곤 말했다.

“그 이후 총 소리가 났소. 두 번.. 네가 쏜 건지 나익환이 쏜 건진 잘 모르겠지만… 아마 나익환이겠지.”

“네, 그였어요. 그리고 그 이후는요?”

“나도 잘 모르겠소. 그 이후엔 경찰이 날 실어갔거든.”

은수가 한숨을 내뱉었다.

‘결국 이 남자도 아는 게 없나.’

그런 생각을 하고 있자니 이번엔 곽수가 입을 열었다.

“이제 내가 좀 물어도 되겠소?”

은수가 고개를 끄덕이자 그가 아주 조심스레 물었다.

“나익환은 어떻게 됐소? 상황 보니 그놈이랑 총, 탄피 전부 사라진 것 같은데. 총 쏜 놈이 그 녀석이잖소. 그러니까 내 말은 처리를 잘 했냐 그 말이지. 걸리면 우리 둘 다 좆되는 거요. 알겠소? 우리 둘 다 서로 진실을 말하기엔 구린 게 너무 많잖소. 그러니 확실히 히자는 거시.”

어떻게 됐을까. 그건 사실 은수도 몰랐다. 그냥 깨어나고 나니 병원이었으니까. 그의 기억은 나익환을 때려 눕힌 것까지밖에 없었다. 하지만 여기서 모른다고 말해봐야 좋지도 않을 것 같아 대충 얼버무려 버리기로 했다.

“왜요? 대장이라서 걱정돼요?”

은수가 교묘하게 방향을 돌렸다. 그러자 곽수가 픽 웃었다.

"내가 왜 그놈 따윌. 그냥 내가 할 수 있는 게 주먹질밖에 없어서 그놈 따라다니던 것뿐이오. 일단 내 돈줄이었으니 물어는 봐야 옳지 않겠나 해서 물어본 거요. 그래서 어떻게 됐소?"

은수가 한쪽 얼굴만 비틀었다.

"몰라요."

"잉? 몰라?"

"네."

은수는 그냥 있는 사실 그대로 얘기했지만 곽수 입장에선 차라리 그게 더 섬뜩했다. 곽수 입장에서 은수는 괴물이다. 그렇다면 시체 처리할 방법 따윈 셀 수 없게 많겠지. 뜯어 먹는다거나 하는 식으로 말이다. 사람의 상상력은 생각보다 훨씬 방대하다.

'이 녀석이 해괴한 방법으로 나익환을 죽였구나. 젠장!'

곽수는 빠르게 머리를 굴렸다. 비록 나익환이 서민의 피나 빠는 살 찐 벼룩 같은 녀석이었지만 그가 돈이 많다는 것은 사실이다. 그는 곽수에게 항상 악독한 짓을 시켰지만, 그만큼 돈을 많이 챙겨줬다.

하지만 지금은 나익환이 사라진 시점에서 그의 수입원이 사라졌다. 거기다 나익환이 마련해 준 기숙사도 그의 명의.

아마 그가 죽었다는 게 알려지면 그 기숙사도 머지않아 없어
질 테지. 그러면 결국 곽수는 바닥에 나앉을 수밖에 없다. 하
지만 그는 그럴 수 없다. 그에겐 아주 많은 돈이 필요했다.

'절대 그럴 순 없지.'

결국 곽수는 앞에 있는 은수에게 눈독을 들이기로 했다. 저
괴물은 굉장히 강했다. 얼마 전까지만 해도 자신에게 두드려
맞기만 하던 애송이지만, 이미 그런 건 아무래도 상관없어졌
다.

곽수가 속으로 보이지 않는 미소를 지었다.

'잘 꼬드기면 돈줄이 될지도 몰라.'

그리고 그의 손엔 저 괴물을 돈 통으로 꿰어낼 좋은 미끼도
가지고 있었고 말이다.

"쩝, 알겠소. 근데 이제 어떻게 할 거요?"

"저요? 왜요?"

"당신 빚 없어졌잖소. 그래서 이제 그 돈 가지고 뭘 할 거
냔 얘기지."

"아, 그거? 다 썼어요."

"뭐?"

곽수의 입이 떡 벌어졌다. 3,000만 원이란 돈은 절대로 적
은 돈이 아니다. 도대체 그 많은 돈을 도대체 뭐하느라 3개월
만에 다 썼을까?

"뭐, 매일 밤 광란의 파티라도 즐겼소?"

“아뇨.”

“그럼? 명품 도배?”

“친구 병원비 내줬어요.”

“하!”

곽수는 어이가 없었다. 신체 포기 각서까지 써서 얻은 3,000만 원이다. 그 돈으로 친구 병원비를 내줬다니. 남자는 은수를 전혀 이해할 수 없었다.

“당신 미쳤소?”

“네, 미쳤죠. 저도 제가 정상은 아닌 것 같아요.”

여타 다른 미친 사람들과 차이점이 있다면 자신만의 세계를 현실로 끌어올 수 있다는 힘이 있다는 것 정도?

곽수가 어이없다는 듯 웃었다.

“하긴 괴물이 정상인일 리 없겠구만.”

남자는 저번에 봤던 끔찍한 돌 인간을 상상하며 픽 웃었다. 돌 인간이면 어떠랴. 인간의 탈을 쓴 괴물이면 어떠랴. 중요한 건…….

‘돈이지.’

곽수가 입을 열었다.

“좋소. 그러면 나랑 재미있는 얘기 해보지 않겠소?”

“뭔데요?”

“돈.”

은수의 눈이 가늘어졌다. 그 역시 돈이 없던 생활을 해봤기에 돈이 얼마나 중요한 물건인지 안다. 비록 이제 빚은 없어졌지만 빚이 없어졌다고 해서 모두 끝나는 게 아니다. 저번에 갖고 있던 돈은 곽수가 탈탈 털어갔으니 이제 다시 돈을 벌어야 하지 않겠는가? 그렇지 않으면 기껏 좋은 마술 배워놓고 얼마 못가 굶어야 할지도 모른다. 그렇기에 은수는 자신의 계획을 실행하기에 앞서 일단 곽수의 말을 들어보기로 했다.

"나익환이 돈을 숨겨놓은 장소를 알고 있소."

그리고 그런 말을 꺼내는 곽수 역시 나름대로 마음의 준비를 했다. 앞에 있는 자는 위험한 자다. 아마 마음만 먹으면 그 역시 나익환처럼 아무런 증거 없이 없애 버릴 수 있을지 모른다. 그렇기에 잘못하면 은수가 장소만 듣고 자신을 해할 수도 있다.

곽수는 이를 꽉 물었다.

'하지만 그럴 녀석이었으면 내가 경찰서에 오기도 전에 죽었겠지. 그리고 애초에 죽일 거라면 거추장스럽게 애기하는 짓 따윈 하지도 않았을 거야.'

곽수는 은수가 저어도 기본 상식은 있는 자라고 생각했다. 그렇다고 해도 가벼운 추측에 자신의 목숨을 건 도박이다. 하지만 나익환이 숨겨놓은 돈은 그런 미친 도박 따위도 한 번쯤 고민하게 만들 만큼 많았다.

"돈요?"

"아아, 그 녀석은 은행을 이용하지 않소. 언젠가 한번 저축 은행을 이용했다가 부도가 났거든."

"그래서요."

"내가 장소를 아는데, 듣기론 함정과 여러 잠금 장치가 있어 열 방법이 없소."

은수의 눈이 가늘어졌다. 이쯤 되니 은수도 곽수가 무슨 말을 하고 싶은 것인지 감이 왔다.

"제가… 그걸 열어보라고요?"

"맞소."

"그건 다른 사람을 써도 되잖아요."

곽수가 픽 웃었다. 그런 그의 표정에서 그가 살아온 삶이 조금 묻어났다. 밑바닥 인생, 사기, 배신.

"글쎄, 그런 일 하는 사람들이면 그 돈 보자마자 날 죽일 게 분명하거든. 사람 도덕 따윈 쉽게 비틀어 버릴 수 있을 정도의 양이니까. 근데 당신은 그러지 않을 것 같소. 뭐 당신이 가서 돈 보고 날 죽이면 그냥 끝이겠지. 하지만 확실한 건… 그 금고 열지 못하면 내 인생도 얼마 못 가 끝나리라는 것도 아주 잘 알고 있소. 척진 새끼가 많거든. 그래서 그나마 확률 높은 도박을 해보고 싶은 게요. 알아듣겠소?"

그는 배고픈 들개와 배부른 호랑이 사이를 고민하는 토끼 같은 심정으로 말했다. 은수는 그런 곽수를 멍하니 쳐다봤다.

"그래서… 할 거요?"

은수가 말이 없자 다급해진 곽수가 재촉했다.

‘그에게 들은 얘기로 봤을 때 더 이상 동료는 없다. 그리고 나익환은 정황을 종합해 봤을 때 죽었다고 봐야 옳겠지. 그럼 이제 걸리는 건 없다. 남은 건 이 남자 하나. 근데 이게 웬 호박이냐. 어차피 죽일 거라면 돈을 얻고 그래도 되겠어.’

과연 곽수는 자신이 선택한 것이 배고픈 호랑이라는 것을 알까? 은수는 속으로 허탈한 웃음을 지었다.

“하겠습니다.”

“좋소. 그러면 돈은 8대 2로 나누도록 합시다. 네가 8, 내가 2. 난 그거로도 충분하거든.”

8대 2. 은수는 고개를 끄덕였다. 은수에겐 5대 5라고 해도 상관없었다. 어차피 그 돈은 전부 은수의 것이 될 테니까.

“알겠습니다. 근데 그 안에 돈이 얼마나 있죠?”

“나도 정확한 건 모르겠지만… 적어도 10억은 있을 것 같소.”

“10억?”

10억! 그것도 무려 세금을 떼지 않은 10억이다. 자신의 생명과 맞바꾸려 했던 돈이 5,000만 원이나. 단순 계산으로 봐도 은수 같은 사람 스무 명을 빌딩 위로 떠밀 수 있을 정도의 돈. 은수는 어이가 없어 웃었다. 그 돈을 모을 때까지 몇 명이나 자신 같은 사람을 절망으로 떠밀었을까.

“하, 10억? 계좌는 아예 사용하지 않았어요?”

“쓰고 있긴 하오. 근데 거기엔 한 5천밖에 없소. 하지만 나익환이 죽었으니 그건 빼먹을 도리가 없잖소?”

뭐 죽었다고 확신할 순 없지만, 일단 그가 행방불명 상태라는 것은 확실하다. 그리고 아마 그 시체를 한국 동서남북 그 어디에서도 찾을 수 없겠지.

“너 혹시 다른 사람으로도 둔갑할 수 있소?”

“아뇨.”

“에이, 괴물로는 변신하는데?”

곽수가 비꼬듯 얘기하자 은수의 오른쪽 입꼬리가 올라갔다.

“예. 그래서 하늘 구경 한 번 더 해보실래요?”

“미안하오. 사과하지.”

곽수의 과장된 반응에 은수가 픽 웃었다. 어째 도발을 했는데 기분이 그다지 나쁘지 않다. 비위를 잘 맞추는 걸까.

“그럼 이제 농담은 그만하고 이제부터 본격적인 얘기를 해보죠.”

은수는 분위기 전환을 위해 헛기침을 한 번 한 뒤 입을 열었다. 이후 둘은 차분하게 돈에 관한 얘기를 했다.

“돈은 나익환 사무소 바로 옆 건물 지하에 있소. 그렇다고 먼저 가서 뜯어먹을 생각은 마쇼. 아마 일주일 정돈 짭새들이 사무소에서 죽치고 앉아서 고놈 좆 털 하나까지 찾을 기세로 눈을 부라리고 있을 테니까.”

곽수는 그렇게 당부하곤 헤어지기 직전에 자신의 핸드폰

번호를 건네줬다. 은수는 그 핸드폰 번호를 멍하니 쳐다보곤 다시 돌려줬다. 안타깝게도 그 번호는 이미 머릿속에 박혀서 잊히지가 않았으니까.

"그럼 일주일 후에 뵙시다."

"예, 일주일 후에 뵙죠. 아, 근데 동료는 더 없죠?"

"걱정마쇼. 더 이상 못 나눌 놈 없으니까."

곽수는 그 말을 마지막으로 돌아갔다. 은수는 그런 그의 등을 멍하니 쳐다봤다. 저 사람은 아주 잠시나마 자신을 믿을 텐데 자신은 저 사람의 등에 칼을 꽂아 넣어야 한다. 씁쓸했다.

'그래도 상관없다. 저 녀석들은… 죽어 마땅한 녀석들이야.'

은수의 머릿속에 어두운 생각들이 스멀스멀 피어오르기 시작했다. 하지만 은수는 금방 떨쳐내 버리곤 다른 생각을 하기로 했다.

"어쨌든 끝났구나. 하지만 금방 새로운 시작이네. 에휴."

그는 그렇게 중얼거리곤 집으로 향했다. 몸이 굉장히 피곤했다.

은수는 집에 다시 도착했다. 혹시 한 달 동안 집을 비워 주인 아주머니가 강제로 방을 빼지 않았나 잠깐 두려웠지만 다행히 집은 그대로였다. 좁고 너저분하지만 그 어디보다 아늑

한 집.

"여기서 잘 때가 제일 편하더라."

그리고 그렇게 자다 곽수 일당에게 실컷 얻어맞았고 말이다. 뭐 과거에 그랬으면 어떠리. 이제 그럴 일은 없을 테니 상관없다. 과거에 이 집에서 어떤 일이 일어났든 그가 이곳에서 3년 동안이나 살았다는 사실은 전혀 변하지 않는다.

끼이이이익.

그 아늑한 집도 주인을 알아봤는지 제 모습과 퍽 닮게 울며 반겼다. 은수는 방에 도착하자마자 철퍽 누워 이것저것 생각하기 시작했다.

너무 많은 일이 한꺼번에 일어났다.

동일이 자신 때문에 다친 것, 그리고 그 동일을 치료하기 위해 돈을 빌린 것, 그리고 그 돈 때문에 자살하려고 한 것.

그래, 이게 전부 그가 이렇게 되기 전의 이야기다.

하지만 그는 살아남았고. 라피스를 만나 다시 태어났다. 마법사로 말이다.

'머리가 복잡해.'

하지만 세상 모든 일이 그렇듯 세 줄로 요약되는 일은 없다. 모두 복잡하게 얽혀 있을 뿐.

오한필 선생님.

이상한 꿈과 메이지 핸드북.

나익환.

곽수, 그리고 돈.

은수는 머리를 벅벅 긁었다. 문제가 너무 많아 머리가 터질 것 같다. 하지만 몸은 그런 마음을 신경 쓰지 않는지 잠을 강요했다. 은수는 수마를 이겨내려 해봤지만 결국 얼마 못 가 온몸이 바닥에 녹아내리는 것 같은 달콤함에 취해 눈을 감았다.

"아……."

그가 다시 일어났을 때는 이미 해가 떠 있었다. 은수는 몸을 일으키자마자 습관적으로 핸드폰을 열어 시간을 확인했다. 오전 9시였다. 어젯밤에 집에 돌아와 눕자마자 잠든 모양이다.

"음……?"

은수는 잠시 '9:02 AM'이라고 적힌 핸드폰을 멍하니 바라보다 문득 허전한 느낌을 받았다.

'뭐지?'

정답은 금세 나왔다. 바로 부재중 전화와 협박 문자 메시지였다. 지금은 마치 원래부터 없었던 양 깔끔하게 비어 있다. 은수는 핸드폰이 조용하다는 게 이렇게 좋은 거였구나 하고 내심 감탄했다.

하지만 머지않아 머리가 멍해졌다. 그가 때렸던 조폭들은 어떻게 됐을까. 아마 경찰서에 없는 것으로 보아 전부 치료를 받고 있겠지. 고환 손상, 뇌출혈, 두개골 골절. 전부 다 중환자실에 가도 전혀 이상하지 않을 상처다. 그리고 무엇보다 나익환은 아예 실종됐다. 아니, 정황상 죽었다고 봐야 옳겠지.

"하아!"

문득 그 생각을 하니 은수는 조금 씁쓸해졌다.

비록 그들이 사회의 약자를 괴롭히는 기생충 같은 인간들이었지만 분명 사람이다. 과연 은수가 그들을 해할 권리가 있을까. 그는 옳은 일을 한 것일까? 혹시라도 정의라는 달콤한 말로 정당화한 것은 아닐까?

'그 정도 상처라면 죽을지도 몰라. 그럼 난 사람을 죽인 건가?'

누군가의 아들, 누군가의 아버지, 누군가의 남편, 누군가의 친구, 누군가의 동료, 누군가의…….

은수는 거기까지 생각하다 머리를 저었다. 죄책감에 뇌가 터져 버릴 것만 같았다.

하지만 그 죄책감은 오래가지 못했다. 머지않아 그의 머릿속에서 좋지 않은 기억들이 스멀스멀 올라오기 시작했으니까.

월 10%의 무자비한 이자, 신체 포기 각서, 폭행, 그리고 무엇보다 은수의 소중한 사람들을 괴롭힌 것.

그런 생각들이 들자 은수는 되레 일말의 죄책감이라도 가졌던 자신이 미워졌다.

'어차피 없어져야 했을 사람들이야. 내가 아니더라도 다른 누군가가 했겠지. 그저 시간을 앞당긴 것뿐이니까 상관없어.'

그게 결론이었다.

은수는 그렇게 생각하고 다시 눈을 감았다. 조금은 가벼워진 느낌이다. 그리고 남은 것들을 생각하니……

"제— 엔장."

빌어먹게도 많다. 하지만 몸은 꼬르륵 소리를 내 이번에도 산통을 깨버렸다. 그 소리를 듣자 은수도 김이 새버렸는지 픽 웃곤 집 안을 뒤적거렸다. 어차피 모든 것, 먹고살자고 하는 짓이다. 고민하는 것도 먹은 뒤로 미루기로 하자.

"참, 머리는 터질 것같이 아픈데도 몸은 더럽게 솔직하네. 그렇지 않아, 라피스?"

하지만 돌아오는 대답은 없었다. 문득 은수는 이렇게 오랫동안 라피스가 입을 다문 적이 있었나 하고 궁금해졌지만, 금방 다시 깨어나 자신에게 폭언을 내뱉을 거라 생각하곤 그냥 넘어갔다.

은수가 식사를 끝내곤 입었던 옷을 세탁기에 집어넣으려 하자, 옷에서 뭔가 툭 하고 떨어졌다.

"응?"

메이지 핸드북.

"아!"

그러고 보니 노트의 존재를 잊고 있었다. 남들에겐 보이지 않는 책. 분명 라피스가 남겨놓은 게 분명하다.

"이건 또 뭐야? 네가 준 거야?"

하지만 이번에도 돌아오는 대답이 없었다. 하지만 은수는 최근 라피스가 입을 다문 것이 길었으므로 그러려니 하고 책을 열었다.

맨 마지막 장을 펴.

첫 장 맨 윗줄에 큼지막하게 적혀 있는 글자. 그 아래엔 아무것도 없었다.

"뭐야, 이게?"

은수는 시큰둥한 표정으로 책 맨 뒷장을 펼쳤지만 아무것도 보이지 않았다. 그는 질 나쁜 장난이라 생각하며 첫 장을 펼치자 못 보던 글씨가 생겼다.

펴 봤으면 이 글자가 보일 거야. 방금 네가 한 것은 이 책의 봉인 해제 술식이었어. 시간이 없어서 긴 얘기는 적지 못해. 짧게 얘기할게. 너 폭주했었어. 뭔진 모르겠지만 넌 화살 비스무리한 것을 맞고 나서 이성을 잃었어. 그리고 내면에 잠재되어 있던 폭력성이 눈을 뜬 거야. 이건 아마… 내 영향이 아닐까 싶어. 언젠가 내가, 우리가 영혼으로 연결되어 있다고 했던 말이 기억나?

맞아. 우린 연결됐어. 그리고 그만큼 서로 많은 영향을 받았지.
난 네게 여러 가지 이 세계의 지식을 얻었고… 넌 내게 폭력적인
면에서 굉장한 영향을 받았어.

　폭력적 일면. 은수는 문득 저번에 일어났던 일들을 떠올렸
다. 싸움에 단련된 이들을 너무나도 쉽게 쓰러뜨린 자신.
　분명 자신 혼자서 주먹질 연습을 했다지만 그건 초보 수준
이었다. 하지만 그럼에도 너무나도 쉽게 그들을 제압할 수 있
었다. 그리고 실전에서 전혀 긴장되지도 않았고, 쇳덩이로 사
람을 내려치는 데도 전혀 망설임이 없었다.

　전투가 끝나면 전부 설명하고 폭력적인 부분을 잠재우려고 했
지만… 안타깝게도 이렇게 되어버렸네.

　은수는 그 대목에서 잠깐 멈칫거렸다.
　"이건 무슨 소리야? 뭐가 어떻게 돼?"
　은수가 라피스에게 물었지만 돌아오는 대답은 없었다.

　내 실수였어. 처음부터 사람 죽이는 마술 따위 가르쳐 주는 게
아니었는데…… 아마 지금 네 마나는 계속해서 전투 마법만 사
용했기 때문에 굉장히 불안정하고 폭력적으로 변해 있을 거야.
젠장, 너무 길어진다. 짧게 줄일게. 될 수 있다면 더 이상 사람을

죽이지 마. 그리고 사람을 치료해 주거나 될 수 있다면 좋은 쪽으로 마술을 사용해. 그러면 점점 더 괜찮아질 거야.

은수는 더욱 빠르게 글귀를 읽어나갔다. 머리가 혼란스럽고 내용이 잘 정리되지 않았지만 그의 눈은 멈추지 않고 글자를 훑었다.

그리고 나익환에 대해 궁금할 거야. 시체는 내가 잘 처리했고, 증거도 내가 전부 없앴어. 그러니 걱정하지 마.

이 책은 앞에도 적혀 있듯 메이지 핸드북이야. 내 영혼에 있는 지식을 그대로 옮겨놓은 것이니까 잘 사용해.

책에 대한 여러 가지 편의 마법이 있어. 잘 사용해서 항상 들고 다녀. 그리고 책 진도는 네 실력까지만 나와. 열심히 수련해. 그럼 안녕. 널 치료하느라 마나를 너무 많이 썼어. 더 이상 내 영혼을 유지할 마나도 없구나. 이제 난 어떻게 되는 거지? 싫다…….

글은 그게 끝이었다. 은수의 손이 부르르 떨렸다. 책장 위로 눈물 한 방울이 떨어졌다.

"젠장, 죽은 거야? 나 때문에 죽어버린 거야, 라피스?"

은수의 울먹이는 목소리가 방 안에 외롭게 메아리쳤다. 그는 떨리는 가슴으로 당장 라피스가 폭언을 내뱉으며 부정해 주길 바랐지만, 한참을 지나도 그의 대답은 돌아오지 않았다.

"아니라고 말해줘! 제발! 멋대로… 멋대로 두 번이나 살려 놓고, 멋대로 남의 삶에 참견해서 이제 잘살게끔 해놓고! 희망을 쥐놓고! 왜 멋대로! 멋대로 떠나가는 거야."

날카로운 통곡이 방 안을 뒤흔들었다.

"희망 줘서 살려 놨으면… 이제 웃는 것도 봐줘야지…….
왜, 왜 그렇게 떠나가……!"

그는 한참 동안이나 책을 껴안고 울었다.

*   *   *

라피스가 사라지고, 한동안 멍청히 앉아 있던 은수는 금세 기운을 차리고 일어났다. 그녀가 죽으면서까지 남겨준 마법을 수련하는 것이 그녀를 위하는 길이라 여겼기 때문이다. 곽수와 약속한 시일은 일주일 후. 그 시간 동안 수련을 하기 위해 은수는 또 다시 산에 올랐다.

책이 생긴 까닭에 이제부턴 은수가 원하는 대로 훈련을 조절할 수 있었다. 예전 같은 경우엔 라피스가 귀찮아하면 거기서 훈련이 끝이었지만, 지금은 그저 책을 보고 그대로 쫓아하면 됐다.

"*Ravi(치료).*"

은수는 주문을 말하며 손으로 수인을 그렸다.

펑!

하지만 마법은 발동되지 않고 이 세계에서 들을 수 없을 법
한 괴상한 소리가 울려 퍼졌다.

"아?"

어디가 잘못됐을까. 은수는 그 이유를 찾으려 했지만, 그럴
새도 없이 격통이 느껴졌다.

"우, 우웨웩!"

마치 거대한 해머로 배를 얻어맞기라도 한 것 같다. 어지러
웠다. 아마 억제력 때문일까? 라피스가 언젠가 마법을 실패
하면 억제력을 막을 수 없다고 했었다. 마법 주문 자체에 억
제력 방어 주문까지 같이 담겨 있기 때문이라고 했다.

"흐어… 억……."

은수는 위에 있는 모든 음식들을 토해내고도 한참 동안이
나 꺽꺽거렸다.

"빌어먹을. 겨우 이 정도로……!"

역시 아무래도 옆에서 자세하게 설명해 주던 라피스가 없
으니 힘들었다. 그는 은수가 뭔가 틀릴 때마다 아주 호되게
나무랐다. 당할 땐 굉장히 기분 나빴지만, 지금은 그 잔소리
가 그리웠다. 적어도 그 잔소리는 맞아도 아프진 않으니까.

은수는 라피스가 남긴 책을 들었다.

Ravi.

―치료.

상처를 치료하는 기본 마법.

그 아래엔 마법에 대한 상세 정보가 적혀 있었다. 발음, 알 수 없는 단위로 되어 있는 소비 마나량, 수인 등등.

은수는 주문을 아주 자세히 살폈다.

단 한 번도 본 적 없는 언어. 앞에 발음 기호가 한글로 적혀 있긴 했지만 그건 그냥 소리만 흉내 내는 것뿐이다. 한글 위에 중국어처럼 성조가 붙었지만, 아주 조금이라도 틀리면 마법은 항상 실패했다. 예전에 라피스에게 배울 땐 그대로 쫓아 하기만 하면 됐기에 그는 지금 이 상황이 퍽 달갑지 않았다.

"Ravi(치료)."

은수는 이번 발음은 정확하다고 확신했다.

'됐다!'

하지만 손을 삐끗해 수인을 놓쳤다. 은수의 동공이 급격히 팽창해지며 다음에 올 억제력에 대비했다.

팅!

하지만 고통은 없었다. 단지 그의 손에서 연기가 뿜어져 나왔다. 아주 많이.

은수는 멍하니 그 모습을 보고 있었다. 이런 경우는 또 처음이다. 하지만 그 연기가 굴 안을 가득 채울 때쯤 되자 은수는 그제야 깜짝 놀라 손을 물속에 담갔다.

그러자 부글거리며 손에서 거품이 뿜어져 나왔다. 손이 타는 걸까? 하지만 고통과 화상은 없었다. 단지 손에서 연기만 뿜어져 나왔다. 그 연기는 약 5분 정도 지속되다 멈췄다.

이번이 다섯 번째 실패. 은수는 한 번 더 시도해 볼까 하다 그만뒀다. 손이 덜덜 떨렸다.

"으……."

두려웠다. 억제력이 한 번 발동될 때마다 차에 한 번 치인 것처럼 아프다. 그리고 라피스는 언젠가 잘못하면 억제력에 뇌가 녹거나 몸이 갈릴 수도 있다고 했다.

하지만 은수는 그런 불안한 생각을 휘휘 떨쳐 버렸다. 라피스는 저 말과 함께 마법 수준에 따라 억제력도 높아진다고 했다. 그러니 지금 그가 겪는 것은 아주 가벼운 수준이겠지.

"이 정도는… 견뎌내야 해."

은수는 잠시 심호흡을 한 뒤 마법을 다시 영창하려 했다. 그리고 리을 발음을 닮긴 했지만, 굉장히 낯선 발음을 내뱉으려 할 때 전화벨이 울렸다.

뚜르르르르. 뚜르르르르.

"에휴……."

은수는 영창을 취소하곤 전화로 다가갔다. 그러자 전화기엔 곽수라고 찍혀 있었다.

"여보세요?"

"잘 지내셨소?"

“예, 뭐, 그쪽도요?”

“나야 뭐, 괜찮소. 누가 깽판 한번 쳐준 덕분에 큰 숙소를 혼자 왕처럼 쓰고 있거든.”

곽수의 말에 비릿한 조소가 섞여 들려왔지만, 은수는 그다지 신경 쓰지 않았다. ‘잘됐네요’ 하고 맞받아쳤다.

“근데 왜 전화하셨어요?”

“내일이요.”

“내일?”

은수는 고개를 갸웃거리곤 휴대폰으로 날짜를 확인했다. 수련을 하며 시간 가는 줄 모르고 보내니 어느새 5일이나 지나 있었다.

‘잠깐, 5일? 내일이면 6일째잖아. 약속은 7일째 아닌가?’

은수가 미심쩍은 부분을 말하자 곽수가 픽 웃었다

“짭새들이 의외로 빨리 빠졌거든. 그러니 그냥 내일 합시다. 시간 그렇게 많은 것도 아니니까 빨리 끝내야 하오.”

“알겠습니다. 그럼 어디서 볼까요?”

“사무실 앞에서 봅시다. 시간은… 늦은 11시.”

11시. 은수가 고개를 끄덕였다.

“뭘 준비해서 갈까요?”

그러자 곽수는 잠시 흠, 하는 소리를 냈다.

“연장 같은 걸 가지고 있을 것 같진 않으니 그냥 몸만 오쇼.”

은수는 알겠다고 말한 뒤 전화를 끊었다.

은수는 시계를 살폈다. 11시. 24시간 남았다.

"오늘은 그만 내려갈까."

Chapter 06

돈빌려 드립니다

은수는 하루 푹 쉰 뒤 밤늦게 나익환 사무실로 향했다. 어두운 뒷골목. 토악질을 하는 취객과 먹잇감을 찾는 건달들을 지나자 어느 한 건물에 도착했다. 건물 한편의 3층 유리가 전부 깨져 있고, 그 안으로 접근 금지라는 노랑 테이프가 쳐져 있다.

곽수는 건물 앞에 있었다. 어둠 속에 녹아 들어가기 쉬운 검은 재킷과 면바지를 입고 있는 모습이 영화에나 나올 법한 히트맨 같았다. 그는 옆에 정체불명의 검은 가방을 내려놓은 채 한손으로 담배를 피우고 있었는데, 은수를 발견하자 아쉬운 듯 담배를 힘껏 빨곤 벽에 비벼 껐다.

“왔소? 일찍 왔구만.”

그는 시계를 확인하고 말했다. 10시 50분. 시간은 조금 일렀지만, 어차피 조금 이르게 잡은 시간이다. 10분 정도 오차야 별것 아니라고 생각한 곽수가 말했다.

“갑시다.”

곽수는 그렇게 말하곤 바로 옆에 있는 검은 승합차에 탔다.

“바로 옆 건물이라면서요?”

“내가 당신을 어떻게 믿고 솔직하게 얘기하오? 장사 한두 번 하시나.”

은수가 어이가 없이 허허 웃었다. 이거 뭐 말만 동업자지 태도는 무슨 믿을 수 없는 거래 상대 같은 느낌이다. 차는 약 5분 정도 움직이다 멈췄다.

“저 건물이오.”

은수는 곽수의 손가락 끝에 있는 건물을 봤다. 그냥 평범한 빌라였다. 1층부터 3층까지 모두 불이 켜져 있었고, 건물 앞엔 사람들이 왔다 갔다 했다.

“여기가 돈 창고라고요? 그냥 빌라 같은데?”

“창고를 굳이 산속 흉가 같은 곳으로 할 필욘 없다고 생각하오. 차라리 이쪽이 사람들 이목 덜 가고 좋지 않겠소?”

곽수는 멈칫거리는 은수를 내버려 두곤 ‘먼저 가겠소’ 하곤 성큼 빌라로 다가갔다. 그러자 은수도 그 뒤를 쫓았다. 곽수는 빌라 안에 들어가자마자 바로 옥상으로 향했다.

곽수는 익숙한 손놀림으로 큰 열쇠 뭉치에서 잘도 옥상 열
쇠를 찾아 열곤 배전반으로 향했다. 그리곤 시계를 확인했다.
11시 7분이었다.

"3분만 기다립시다. 얘기 그렇게 해놨거든."

"얘기요?"

곽수는 머리를 긁적거렸다.

"그냥 그런 게 있소."

은수도 굳이 캐물은 생각은 없었기에 입을 다물었다. 그렇
게 어색한 잿빛 침묵 속에 시곗바늘 째각거리는 소리만 울리
길 잠시. 곽수는 시간이 다 되자 아무런 망설임 없이 스위치
를 내렸다. 그러자 탁 소리와 함께 건물 전체가 어두워졌다.

"이동합시다. 이제부터 바쁠 게요. 시간이 그렇게 많지가
않거든."

곽수가 공구함을 들고 빠른 걸음으로 내려갔고, 은수가 그
뒤를 쫓았다. 둘은 지하실 앞에 도착했다.

곽수는 공구함에서 제일 먼저 라이트 두 개를 꺼내 은수의
손에 쥐어줬다. 그리곤 라이트 발부착이 가능한 모자를 꺼내
라이트를 부착하곤 은수에게 하나, 그리고 자신이 하나 썼다.
은수는 잠시간 자신이 다이아몬드를 캐러 온 광부 같다는 우
스꽝스런 생각이 들었다.

곽수가 열쇠로 문을 열었다. 그러자 딸깍 하며 문이 열림과
동시에,

뚜르르르르. 뚜르르르르.

핸드폰이 울렸다. 곽수는 그 핸드폰을 무성의하게 열었다 닫았다.

"나익환의 비상 핸드폰이오. 이 문 열면 작동되더군. 혹시 다른 곳에서도 사용될지 몰라서 가져왔소."

문을 열고 들어간 곳은 빈 방이었다. 도배가 되지 않은 벽은 콘크리트 외벽을 살풍경하게 드러냈고, 안엔 지하실 특유의 먼지와 곰팡이 냄새가 났다.

"평소에 돈을 옮길 때 여기에 돈 가방을 내려놓고 나가면 그때부턴 나익환 혼자 옮겼소. 그러니 난 여기까지밖에 와보지 못했단 얘기요. 그러니 이 앞으론 무슨 함정이 있을지 전혀 모르오. 각오는 됐소?"

"네. 가죠."

은수는 움직이기기에 앞서 익숙한 마법을 사용했다.

"*Näeme paremale(꿰뚫어 보리라)*."

투시 마법. 복권을 긁을 때 사용했던 녀석이다. 아직 다루기 힘든 녀석이지만 지금은 필요하다고 느꼈다.

은수는 가벼운 현기증과 함께 눈이 따끔거림을 느껴 작게 신음했다. 그러자 곽수가 예민하게 반응하며 괜찮느냐고 물었다. 은수는 반사적으로 괜찮다고 말하기 위해 곽수를 쳐다 봤다가,

"억!"

급히 고개를 돌렸다. 저번에 겪어봤다고 하지만 끔찍한 건 어째 줄어들질 않았다.

"왜 그러쇼? 앙?"

곽수가 은수의 어깨를 잡자 은수는 됐다고 말하며 손사래를 쳤다. 곽수를 한 번 더 보면 토악질을 할 것 같았다.

"괜찮으니까 내버려 둬요."

은수는 호들갑을 떠는 곽수를 물리곤 주변을 둘러봤다. 하지만 보이는 것은 끝없는 콘크리트와 문 너머에 있는 작은 공간뿐, 이 방엔 아무런 이상도 없었다. 은수는 문 너머를 보기 위해 문에 바싹 붙었다. 그러자 문 앞에 있는 공간이 자세히 보였다.

불법적으로 개조한 건지 문 앞 공간은 굉장히 투박하게 깎여 있었고, 그 아래로 디귿 자 모양으로 계단이 나 있었다. 그리고 특이하게 문 너머 벽에 물총 하나가 고정되어 있었다. 어째 분사 위치가 딱 사람 목쯤이다.

"음?"

은수가 이상하게 느껴 물총을 자세히 살펴보자 희미한 철제 와이어가 물총 방아쇠에 걸려 있었다. 그리고 그 와이어는 천장에 있는 도르래를 넘어 문고리에 묶여 있었다.

'무지개색이 잔뜩 섞인 애들 용 물총.'

은수는 위험한 함정과는 굉장히 거리가 있어 보이는 아기자기한 소품에 잠시 실소를 지었지만 금세 미소를 날려 버렸

다. 방심하면 안 된다. 저기서 뭐가 튀어나올진 아직 아무도
모른다.

"혹시 물총에 대해서 아는 것 있어요? 무지개색인데……."

그러자 곽수는 잠시 생각하는 듯하더니 입을 열었다.

"물총? 아, 좀 오래된 얘기인데… 나익환이 갑자기 물총을
사오라고 해서 내가 하나 사온 적 있소. 꽤나 알록달록한 녀
석이었는데, 그게 뭐 어떻소?"

"문 앞에 그게 있어요. 문이 열리면 작동되게 되어 있네
요."

"그놈은 속이 능구렁이 같은 놈이오. 조심하쇼."

"네."

은수는 앞에 있는 문을 내려다봤다. 장금 장치가 전혀 없이
손잡이만 달린 문. 그 문은 마치 자신을 열어달라고 외치고
있는 것 같았다.

"Koor naha(마치 나무와 같이 되리라)."

은수는 문을 열기에 앞서 미리 마법을 걸었다. 그러자 은수
의 피부에서 나무껍질이 돋아나더니 금세 은수의 몸을 뒤엎
었다. 곽수는 저번에도 봤던 돌 인간이 떠올랐는지 얼굴을 찌
푸리며 뒤로 물러났다.

"다시 한 번 보니 거 지독하게 섬뜩하구만."

"열게요. 물러서세요."

"그냥 여는 거요? 아무것도 안 하고?"

"네. 겨우 물총인데 뭐 나오겠어요? 그냥 피해 버리죠, 뭐."

"잠깐……"

은수는 문고리를 돌린 뒤 문을 당겨 열었다. 그러자 문에 열림과 동시에 와이어가 쑥 당겨지더니,

촤아아아!

하는 소리와 함께 비린내 나는 액체가 뿜어져 나왔다. 은수는 예상했던 결과인지 몸을 살짝 돌려 피했다. 하지만 그 위로 성냥이 떨어지는 것 따윈 전혀 예상하지 못했다.

"어?"

그리고 그 성냥이 액체에 닿았고, 확 하는 소리가 나며…….

"으아아아!"

"헉!"

화염으로 변했다. 두 개의 비명이 교차되며 반대 방향으로 날았다. 화염은 굉장한 기세로 약 5초간 뿜어져 나왔다.

"씨발!"

둘은 비릿한 기름 냄새를 맡으며 말했다. 그리고 조심스레 문 안을 들여다보니 물총은 불을 다 토해냈는지 마지막으로 자신의 몸을 불에 맡긴 채 녹아내리고 있었다.

"하, 하하하……?"

"내가 잠깐만이라고 했잖소! 하마터면 통구이 될 뻔했소."

물총, 석유, 성냥. 세 가지 전부 일상생활 속에서 너무나 쉽

게 구할 수 있는 물건이다. 하지만 그 조합 결과물은 굉장히 위협적이었다. 아무런 생각 없이 문이 잠겼나 확인해 볼 요량으로 열었다면 아마 끔찍한 광경이 펼쳐졌으리라.

'도대체 무슨 마약을 처먹으면 저런 재료로 이딴 걸 만들 수 있는 거야!'

그가 남겨놓은 함정들은 매우 치명적이었다. 은수는 머리카락이 곤두서는 것을 느꼈다. 그렇다고 해서 여기서 멈출 수도 없는 노릇. 은수는 물총이 있던 장소로 이동한 뒤 계단을 살폈다.

계단은 내려가는 사람을 전혀 배려하지 않게끔 만들어져 있었다. 높이가 매우 높고 너비는 좁다. 게다가 도대체 무슨 이유인진 모르겠지만, 계단 면이 빗면이다. 아마 조금이라도 잘못 디디면 바로 미끄러져 굴러 버리겠지. 그리고 덤으로 계단 면 끝은 전부 톱날 모양으로 깎여 있었다. 아마 여기서 넘어지면 뇌진탕 정도는 귀엽게 봐줄 수 있는 꼴이 될 게 분명했다. 그래도 다행이라 할 만한 것은 벽에 난간이 있다는 것 정도일까.

은수는 계단을 잘 살펴보다 문득 이질감을 느꼈다. 위에서 다섯 번째 계단이었는데, 발 디딤 면이 굉장히 얇았다. 정교하게 만들어놓긴 했지만, 철골이 없어 밟자마자 무너져 내릴 게 뻔했다.

"하, 도대체 뭐하는 녀석이야? 무슨 편집증 환자라도 돼?"

벌써 열쇠 한 번, 알람 한 번, 불 함정 한 번, 그리고 계단 함
정이 나왔다. 그리고 더 슬픈 건 아직 절반밖에 오지 않았다
는 것. 함정이 얼마나 더 있을지 몰랐다.

은수는 난간을 잡고 계단을 내려가며 감탄했다. 계단이 이
정도라면 누구나 난간을 잡고 한 칸 한 칸 내려갈 수밖에 없
다. 그러면 반드시 저곳을 밟겠지.

은수는 내려가며 곽수에게 다섯 번째 계단은 밟지 말라고
말했다. 그리고 네 번째 계단에서 두 칸을 내려가며 난간을
잡는 순간,

또깍.

난간이 부러졌다.

"헐?"

은수는 땅이 가까워지는 것을 느끼곤 머리를 양손으로 감
쌌다.

"어, 어이! 이보쇼!"

은수가 계단을 구를 때마다 나무가 톱에 갈리는 섬뜩한 소
리가 났다. 눈앞이 번쩍거렸고, 온몸은 찢어질 것만 같았다.
은수는 바닥에 쾅 소리를 내며 부딪쳤다.

"이, 이보쇼!"

곽수의 걱정스런 목소리가 계단에 울려 퍼졌다. 하지만 돌
아오는 대답은 없었다.

'이, 이런 썅! 저 새끼가 벌써 죽으면 안 되는데!'

곽수가 걸음을 재촉하며 내려갔다. 그러자 은수가 그제야 신음을 내뱉었다.

"끄어어어……."

"다, 다친 곳 없소?"

곽수가 급히 내려오려 하자 은수가 손을 들어 제지했다.

"괜찮아요. 그러니 느긋느긋 와요. 다른 함정이 있을지도 몰라요."

은수의 나무껍질이 붉게 물들었다. 아마 톱날이 나무껍질을 뚫고 들어간 것일까? 곽수는 그런 은수를 보고 있자니 덜컥 겁이 나 서두르던 걸음을 줄였다. 나무처럼 단단한 피부가 저렇게 됐는데 만약 자신이 구르면…….

"으……!"

곽수가 온몸을 떨었다. 그리곤 혹시 난간이 부서진 곳이 있는지, 바닥이 무너지는 곳이 있는지 아주 조심조심 내려왔다. 그는 다 내려오자마자 은수에게 달려가 그를 살폈다. 몸 여기저기가 톱날에 갈려 피가 흐르고 있었다.

"기, 기다리쇼. 일단 응급 처치라도 할 테니까."

곽수는 급한 손길로 공구함 속에 있던 하얀 상자에서 과산화수소를 꺼내 은수의 상처 부위 위에 조심스레 부었다. 그러자 은수가 신음 소리를 내며 이를 꽉 깨물었다.

"목이나 머리는 다친 곳 없소?"

"네. 구르기 전에 감싸서 괜찮아요."

그래도 머리를 감싼 건 굉장히 좋은 선택이었다. 나무껍질이 외부 충격으로부터 외피를 보호해 주는 것은 분명하지만, 내부 충격파까지 해결해 주진 못한다. 만약 머리에 직접적인 충격을 받아 뇌진탕이 오면 곤란하다.

은수는 가파른 계단에서 한 번 구르자 제대로 정신 차리곤 남은 계단을 더욱 조심하며 내려갔다. 다음 함정은 교묘하게 구슬이 숨겨져 있는 계단이었다. 물론 은수는 이 함정을 금방 알아채곤 넘어갔다.

그렇게 세 가지의 함정을 뚫고 들어가니 그제야 굉장한 크기의 금고 앞에 도달했다. 인간의 키를 훌쩍 넘는 그 문은 마치 앞에 있는 사람을 내려다보기라도 하는 양 굉장히 거만해 보였다.

"이게 마지막 문일 게요. 귀동냥으로 듣건대, 다이얼이랑 열쇠를 둘 다 해결해야만 열리는 구조요"

"알겠어요. 한번 해볼게요."

은수는 메이지 핸드북을 펴 변이 계통 마법을 찾았다. 언젠가 한번 쓸 곳이 있을까 싶어 봐 둔 녀석이다.

"*Of juuksenõel sisse(밤손님의 머리핀).*"

은수가 손으로 기이한 수인을 그리며 말했다. 그러자 금고 안에서 딸깍 하는 소리가 울리더니 다이얼이 몇 번 움직이다 멈췄다.

"된 건가?"

하지만 문은 여전히 꿈쩍도 하지 않았다. 은수와 곽수 둘이 서 있는 힘껏 당겨봤지만 역부족이었다. 둘은 한동안 문과 씨름을 했지만 금세 지쳐 떨어졌다.

"된 거 확실한 거요?"

"나도 잘은 모르겠어요. 분명 소리가 나긴 했는데."

사실 마법은 제대로 작동했다. 하지만 문제가 있다면 이 마법을 만든 사람이 사는 세계엔 다이얼 키패드가 없다는 것 정도다. 물론 이 사실은 곽수와 은수 둘 다 몰랐다.

"근데 왜 안 열리는 거요?"

곽수는 그렇게 말하곤 시계를 봤다. 벌써 자정이다. 그는 문득 위에 있는 일반인들이 불안해지기 시작했다. 어떻게든 말로 잘 구워삶긴 했지만 시간이 길어지니 슬슬 불안했다.

"될 수 있으면 빨리 열어봅시다."

"흠… 다른 방법을 찾아야겠어요."

은수는 일단 열쇠 구멍을 유심히 살폈다.

"그 열쇠 꾸러미 중에 이 열쇠는 없나요?"

그러자 곽수는 잠시 생각하더니 고개를 절레절레 흔들었다.

"없을 게요. 그 열쇠만은 항상 나익환이 가지고 다녔소."

"그럼 어떻게 하지?"

은수는 생각을 계속했다. 어떻게 열어야 할까. 열쇠는 없다. 그리고 다이얼은 4줄이다. 개당 다이얼의 개수는 63개.

운으로 때려 맞힐 확률은 63의 4승 분의 일. 굳이 계산하지 않아도 운으로 때려 맞힐 수 있는 숫자가 아니라는 것 따윈 알 수 있다.

'문짝을 떼어내 볼까?'

은수는 투과 마법의 정도를 조절해 안을 살펴보려 했지만, 아무리 깊게 조절해 보려고 해도 안이 보이지 않았다. 이 철문의 두께는 얕잡아도 약 3㎝ 이상이다. 그에게 충분한 시간과 마력이 있다면 시도해 볼 만했지만, 안타깝게도 그에겐 둘 다 턱없이 부족했다.

'주변 벽을 뚫어보면……?'

그렇게 생각하고 보니 벽 안에 얇은 철판이 있고, 그 안엔 검은색 가루가 가득했다. 그리고 검은색 가루 안 군데군데에 박혀 있는 회갈색 주머니엔 하얀색으로 TNT라고 적혀 있었다.

'설마 저 검은색 가루는… 화약? 허! 뭐 이런 미친 새끼가 다 있어!'

아마 이 창고 전체를 은행식 철통으로 방어하기엔 돈이 부족했겠지. 그래서 선택한 게 아마 저 폭약이리라. 어쨌든 이 방법도 틀렸다. 아마 저 철판을 뚫으면 저 TNT가 불청객에게 아주 화끈한 축객령을 내려줄 게 분명하다.

"하아……!"

은수가 한숨을 내뱉었다. 머리가 아팠다.

‘젠장, 여기서 막히나? 여기까지 왔으니 반드시 열어야
해.’

물론 하염없이 기다리는 곽수 입장도 머리 아프긴 매한가
지였다. 은수는 머리를 싸매고 생각했지만, 결국 이렇다 할
답은 나오지 않았다. 은수는 생각하다 지쳤는지 철퍼덕 주저
앉았다.

“뭐하쇼?”

“좀 쉬었다 하죠.”

곽수는 어이가 없었다. 시계를 다시 살폈다. 0시 30분. 마
음이 다급해졌다.

“시간이 많지 않소. 후딱 합시다.”

“안 되는 걸 뭐 어떻게 하겠어요. 난 만능이 아니라고요.”

“뭐 흐물흐물하게 변해서 열쇠 틈으로 들어가거나 투과 같
은 거 안 되는 게요?”

은수가 픽 웃었다.

“되면 제가 힘들게 불 피하고 톱날 계단 굴러가며 여기까
지 오진 않았겠죠.”

“뭐 괴물이 그렇소? 어차피 돌, 나무 괴물이니 까짓것 물
괴물 좀 되면 어떻다고.”

“괴물요?”

“그럼 네가 괴물이지 뭐요. 지금도 머리털 대신 나무뿌리
나 있구만. 그럼 그게 사람 모습이오?”

곽수도 답답한지,

"어휴, 됐소. 내가 너무 까칠했구만. 미안하오. 빨리 열어 봅시다."

하고 말았다. 은수도 한동안 입을 다물었다.

"혹시 금고 잘 알아요?"

"금고? 그건 왜 그러쇼?"

"솔직히 한 방에 날려 버리는 것은 무리예요. 그럼 다른 방법을 찾아야 하겠죠."

곽수는 잠시 고민했다. 자기도 전에 빈집털이 같은 것들을 해봤기에 기본적인 자물쇠 따기는 안다. 하지만 그가 가진 지식은 얕았고, 그나마도 굉장히 오래된 지식이다. 하지만 이것이라도 도움이 될지도 모른다는 생각으로 입을 열었다.

"그게 자물쇠마다 다르지만… 거의 기본적으로 워드 식이나 핀 텀블러 식을 사용하오. 일반적으로 작은 자물쇠가 홈 판, 큰 자물쇠가 실린던데……."

그 이후 홈 판이 어떻고, 열쇠가 어떻고, 어떻게 돌리며, 실린더가 뭐며, 문이 어떻고, 스프링이 있네, 드라이버가 있네 등등 생소한 단어가 빠르게 지나갔다.

"대충 기본적인 구조가 이렇소. 하지만 이 금고용 자물쇠는 훨씬 더 복잡하고 정교한 구조일 게 분명하오."

은수는 머리가 핑 도는 것을 느꼈다. 워드 식은 뭐고, 홈 판은 무엇이며, 실린더는 무엇이며, 드라이버는……? 문외한인 은수에겐 너무나 어려웠다.

"어렵네요."

"그래, 듣고 나니 뭐 좋은 방법이라도 생각났소?"

은수는 자물쇠의 원리를 알아 열쇠 대용될 만한 것을 만들 어내려던 작전을 포기해 버렸다.

"없어요. 근데… 지하라 그런지 꽤 춥네요. 곧 겨울인가?"

은수는 양팔을 쓰다듬다가 움찔거렸다.

'잠깐. 추워? 겨울?'

문득 은수는 돌 틈 사이에 스며든 물이 얼면서 돌도 부술 수 있다는 얘기를 들었던 것이 기억났다. 그리고 기초 과학에 서도 물은 얼면 팽창한다는 얘기가 나오지 않던가.

'해볼까.'

은수가 일어나 마법을 부렸다.

"*Vesi!*"

그러자 은수의 손바닥 위 공간이 잠시 일렁이더니 물방울 이 송골송골 맺히기 시작했다. 은수는 그 물을 보고 씩 웃곤 그 물을 자물쇠 구멍 안에 집어넣었다.

"*Surve!*"

그리고 강력한 압력으로 그 구멍을 틀어막아 버린 다음,

"*Jahutus!*"

냉각 마법을 사용했다.

'젠장! 열 수는 있는 거야?'

곽수는 뭔가 설명을 듣고 싶어하는 표정이었지만, 스멀스
멀 올라오는 한기에 아무 말도 하지 못했다.

온도는 계속해서 내려갔고, 어느새 철문에 서리가 생겼다.
그리고 좀 더 온도를 내리니,

쩡!

"헐?"

곽수는 깜짝 놀라며 뒤로 물러났고, 은수는 씩 웃었다. 효
과가 있었다. 열쇠 구멍 안에선 팽창한 얼음이 우악스럽게 철
을 씹어먹었다. 은수는 이번엔 불을 만들어 구멍에 쑤셔 박아
얼음을 녹여냈다.

"뭐, 뭐요? 무슨 짓을 한 거요?"

"자물쇠 안에 물 흘려놓고 얼렸어요. 효과가 있네요."

은수는 짧은 과학 지식을 이용했던 것이다. 물은 얼음이 되
면 팽창한다. 그렇게 분자의 사이가 넓어지며 나타나는 힘은
상상을 초월했다. 만약 들어온 길을 강력한 힘으로 막고 강제
로 얼린다면 그 분자들의 거대한 힘은 전부 철문 쪽으로 향하
게 된다.

게다가 은수가 모르는 사실이 하나 더 있었는데, 철은 고온
과 저온 사이를 왕복할 때마다 탄성을 잃고 단단해진다(좋은
예로 담금질이 있다). 한마디로 딱딱해지긴 하지만, 탄력이 적
어져 작은 충격에도 쉽게 깨진다는 얘기다. 그 두 가지 요인
은 강력한 금속 문이라도 마치 마른 흙 조각처럼 부서지게끔

만들었다.

은수는 마나 소모를 줄이기 위해 나무 껍질 피부를 해제하고, 한동안 위와 같은 방법을 반복했다. 가면 갈수록 물의 양을 늘리고 스펠도 강력하게 바꿔나갔다.

"*Remodi' s Redaktsioon Spear(레모디의 수정 창)!*"

틈 안에 있던 물이 얼어붙으며 마치 고슴도치마냥 뾰족한 얼음으로 변했다. 그 얼음이 마치 철문을 우악스레 잡아먹기라도 하듯 섬뜩한 소리를 내며 철문을 비틀었다.

"*Burning keel of A' cho pum ja(아초푸므자의 불타는 혀).*"

이번엔 마치 뱀의 혀를 닮은 푸른 불꽃이 구멍 안으로 타고 들어가 얼음을 승화시켜 버렸다. 그러자 뜨거운 수증기가 올라 지하를 가득 채웠다.

"으… 뜨겁구만. 언제 끝나는 거요?"

"점점 더 구멍이 커지고 있으니 금방 끝날 겁니다. 일단 이 안개가 걷히면 봐요."

은수가 바람을 일으켜 수증기를 걷어내자, 곽수가 구멍 안으로 불빛을 비췄다. 그러자 아주 희미하게 건너편이 보였다.

"보인다!"

"곧 끝나겠네요. 물러서세요."

은수가 같은 마법들을 한 번 더 반복하자 문은 거의 완벽하게 뜯어 먹혀 사람이 들어갈 수 있을 만한 구멍이 생겼다.

"됐다!"

은수가 구멍 안으로 급히 몸을 옮겼다. 방 안에 퀸 사이즈 침대 두 대를 나란히 붙여 놓은 정도의 부피만큼 돈이 쌓여 있었다. 구권 만 원부터 신권 만 원, 신권 오만 원짜리까지. 은수는 그 돈을 보고 있자니 문득 저 돈 다발로 몸을 날리고 싶은 충동이 들었다.

"하! 이게 다 돈이라고?"

"정말 많네요!"

은수가 흥분해서 돈 쪽으로 몸을 날렸다. 곽수는 그런 은수를 보며 탐욕적인 웃음을 흘렸다.

'진짜로 열렸다!'

문득 그의 머릿속에 나익환과 일을 했던 과거가 떠올랐다. 곽수는 언제나 나익환을 위해 최선을 다해 일했다. 하지만 그에게 돌아오는 돈은 언제나 쥐꼬리만 했다.

'저 돈은 애초에 내가 다 모은 거야! 내 돈이었다고! 그걸 남이랑 나눈다는 것 자체가 말도 안 돼.'

곽수의 눈이 돈에서 은수에게로 옮겨졌다. 그리고 그의 눈엔 탐욕 대신 살기가 서렸다.

'저 녀석은 이제 필요없다. 하지만 어떻게 하지?'

곽수는 순간 망설였다. 저 녀석은 강하다. 저번에도 이상한 괴물로 변해서 그를 창밖으로 집어 던지지 않았던가.

'기습해야 한다!'

이후 곽수는 은수에게 말을 걸었다. 그를 살펴야 했다.

"대단하군!"

"네. 저도 대단해요."

은수가 돈에 정신 팔려 뒤도 돌아보지 않고 말했다. 곽수의 얼굴에 섬뜩한 미소가 서렸다.

그의 손이 등 뒤로 향했다. 그곳엔 혹시 모를 사태를 대비해서 숨겨놓은 칼이 있었다. 그는 칼을 소리없이 역수로 꺼내 들었다.

"그래! 아주 대단해!"

그리고 달려들었다!

"어?"

은수가 문득 기묘한 기분이 들어 몸을 돌리자 달려오는 곽수가 보였다.

'이상한 요술을 쓰게 내버려 둘쏘냐!'

그는 이전 경험으로 그가 입을 열면 굉장히 위험해진다는 사실을 알고 있었다.

"크아아아아아아아악!"

지근거리 기습! 곽수는 은수의 목을 노렸다. 은수가 깜짝 놀라 팔로 막았지만, 칼은 그런 은수의 팔을 뚫고 들어가 10cm가 넘는 긴 자상을 남겼다.

"악!"

하지만 곽수는 그것으로 만족하지 못하고 바로 연속 공격을 했다. 날카롭게 날아드는 왼손 잽! 그의 잽은 고통에 느슨

해진 가드를 뚫고 은수의 얼굴에 직격했다.

퍽!

그리고 다시 한 번 잽. 하지만 이번엔 은수가 고개를 숙여 피했다.

'빌어먹을! 결국 배신인가!'

이번엔 어퍼컷을 치려는 곽수의 손 모양이 보였다. 그리고 그 손을 따라 칼날이 따라 올라왔다.

"씨이발!"

은수가 깜짝 놀라 무게중심을 몸 뒤쪽으로 기울여 넘어졌다. 하지만 칼날 길이가 긴 까닭에 코끝이 베였다. 그의 눈앞으로 피가 튀었다.

쿵!

은수가 넘어지자 곽수는 이번엔 마운트를 시도했다. 하지만 은수는 그것만은 안 된다는 듯 곽수를 발로 밀어냈다. 곽수는 그런 은수의 발을 베어내려 했지만, 몇 번 발에 채여보자 힘 차이가 너무 심하게 난다고 생각했는지,

훅!

거꾸로 든 칼을 제대로 바꾸고 손을 등 뒤로 제쳤다.

'죽어라!'

은수는 감으로 곽수가 칼을 던질 거라는 것을 깨달았다. 그리고 그 감을 따라 옆으로 구르자 바로 옆에서 챙 소리가 나며 칼이 튀어나갔다.

'칼이 없다! 지금이 기회야!'

은수가 당장 일어나 곽수에게 태클을 걸었다. 그러자 다른 칼을 뽑아내려던 곽수가 은수의 태클에 걸려 넘어졌다. 은수는 그대로 곽수에게 올라타 곽수의 얼굴을 때렸다.

퍽!

푹!

하지만 그와 동시에 오른쪽 허벅지가 굉장히 뜨거워졌다. 은수가 고개를 돌렸다.

푹!

두 번째 일격이 은수의 허벅지를 꿰뚫었다. 은수는 그제야 곽수가 또 다른 칼로 자신을 난자하고 있다는 것을 깨달았다.

"악!"

은수의 손이 또다시 찌르려는 곽수의 팔을 막았다. 그러자 곽수는 불편한 왼손 사이로 튀어 나온 손가락으로 은수의 눈을 찔렀다.

"크아아악!"

은수가 고통에 비명을 지르며 있는 힘껏 오른손을 휘둘렀다. 그러자 뭔가 맞으며 빡 하고 부서졌다. 이번엔 곽수가 비명을 질렀다. 은수가 남은 한쪽 눈으로 곽수를 살폈다. 그의 어깨가 괴상한 모양으로 짓이겨져 있었다. 그리고 덤으로 오른손 중지와 약지도 기이한 방향으로 비틀어져 있었다.

은수는 반쯤 박살이 난 오른손 손목으로 곽수의 오른손을

짓눌렀다. 그가 반항하려 꿈틀거렸지만 은수의 힘을 이길 순
없었다.

"하아, 하아!"

은수는 숨을 골라 쉬곤 남은 오른손으로 곽수의 칼을 뺏어
들었다. 그러자 곽수가 비명을 지르며 발광하듯 몸을 움직였
다. 문득 은수는 뒤통수에 강한 충격을 느꼈다. 그가 발로 그
의 머리를 찬 것이다.

"이런 개… 씨발!"

은수가 손에 든 칼로 곽수의 허벅지를 찔렀다.

"끄아아!"

그리곤 그 칼을 다시 뽑아 곽수의 목 위로 가져갔다.

"왜 배신했지?"

은수가 물자, 곽수는 고통에 반쯤 일그러뜨린 얼굴로 가소
롭다는 듯 웃었다.

"왜, 배신하는 데 이유가 필요하냐?"

"돈 때문이냐?"

"그래, 돈 때문이다! 돈! 씨발! 저 돈만 있으면 나도 부자가
될 수 있잖아!"

은수의 눈에 분노가 차올랐다.

"그 빌어먹을 놈의 돈! 너희들이 그 돈 때문에 몇 명을 죽였
는지 알아?"

"글쎄… 모르겠는데? 씨발! 그딴 게 무슨 상관이야! 넌 여

태까지 처먹은 돼지, 닭 숫자 다 기억하냐, 이 씨발 놈아!"

은수는 확신했다. 앞에 있는 이자는 뼛속까지 돈으로 물들어 있는 자라고. 그러자 더 이상 화도 나지 않았다. 되레 아무 생각이 나지 않고 착 가라앉았다.

"그래, 맞아. 네 말이 맞아. 난 내가 여태까지 먹은 돼지나 닭이 얼마나 많은지 기억 못해. 아니, 안 해. 하지만 말야, 난 적어도 사람을 먹진 않았어."

"왜, 너도 사실 돈이 탐나서 날 죽이는 거잖아! 그렇지, 이 개새끼야? 너도 똑같은 놈인 주……."

은수는 그의 말을 한 귀로 듣고 한 귀로 흘렸다. 끝까지 돈, 돈, 돈!

"그만. 이제 질렸어."

은수는 들고 있던 칼을 왼쪽 상환에 꽂아 넣었다. 그런 뒤 돈을 한 주먹 가져다 곽수의 얼굴에 흩뿌렸다.

"그래, 돈이 그렇게 좋더냐?"

그리곤 그 돈으로 곽수를 짓눌렀다.

"꺽! 꺽! 살려……."

"시끄러워."

은수가 손에 힘을 주자 섬뜩한 소리가 나며 코가 무너지는 소리가 들렸다.

"그렇게 좋아하는 돈이랑 같이 죽어라."

곽수는 얼마간 버둥거렸지만, 머지않아 움직임을 멈췄다.

"후, 씨발."

은수는 곽수가 죽자 제일 먼저 자신의 상처를 치료했다. 그리곤 그의 시체를 질질 끌어 구석에 집어 던졌다.

'이제 이것들을 어떻게 옮기지? 이동 마법 같은 건 없나?'

하지만 은수가 훈련해 놓은 것은 전부 전투계 마법뿐이었기에 다른 페이지는 거의 백지밖에 보이질 않았다.

'젠장, 이럴 줄 알았으면 이쪽도 연습해 놓을걸.'

지금 후회한들 뭐하리. 그냥 몸으로 때워야지. 결국 은수는 계단을 도로 올라가 곽수의 차로 돌아왔다. 곽수는 차를 몰고 오면서 돈 부피가 클 거라며 가방을 많이 가져왔다고 했다.

은수는 차 트렁크를 열어 가방을 모두 챙겼다. 그러다 문득 이상한 다른 것을 발견했다.

"뭐야?"

가방들 안쪽, 구석진 곳엔 비닐 포대와 삽, 시멘트가 놓여 있었다.

어이가 없었다.

'아예 처음부터 죽일 생각을 하고 왔어. 개자식.'

죽일 생각하고 왔는데 반대로 자신이 죽었다. 가만히 있었다면 아주 조금이라도 더 오래 살 수 있었을 텐데. 그야말로 자승자박이다.

은수는 가방들을 챙겨 다시 지하로 내려갔다. 돈을 옮기는 작업은 꽤나 고달팠다.

“이런! 빌어먹… 을! 지나갈… 땐… 생각도… 안 했나!”

은수는 계단을 오르며 죽은 사람에게 이렇게까지 분노할 수 있단 사실에 나름 감동(?)했다. 그렇게 지옥 같은 계단을 다 오르자 하늘이 빙빙 돌았다.

“어휴!”

하지만 쉴 틈이 없었다. 아직은 돈이 많이 남았으니까 말이다.

저렇게 온몸에 가방을 들고 세 번 정도 왕복하자 돈은 금세 차 안에 가득 찼다.

“이제 남은 건 곽수뿐인가.”

은수는 곽수의 시체를 내려다보며 생각했다. 사실 저번에야 죽지 않을 정도로만 패놔서 괜찮았지만 죽여 버리니 일이 좀 곤란해졌다.

‘묻어버릴까.’

제일 먼저 생각난 방법이다. 차에는 곽수가 준비해 놓은 매장 도구가 있으니 어디 마땅한 장소 찾아 묻으면 되리라. 하지만 그 마땅한 장소를 찾기가 어려웠다. 일단 서울 한가운데에서 깊은 산까지 찾아가기도 어렵거니와, 도중에 단속이라도 걸리면 빼도 박도 못하게 된다.

그런 의미에서 그 방법은 안 된다. 암매장 노하우가 없는 은수로선 너무나 난이도가 높았다.

‘그냥 내버려 둘까.’

곽수가 말한 것을 종합해 봤을 때 여태까지 사람들이 이곳에 무단 침입한 전례는 없었다. 그러니 그냥 내버려 두면 곽수는 사람들의 무관심 속에서 잘 숙성될 것이다. 하지만 아무래도 뼈라는 증거가 있으면 좀 곤란했다. 시간이 지났다고 해도 뼈에는 증거가 남으니까. 왜, 양놈들 드라마 보면 아무것도 없는 뼈 가지고도 범인을 잡지 않던가?

‘그럼 태워 버리자. 남김없이 모두 태워 버리면 괜찮겠지.’

그렇게 결정되자 은수는 곽수 앞으로 다가가서 주문을 외웠다.

"Burning keel of A' cho pum ja(아초푸므자의 불타는 혀)."

순식간에 시체가 불타오르기 시작했다. 은수는 곽수가 타는 모습을 10초 정도 보다가 살 타는 매캐한 냄새를 이기지 못하고 창고 밖으로 나왔다.

그러다 순간 불이 너무 세 창고가 통째로 폭발하지 않을까 하는 걱정이 들었지만, 화약은 입구 쪽 벽에만 있으니 괜찮을 거라 생각했다. 은수는 뒤쫓아 오는 연기를 뒤로하고 창고 밖으로 나왔다. 그리고 연기가 채 밖으로 나오기 전에 창고 문을 닫았다. 그러자 창고 문은 쿵 하는 무거운 소리와 함께 창고 안과 밖을 분리해 버렸다.

"잘 있어라, 곽수. 돈에 살고 돈에 죽던 인생에 어울리는 죽음이었어.”
　은수는 창고 문을 잠가 버리고 건물 밖으로 나왔다. 곽수가
사람들의 무관심 속에서 푹 숙성되길 기대하며.

Chapter 07

돈빌려 드립니다

돈이 많다는 것은 꽤나 기분 좋은 일이었다.

"흠."

은수가 봉고차 뒤를 바라보자 그곳엔 돈이 산처럼 쌓여 있다. 하지만 기분 좋은 만큼 다른 걱정거리도 있었으니…….

"이걸 어떻게 하지?"

바로 처리가 곤란하다는 것이다. 그 많은 돈이 전부 차에 실려 있다. 모두 은행에 맡길까 해도 지금은 새벽이다. 그렇다면 은행이 열 때까지 기다려야 하는데, 이 차를 놓고 어딜 가자니 너무나 불안했다.

'이래서 가진 사람들이 매일매일 불안해하는구나. 돈 없어

서 걱정해 본 적은 있지만 많아서 걱정해 보긴 또 처음이네.'

결국 그는 하룻밤을 곽수의 차 안에서 보냈다. 자신이 죽인 사람의 차인 까닭인지 잠자리가 조금 불편했지만 그럭저럭 견딜 만했다. 그리고 다음날 아침에 은행 문이 열리자마자 은행으로 갔다.

굉장히 너덜너덜해진 옷을 갈아입는 것도 잊지 않았다. 옷은 차 안에 곽수가 준비해 둔 비상용 옷을 사용했다. 곽수가 체격이 조금 있던 까닭에 좀 헐렁하긴 했지만, 그럭저럭 입어 줄 만했다.

은수가 은행에 들어가서 현금 10억 정도를 입금한다고 말하자, 조용하던 은행이 발칵 뒤집어졌다. 은행원이 빠른 걸음으로 지점장에게 다가가 몇 마디 속닥거리자 지점장이 총알 같은 속도로 은수 앞으로 날아왔다.

지점장은 은수를 당장 귀빈석으로 데려다 이것저것 묻더니 의례상이라며 신용도 조사 같은 것을 했다. 딱히 신용도에 문제가 없었고, 계좌 사용 내역도 범죄 냄새가 나는 것은 없었다.

신용도 조사가 끝나자 입금은 일사천리로 진행됐다. 지점장은 순식간에 새로운 계좌 하나를 만들어 그 많은 돈을 넣어 줬다.

창고에 있었던 돈은 정확하게 12억 4923만 3천 원이었다.

지점장은 이후 혹시 투자할 생각이 있냐며 슬머시 정보를 꺼냈지만, 은수는 필요없다고 말하고 밖으로 나왔다. 지점장은 그런 은수를 밖까지 따라 나와 고개를 푹 숙이며 명함까지 건넸다.

"안녕히 가십시오! 다음엔 절 찾아주십시오!"

"아… 네."

은수는 자신의 앞에서 허리를 기역자로 꺾어서 인사하는 지점장이 영 부담스러웠다.

'돈이 있으니 나한테 이렇게 친절하구나.'

하지만 그 씁쓸함은 잠시였다. 위 얘기를 조금만 돌려보면 돈을 가진 사람은 그만큼 대우를 받는다는 얘기가 되니까 말이다.

'그럼… 난 이제 부자가 된 건가?'

역시 돈이 좋긴 좋은 걸까. 돈이 생기자 세상이 달라 보였다. 예전엔 쳐다보지도 못한 것들이 지금은 은수가 원하면 모두 자신의 손으로 들어왔다.

"감사합니다, 손님. 총 93만 5천 원입니다."

은수가 제일 먼저 구입한 것은 옷이었다. 저번에 아무리 새로 옷을 구입했다고 하지만, 이렇게 금방 떨어져 나가 버리니 영 곤란했기 때문이다.

"이걸로 계산해 주세요."

은수는 방금 만든 따끈따끈(?)한 체크카드를 내밀었다. 사실. 은행 측에선 VIP 전용 카드를 만들어준다고 권했지만, 은수는 영 부담스러워 거절했다. 분명 VIP 카드라면 좋은 혜택이 많겠지만, 갑작스러운 변화는 좋을 것이 없다는 게 은수의 생각이었다.

"서명해 주세요."

점원이 서명을 요구했다. 은수는 단 한 번도 겪어보지 못했던 일이라 잠깐 머뭇거렸지만, 금방 전자판에 자신의 이름을 적어냈다. 점원이 영수증을 꺼내주며 감사하다고 인사했다.

부르르~

체크카드를 사용하자마자 은수의 핸드폰으로 카드 사용 내역이 날아왔다. 은수는 그것을 확인하며 씩 웃었다.

"카드라는 거… 좋구나."

은수는 자신이 산 옷들을 슥 훑었다. 평소엔 비싸서 살 엄두도 내지 못할 고급 의류들이다.

은수가 옷 다음으로 산 것은 바로 차였다. 항상 영업용 차량이나 스쿠터밖에 몰아본 적이 없기에 언제나 꿈꾸던 차! 그의 발걸음은 가까운 지아 차 대리점으로 향했다.

전시장에는 지아가 자랑하는 명차들이 전시되어 있었다. 은수는 그 차들을 흐뭇하게 훑어봤다.

은수는 눈을 게슴츠레 뜨고 뭐가 더 좋은 걸까 비교하려 하다가 문득 옛 생각이 났다.

어느 게 더 잘 나가는지, 어느 게 더 싼지, 성능 대비 효율은 좋은지, 내구성은 좋은지 등 물건 하나 사는 데 얼마나 많은 것들을 고려했던가! 은수는 그렇게 비교에 흠뻑 빠져 있다가 갑자기 드는 생각이 있었다.

'돈이 많은 지금도 굳이 그렇게까지 비교해야 할까?'

물론 비싼 물건에도 좋고 나쁨이 있고, 가격 대비 효율이란 게 있다.

하지만 한 가지 확실한 건 지금 그가 보는 물건들은 하나도 빠짐없이 그가 예전에 고민하며 샀던 물던과는 비교도 못할 정도로 좋은 것들이라는 거다. 은수는 그런 생각이 드니 물건을 비교하는 흥이 깨져 버렸다.

'하긴… 옛날엔 네 바퀴로 굴러만 가도 좋으니 내 차를 가지고 싶었는데.'

"이거 주세요."

그가 결정한 녀석은 J5였다. 단순히 자신이랑 가장 가까이 있었다는 이유다.

"우하아!"

은수는 차를 사자마자 곽수의 봉고차를 주차한 그대로 버려 버리고, 서울 시내를 내달렸다. 그렇게 도로 주행하길 한 시간. 은수는 문득 배가 허전해짐을 느꼈다.

"흠, 배고프네."

시간이 벌써 점심때였다.

은수는 그제야 자신이 어제저녁부터 아무것도 먹지 않았

다는 것을 깨달았다. 거기다 어제 마법도 잔뜩 쓰고 새벽에는 막노동까지 해댔으니 에너지 소모가 엄청났으리라.

'밥 뭐 먹지?'

그가 차를 멈추고 고개를 휙 돌리니, 'IN Back Steakhouse' 라는 음식점이 보였다.

"흠?"

평소에 TV에서 몇 번 본 음식점이었다. 스테이크 전문점으로, 한 끼 식사에 굉장히 부담스런 가격이 나온다는 것만 알고 있는 가게다.

'저기로 가볼까!'

예전이라면 꿈도 못 꿀 음식점이었지만, 지금 은수는 전혀 거리낌 없이 인백 스테이크 하우스로 들어갔다. 좋은 옷에 좋은 차, 그리고 무엇보다도 돈을 많이 가지고 있었기 때문일까. 그의 눈은 자신감으로 가득했다.

"혼자 오셨나요?"

예쁘게 차려입은 점원이 은수에게 자리를 안내하고 메뉴판을 건네줬다. 그러자 살면서 몇 번 보지 못한 휘황찬란한 메뉴들을 볼 수 있었다. 은수는 어디서 귀동냥한 게 있어 애피타이저, 스테이크, 디저트를 주문했다. 그러자 어마어마한 양의 음식이 쏟아져 나왔다.

은수는 애피타이저로 나온 새우튀김을 한 조각 집어 먹었다.

“오!”

단 한 입 먹어봤을 뿐인데도 이 음식이 맛있다는 것을 알 수 있었다. 은수는 허겁지겁 애피타이저를 전부 집어삼켰다.

그리고 나서 메인 디쉬인 스테이크가 나왔다. 은수는 스테이크는 얼마나 맛있을까 예상하며, 스테이크를 돈가스 자르듯 슥슥 잘랐다. 그리고 한 입.

“우오오오!”

뭐랄까, 굳이 표현하자면 호주 대평야에서 힘껏 뛰어다니는 황소의 맛?

매일매일 편의점 김밥이나 라면밖에 먹어보지 못한 은수에게 그 맛은 천상의 맛이었다. 은수는 스테이크를 흡입하듯 먹었지만 애피타이저를 너무 많이 먹은 까닭일까? 스테이크를 반이나 남겨 버렸다.

은수가 빵빵해진 배를 통통 치며 있자니 디저트가 나왔다. 맛있어 보이는 치즈케이크였다. 은수는 그 치즈케이크를 잠시 고민스러운 눈으로 쳐다보다 수저를 옮겼다. 분명 달콤하고 입안에서 살살 녹았지만, 안타깝게도 그의 위장에 케이크까지 들어갈 자리는 없었다.

“더는 못 먹겠다.”

결국 은수는 음식들을 남기고 계산대로 갔다. 그러자 점원은 이것저것 두드리더니,

“5만 300원 나왔습니다,”

은수는 잠깐 움찔거렸다. 무슨 한 끼 식사에 5만 원이나 나온단 말인가?

'5만 원이면 쌀이 몇 kg에… 라면이 몇 개에… 배추가 몇 포기야.'

은수가 눈을 게슴츠레하게 뜨고 있자니, 점원이 곤란한 표정을 지었다.

"손님?"

"아, 네. 계산할게요."

하지만 어쩌리. 은수도 사실 비싸다는 사실을 알고 들어왔다. 문제가 있다면 그 정도를 몰랐을 뿐.

은수는 그렇게 맛있는 식사를 했지만, 왠지 꺼림칙한 느낌을 지울 수가 없었다.

분명 좋은 옷, 좋은 차, 좋은 음식을 먹었는데도 왠지 뭔가 기분이 이상했다. 돈이 없었을 시절에 그렇게나 바라왔던 것들인데 말이다.

"흐음……."

하지만 은수는 이내 그런 기분들을 떨쳐냈다.

'아무래도 음식 가격 때문에 잠깐 놀랐나 보지, 뭐.'

은수는 다시 차로 올라탔다.

아직 할 일이 더 있었다.

＊　　　＊　　　＊

은수는 차를 몰고 한필의 집으로 향했다.

문득 일이 끝나자마자 찾아뵀어야 옳았을까 싶었지만, 차라리 지금이 낫다고 생각했다. 너덜너덜한 옷차림으로 가봐야 선생님께선 계속해서 걱정만 할 것이 분명하니까 말이다.

'선생님은 어떻게 계실까?'

은수가 마지막으로 한필을 봤을 땐 몰골이 처참했다. 은수 대신 빚쟁이들에게 들들 볶여 반시체가 되어 있던 한필. 그런 상황에서도 한필은 은수를 걱정했다. 그리고 아무런 설명 없이 사라진 은수를 지금까지 걱정하고 있을지도 모른다.

'죄송합니다. 그리고 감사합니다. 그 은혜, 지금 갚으러 갑니다.'

은수는 엑셀에 힘을 줬다. 그러자 은수의 차가 굉음을 내며 도로를 질주했다.

한필의 집은 저번보다 훨씬 평온해 보였다. 아무래도 은수가 나익환 일행을 처리하고 나서 아무런 행패도 없었기 때문이리라. 은수는 문 앞으로 성큼 다가가 초인종을 눌렀다. 그러자 초인종 소리가 길게 늘어지다 한필의 목소리가 들려왔다.

"누구십니… 은수? 너 은수냐?"

"네, 선생님. 저 은수예요."

은수가 초인종 카메라를 보고 머쓱하게 웃어 보였다. 그러자 잠시 후 대문이 열리며 한필이 맨발로 뛰쳐나왔다.

"은수야! 괜찮냐? 어디 아픈 덴 없고?"

그는 나오자마자 은수의 어깨 부여잡고 그를 살폈다.

"이놈아! 이놈아! 전화를 하도 안 받아서 어디 팔려간 줄 알았잖아!"

"죄송합니다."

사실 은수도 한필에게 모두 설명해 주고 싶었지만, 그럴 수 없었기에 그저 죄송하다는 말밖에 할 수 없었다.

"그래도 어디 다친 데 없어 보여서 다행이구나!"

"네, 선생님. 저기, 지금 시간 괜찮으세요? 드릴 말씀이 있습니다."

그러자 한필은 잠시 침묵하더니 집 안을 확인했다.

"아내가 집에 있어. 집을 비우면 곤란해."

"아마 그들이 찾아오는 일은 없을 거예요."

"음?"

"그 얘기를 드리려 왔어요. 이야기가 길어질 것 같은데, 어디 나가서 얘기하면 안 될까요?"

한필은 잠시간 걱정 반, 의심 반 섞인 표정으로 은수를 쳐다봤지만 금방 승낙했다.

둘은 가까운 커피숍에 앉았다. 한가한 평일 오후 시간인지라 점포엔 은수와 한필밖에 없었다.

"그래, 할 얘기라는 게 뭐냐?"

"뭐라고 얘기드려야 할진 잘 모르겠는데, 전부 다 끝났어요. 그 조폭들도, 빚도요."

은수는 최대한 짧게 추려 말했다. 그러자 한필은 알 수 없다는 표정을 지었다. 하긴, 저 정도면 살을 쳐낸 정도가 아니라 뼈까지 갈아 없앴다.

"그게 무슨 소리냐? 전부 다 끝났다니. 도대체 무슨 일이 있었던 거야?"

은수가 굉장히 곤란한 표정을 지었다. '저 괴물로 변신해서 사람을 집어 던졌어요!' 라고 해맑게 말할 수도 없는 노릇이다. 그렇다고 해서 어설픈 거짓말을 하면 십중팔구는 한필이 꿰뚫어 볼 게 뻔했다.

"좀 복잡한데… 어쨌든 이제 전부 다 해결됐어요. 그자들도 없어졌고 제 빚도 전부 없어졌어요. 이제 그 녀석들, 다시는 볼 수 없을 거예요"

한필은 은수를 위협적으로 훑었다.

"혹시 장기 팔았냐?"

"아뇨."

"그럼 원양어선 타기로 했어?"

"음… 어렵지만 한번 설명해 볼게요. 근래에 조폭들끼리 패싸움을 좀 했는데, 거기에 제 빚쟁이도 끼어 있었나 봐요. 저도 경찰한테서 들었는데, 제 빚쟁이가 거기서 죽었대요. 그래서 불법 대출인 제 채무도 전부 없어졌고요."

은수가 멋쩍게 웃자 한필이 의심스럽다는 듯 쳐다봤다. 그는 뭔가 켕기는 것이 있는 눈치였지만, 묘한 기분이 들어 굳이 묻지는 않았다.

잠시 침묵이 감돌았다.

은수가 눈만 움직여 한필의 표정을 살폈다. 혹시 거짓말이 탄로난 걸까 싶어 불안했지만, 다행히도 한필은 뭔가 안심했다는 표정을 짓고 있었다.

"네 녀석은 참 특이한 놈이었어."

"네?"

"심심하면 사고 하나씩 치고 다녀서 사람 골 때리게 하는 주제에, 어떻게 중요한 건 꼭 지 혼자 해결을 하곤 했지."

"하하하하, 그건 선생님께서 잘 도와주셔서 그런 거잖아요."

한필은 그때가 그리운 듯 커피 잔을 들었다.

"아니. 난 그저 네 옆에 있어줬을 뿐이란다. 상혁이 건 생각나느냐?"

"아, 상혁이요."

은수는 잠깐 씁쓸한 웃음을 지었다. 좋지 않은 추억이다.

"고놈 문제도 결국은 네가 해결하지 않았더냐?"

"그래도……."

"그만. 그냥 선생님이 그렇다고 할 땐 가끔 아닌 것 같아도 그렇다고 해줘도 된다."

"네? 네."

"결국 이번에도 내가 손쓸 틈 없이 네 녀석이 해결해 버리는구나."

"아……."

"그래, 네 녀석이 알아서 잘 해결됐다니 전부 다 된 것이겠지. 이유를 물어도 대답 안 하는 것 보니 뭔가 크게 한탕한 모양이구나."

한필은 은수의 표정을 보곤 픽 웃었다.

"그래도 다친 곳 없어서 정말 다행이다, 요 망할 깽깽이 녀석아."

한필이 머쓱하게 웃는 은수의 머리통을 톡 때렸다.

"선생님, 죄송해요."

"죄송한 거 알긴 아냐?"

"네."

"그럼 똑바로 살아, 인마. 사채 같은 거 쓰지 말고. 착실하게, 인생 까짓것, 살면서 삐딱선 몇 번 탈 수 있다. 그래도 열심히 살다 보면 다 원위치 돼. 그러니까 이제부턴 잘해라."

은수가 한필의 말을 흘려버리듯 웃었다.

"넵!"

"그래, 네 녀석이 해결됐다니 다 된 거겠지. 얘기는 그게 끝이냐?"

"네!"

"녀석, 이제 다 컸구만."

한필이 마치 아들 대하듯 은수의 머리를 헝클었다. 그러자 은수가 기분 좋게 웃었다.

"에이, 원래 다 컸는데 무슨 말씀이세요?"

"에라, 이 요 핏덩이 녀석아."

하지만 은수가 사족을 붙이자, 그 기분 좋은 쓰다듦이 순식간에 헐크의 머리채 휘어잡기로 변했다.

"아아악! 아파요, 선생님!"

"넌 아파도 싸, 요 자식아!"

이후 은수는 한필에게 식사를 대접하겠다고 말했지만, 한필은 집에서 아내가 기다린다며 돌아간다고 말했다.

"그래, 그럼 잘 들어가라."

"네. 아, 근데… 저기 선생님!"

은수가 부르자 휙 돌아서는 한필. 은수는 그 틈에 재빨리 한필의 주머니에 봉투를 꽂아 넣었다.

"왜?"

"살펴 들어가시라구요."

"그래."

은수는 한필이 저 멀리 집으로 돌아갈 때까지 한필에게서 눈을 떼지 않았다.

'선생님, 제가 선생님께 받은 은혜에 비하면 얼마 되지 않는 돈이지만… 조금이나마 선생님께 보탬이 되고 싶습니다.

항상 감사합니다.'

그리고 이후 한필이 보이지 않을 때쯤에서야 차를 몰고 떠났다. 차를 몰고 나간 지 약 10분쯤 지나고 나서 은수의 전화기가 불을 뿜어낼 기세로 울었지만 은수는 전화를 받지 않았다.

액정엔 은사님이라고 적혀 있었다.

＊　　　＊　　　＊

그가 다음으로 도착한 곳은 유명한 한 대학 병원이었다.

은수는 병원 건물을 올려다보며 씁쓸한 표정을 지었다.

'여기가 동일이가 입원한 병원인가.'

자신 때문에 입원한 건데도 사채꾼들이 냄새를 맡을까 단 한 번도 찾아보지 못했다.

은수가 발걸음을 옮겼다. 평소라면 날개처럼 가벼워야 했지만, 오늘은 무슨 돌덩이라도 되는 것만 같았다.

'결국 그게 모든 일의 원인이었지. 그때 그 일만 없었어도……'

그건 작은 실수였다. 작지만 끔찍한 실수.

그 사고가 나기 얼마 전 동일은 은수에게 택배 일을 권했다. 체대생인 동일이 운동도 할 겸 돈도 벌 겸 하던 일이었는

217

데 혼자 하기 적적해 은수에게 같이 하자고 했던 것이다.

그때 마침 은수도 전에 일하던 가게에서 귀찮은 일에 휘말려 직장을 잃었기에 동일의 제안을 받아들였다.

한동안은 괜찮았다. 둘 다 기본 체력이 좋고 몸을 자주 써 봤기에 어떻게 물건을 옮겨야 할지 금방 노하우가 생겼다. 하지만 불행은 언제나 방심하고 있을 때 찾아온다고 했던가.

사고 당일은 특히 힘든 날이었다. 다세대 주택 5층에 사는 누군가가 택배로 그랜드 피아노를 부쳤기 때문이다. 거기다 택배는 밀리고 독촉 전화가 끊이지 않는 진퇴양난.

그랬기에 택배 선임자는 자신이 자잘한 물건들을 빠르게 돌리고 올 테니 그사이에 피아노를 옮겨달라고 말했다

물론 꽤나 무겁긴 했지만 은수와 동일은 그러려니 하고 피아노를 옮기기 시작했다.

1층, 2층, 3층, 그리고 4층.

누군가가 음식물 쓰레기를 떨어뜨린 건지 계단 사이에 음식물이 흥건했다. 동일은 미끄러우니 치우고 가자고 말했지만, 계단 사이에 마땅히 그랜드 피아노를 내려놓을 공간이 없었다. 그러기 위해선 다시 1층까지 다녀와야 했다.

"아, 또 언제 가! 그냥 가자!"

은수가 한 말이다.

둘은 잠시 언쟁을 벌였지만, 결국 은수의 말대로 둘은 더 위로 올라가기 시작했다. 축축하고 미끄러운 바닥 사이를 조

심해서 걸었다. 그리고 은수가 먼저 5층에 도착했을 때,

은수가 넙적하고 미끄러운 이물질을 밟았다.

"아······?"

순식간에 은수의 시야가 돌아갔다.

쾅!

다행히 그랜드 피아노가 빗변에 부딪쳐 은수가 깔리는 일
은 일어나지 않았다. 하지만 곧 기괴한 소리를 내며 빗면을
따라 밀려 내려갔다.

"으아아아아악!"

은수의 머릿속엔 그때 그 사건이 실감나게 재생되고 있었
다. 두 팔이 박살 난 채 머리에서 피를 철철 쏟아내는 동수.
은수의 머릿속으로 동수의 비명이 메아리처럼 울렸다.

'그래, 모든 게 내 실수 때문이야. 내가 그러지만 않았어
도······.'

은수는 죄책감 때문에 돌아버릴 것만 같았다.

물론 이기적이게 생각하면 동일 때문에 사채를 쓰게 됐고,
그 때문에 죽을 뻔했다. 하지만 조금만 이성적으로 생각해 본
다면 그날 은수가 그 실수만 하지 않았어도 지금 이런 일은
일어나지도 않았다.

이건 모두 은수가 뿌린 씨앗이었다. 그러니 이 죄책감도 그
가 마주 봐야 한다.

은수는 어느 병실 앞에 도착해 환자 이름을 확인한다. 명패
엔 '22 M 신동일' 이라고 적혀 있었다.

은수가 조심스럽게 병실 안으로 들어갔다. 병실 안은 쥐 죽
은 듯 고요했다. 그저 금방이라도 꺼질 것만 같은 숨소리 두
개만 울려 퍼질 뿐이었다. 하나는 동일의 것이고, 다른 하나
는 동일 아버지의 것이었다.

은수는 동일의 아버지를 깨우고 싶지 않아 소리없이 동일
옆으로 다가갔다.

동일의 꼴은 참담했다. 오랜 시간 동안 움직이지 않아 근육
이 없어지고, 피부도 시체처럼 푸석푸석했다. 그는 마치 살아
있는 시체 같았다.

은수의 입모양이 작게 '미안해' 라고 움직였다.

은수는 잠시라도 동일의 얼굴을 본 것에 만족하기로 하고
품 안으로 손을 집어넣었다. 그러자 그때 누군가의 목소리가
들려왔다.

"아, 은수니?"

동일의 어머니였다. 그녀도 무척 수척해 보였다. 문득 은
수의 머릿속으로 가족 중 병자가 있으면 가족 전체가 병신이
된다는 말이 생각나 가슴이 아파왔다.

'너무 많이 야위셨다. 예전엔 정말 친절하고 쾌활한 분이
었는데……'

그녀는 은수의 얼굴을 보곤 어색한 미소를 지었다.

“잘 지냈니?”

“안녕하세요.”

하지만 은수는 동일의 어머니를 보자 미안함에 눈을 제대로 맞출 수 없었다.

분명 은수는 나름대로 사채까지 끌어다 쓰며 동일의 입원비를 대줬지만 그건 익명이었다. 물론 동일 가족의 안전을 위한 것이었겠지만 익명은 익명이다. 그들은 아무것도 모른다. 그러니 동일 가족 입장에서 보면 은수는 자신의 아들을 병신 만들어놓고 도망갔다가, 4개월 만에 얼굴 비춘 개자식이 될 수밖에 없었다.

은수가 그렇게 있자 동일의 어머니도 슬픈 표정을 지었다.

“그건 사고였잖니. 네 탓이 아냐.”

은수가 고개를 푹 숙였다.

“그래, 근래엔 잘 지내니?”

“네… 동일이는 좀 괜찮아졌나요?”

동일 어머니의 표정에 그늘이 드리워졌다.

“이제 한 달만 더 기다려 보고 의식 없으면 수술을 하려고 한단다. 그래도 저번보단 많이 괜찮아졌어. 의사 선생님께서 계속 나아지고 있다고 했으니까.”

그녀는 마치 의사에게 거짓 희망을 듣는 불치병 환자 같은 표정으로 말했다. 아마 뒤에 덧붙인 말은 거짓말이겠지. 은수는 가슴이 먹먹해졌다.

"그래, 밥은 먹었니? 안 먹었으면 같이 밥이라도 먹자꾸나."

"괜찮습니다. 먹고 왔어요."

"그래."

은수와 동일 어머니가 어색하게 대화를 몇 분 정도 주고받자, 잠들어 있던 동일의 아버지가 눈을 떴다. 그는 주변을 살피다 은수를 발견하곤 눈을 팍 찌푸렸다.

"이! 이! 빌어먹을 놈!"

그는 당장 은수에게 달려가 멱살을 잡았다.

"너 이 새끼가! 여기가 어디라고 네가 나타나!"

그는 은수를 철천지원수라도 되는 듯 씹어 죽일 기세로 노려봤다. 그러자 동일 어머니가 그에게 달려가 그를 뜯어말렸다.

"어보! 그러지 마요, 여보! 애도 그러고 싶어서 그런 게 아니잖아요!"

"당신은 가만히 있어! 우리 동일이! 우리 동일이가 이놈 때문에……!"

동일 아버지는 은수를 벽으로 냅다 집어 던졌다.

"우리 동일이는 정말 착한 아이였는데… 고등학교 때 너 같은 애미 애비 없는 새끼 만나서 다 망친 거야! 이 빌어먹을 새끼야! 우리 아들놈 병신 만들어놓고 감히 네가 여기를 와!"

벽에 몰린 은수의 얼굴에 폭언이 날아왔다. 은수는 고개를 푹 숙이고 그의 말을 들었다.

"이게 다 너 때문이야! 너 때문이라고, 이 새끼야!"

"여보, 그만하라니까요!"

찌익!

결국 동일 어머니의 손길에 동일 아버지의 옷이 찢어졌다. 그러자 동일 아버지는 작게 욕설을 내뱉곤 밖으로 나갔다.

"네 녀석! 다시는 여기 찾아오지 마!"

쾅!

문 닫는 소리가 마치 탄환처럼 방 안으로 날카롭게 튀었다. 은수는 그저 멍하니 바닥만 쳐다봤다.

"있잖니, 은수야. 우리 얘기 좀 할 수 있을까?"

둘은 병원 내 작은 공원으로 들어갔다. 은수가 멍하니 있으니 동일 어머님이 자판기 커피를 뽑아왔다.

"우리 그이도 그러고 싶어서 그랬던 것은 아닐 거야. 네가 이해해 주렴."

동일 어머니는 미안한 미소를 지었다.

"애써 찾아와 줬는데 어째 해줄 게 없구나. 미안하다."

"아니에요. 저도 그냥 동일이 얼굴 보러 온 건데요, 뭐. 그래도 나아졌다니 다행이에요."

둘은 한동안 아무 말도 없었다. 어색한 공기가 둘 사이를 감돌았다.

"사실 뭣 좀 말씀드리러 온 거예요."

"음?"

은수는 조용히 커피를 홀짝이며 말했다.

"혹시 예전에 익명으로 돈이 한 3,000만 원 정도 들어왔던 거 기억나세요?"

문득 동일 어머니의 눈이 커졌다. 그러고 보니 어느 날 거액의 돈이 익명으로 송금된 일이 있었다.

"그걸 어떻게……? 혹시 네가……?"

"그거 제가 그랬어요."

은수가 멋쩍게 웃었다. 하지만 동일 어머니는 깜짝 놀랐다는 듯 입을 쩍 벌린 채 아무 말 하지 않았다.

"저 때문에 동일이가 저렇게 된 거니까… 적어도 그 정도는 해야 한다고 생각했거든요."

은수는 진실을 말하되 사채나 자살 같은 어두운 얘기는 하지 않으려 애썼다.

"전 재산이었어요. 비록 돈으로 모두 해결되는 건 아니지만… 그래도 많은 도움이 될 것 같았어요."

동일 어머니의 눈에 눈물이 어렸다. 동일이 쓰러지고 가업이 휘청해 한참 힘들 때 들어왔던 돈이다. 누군지도 모르는 사람에게서 들어왔던지라 자신이 아무리 급해도 돌려줘야지, 돌려줘야지 하며 싸매뒀던 돈. 하지만 기다려도 연락이 없자 어쩔 수 없이 손댈 수밖에 없었던 돈. 그 돈이 은수의 돈이라는 사실은 동일 어머니의 마음을 흔들었다.

"익명으로 보내서 죄송해요. 마음 같아선 제 이름으로 보내드리고 싶었는데… 문제가 조금 있었거든요.”

아마 그랬다면 나익환 일행이 냄새를 맡았으리라. 그래서 은수는 익명으로 돈을 보낼 수밖에 없었다.

“아니란다. 그 돈이 네 거였구나. 고맙구나, 은수야. 고마워.”

동일 어머니는 은수의 손을 부여잡고 울었다. 은수는 그런 동일 어머니를 보고 있으니 순간 가슴이 뭉클해졌다.

“아니에요, 어머니. 저 때문에 생긴 일이잖아요.”

“아니야, 아니야. 고마워. 정말 고맙단다.”

은수는 한동안 동일 어머니의 손을 꽉 잡고 있다가, 문득 품 안으로 손을 집어넣어 봉투 하나를 꺼냈다.

“어머니, 이거 받으세요.”

동일 어머니는 그 봉투를 받곤 뭐냐는 표정을 지었다.

“동일이한테 주는 편지예요. 내일 동일이한테 읽어주세요. 중요한 날이거든요.”

“그렇구나.”

“이만 가보겠습니다.”

“벌써 가려구?”

“네. 그냥 더 있어봐야 아버님 심기만 불편하게 해드릴 것 같아서요. 이만 가보겠습니다.”

동일 어머니는 아직도 그 일이 신경 쓰이는지 은수를 토닥이며 말했다.

“그이가 너무 날카로워져서 그런 거란다. 너무 신경 쓰지 말거라.”

“아니에요. 다 제 탓인 걸요. 이제 가보겠습니다.”

은수는 동일 어머니를 뒤로하고 걸었다.

‘오늘 밤에 다시 한 번 찾아뵐게요.’

그날 새벽. 은수는 다시 한 번 병원을 찾았다. 아침에 입었던 정장 차림이 아닌, 블랙진과 검은 후드 차림이었다.

아무래도 유동 인구가 많은 대학병원이기 때문일까? 딱히 병원 건물 안으로 들어가는 데 문제는 없었다. 문제는 바로 병실로 향하는 길이었다. 아침에는 문안객이 많아서 직원들이 신경 쓰지 않지만, 새벽엔 얘기가 달랐다. 못 보던 사람이 지나다니면 시선을 끈다.

은수는 엘리베이터를 지나가 계단으로 올라갔다. 그리고 사람이 드문 곳에 도착해서 핸드북을 꺼냈다.

‘어디 보자. 아무래도 정신 계통이려나.’

그리고 책장을 몇 번 휘리릭 넘겼다. 그러자 은수가 몇 번 써봤던 마법들이 휘리릭 넘어갔다.

‘여기쯤 있었는데⋯⋯. 찾았다.’

은수의 손가락이 어느 마법 위에 멈췄다.

Kognitiivne puuetega.

—인식 장애.

술자를 결계로 둘러싸 이 세계로부터 유리시키는 마법. 술자의 존재감이 크게 낮아진다. 카운터 스펠인 위저드 아이나, 트루 비전 같은 마법을 걸려 있지 않은 사람은 웬만해선 술자를 인식하지 못한다. 그렇다고 해서 투명인간이 되는 것은 아니니 주의할 것. 말을 걸거나 부딪치면 알아챌 가능성이 크다.

‘이 녀석이면 되겠어.’

은수는 책을 따라 손을 움직였다. 처음엔 양 중지만 세워 마주치게 하고, 양손 약지와 엄지를 교차시켜 엮은 뒤 검지는 감싸 쥐고 새끼는 쫙 폈다.

"*Kognitiivne puuetega!*"

순간 은수의 눈앞에 일렁이는 막이 생겼지만 금세 사라져 버렸다.

‘잘 된 건가?’

처음 써보는 마법이라 잘 된 건지 확인할 길이 없었다. 그래도 근래에 마법 수련을 열심히 한 까닭에 쉬운 마법 종류는 단 한 번에 성공했던 전례가 있기에 되겠거니 하고 말았다.

은수는 마법이 잘됐다고 믿기로 하고 병동으로 들어섰다.

끼이이익, 탁!

은수가 문을 열고 나오자, 바로 앞에 뻥 뚫린 간호사실이 보였다.

"아?"

간호사들이 전부 은수 쪽으로 고개를 돌렸다. 은수의 등으로 식은땀이 흘렀다.

'젠장, 실패한 거였나?'

은수가 잠시 고민하고 있자, 조금 나이 들어 보이는 간호사가 웃었다.

"귀신이라도 들어온 모양이네?"

그러자 다른 간호사가 무섭다며 깔깔거리고 웃었다. 은수는 한숨을 내뱉고는 자리를 옮겼다.

동일의 병실은 병동 깊숙한 곳에 있었다. 지나다니는 사람 하나 없이 고요한 복도 사이로 조용히 울리는 은수의 발소리. 은수는 동일의 병실에 들어가기 전 다시 한 번 확인했다.

22 M 신동일, 1인실. 확실했다.

은수는 조용히 문을 열고 들어갔다. 방 안에는 동일과 그의 어머니밖에 없었다.

'이렇게밖에 나타날 수 없어서 죄송해요. 마음 같아선 눈앞에서 해드리고 싶지만 어쩔 수가 없네요.'

은수는 동일 어머니의 눈 위에 손을 살며시 얹었다.

"*Uni(잠들라)*."

동일 어머니의 이마 위로 잠시 보랏빛이 스쳐 지나갔다. 그러자 어머니는 잠시 으응 하고 뒤척이더니 이내 깊은 꿈속으로 빠져들어 갔다.

'좋은 꿈 꾸세요.'

은수는 동일 어머니가 잠들자 이번엔 굳게 닫힌 문 앞에 섰
다.

"*Telk ummikuid(정체 장막).*"

그러자 이번엔 문 앞에 마치 비눗방울 같은 작은 막이 생겼
다. 은수가 그 막을 톡 치자, 막이 울렁거리며 은수의 손을 밀
어냈다. 아마 저 정도라면 문이 꿈쩍도 안 하리라.

이제 마법 진행 중 방해받을 가능성이 적어졌다. 은수는 긴
장을 바로잡고 동일에게 다가갔다.

"동일아, 많이 미안했다. 못난 친구 때문에 너만 괴로워하
는구나."

그리곤 한숨을 푹 내뱉은 뒤,

"잘 견뎌줘서 고맙다."

은수가 방긋 웃곤 동일의 머리를 쓰다듬었다.

은수의 눈이 핸드북으로 옮겨졌다.

Riigi taastamine.

—상태 회복.

외상이 아닌 내상을 치료하는 마술로서, 대부분 내장 질병을
치료하는 마술. 단일 계통 마술로서, 술자의 실력에 따라 내상 치
료도도 달라진다. 신성 학파에선 부정한 아케인 마나가 인체에
악영향을 끼칠 가능성이 있다며 금지해야 한다고 주장하지만, 여
태까지 단 한 건의 사례도 없었다.

‘간다!’

은수는 책에 적힌 대로 수인을 긋기 시작했다. 공격 마법과는 또 다른 방식. 공격 마법이 거친 수인이라면, 치료 마법 수인은 굉장히 느리고 부드러웠다.

하지만 그렇다고 해서 방심할 순 없었다. 치료는 느리고 부드러운 만큼 섬세한 마법이다. 조금이라도 잘못되면 어떻게 될지 알 수 없다.

은수는 수인으로 마나를 조종하기 시작했다. 마치 손으로 마법진을 만들 듯 곡선을 그렸다. 처음엔 점으로 시작해서 다음엔 선, 그리고 이내 작은 도형들이 완성됐다.

위잉!

은수는 몸 안에서 마나가 요동치는 것을 느꼈다.

‘힘들다. 마법진이 너무 섬세해. 하지만 그렇다고 해서 포기할쏘냐.’

은수는 보조 주문을 읊기 시작했다. 그가 썼던 마법은 전부 기본기들로만 구성되어 있어서 굳이 필요하지 않았던 보조 주문.

보조 주문은 상위 계통 마법을 사용할 때 사용되는 것인데, 마법 실패 확률을 줄이고 마나를 안정시키는 효과가 있었다. 은수로선 처음으로 사용해 보는 것이다.

“*Käte raviks poolt tulla ja käsi eest ma ütlen*(치료하는 손께

서 직접 앞으로 나와 손을 들어 말하느니)······."

은수가 입을 열자 은수의 손이 은은한 초록빛으로 빛나기 시작했다. 그 초록빛은 손에서만 그치는 게 아니라 은수가 그려온 궤적을 따라 옅게 빛났다.

"*Gammy inimesed rahulik nägu tagasi(상처 입은 모든 자들이 평온한 얼굴로 돌아와)*······."

보조 주문이 이어지자 이번엔 마나가 잠잠해지고 마음이 편안해졌다. 은수는 좀 더 안정된 기분으로 집중할 수 있었다. 은수의 손이 더욱 빠르게 움직이기 시작했다.

"*Paistab, et kõik haavad(상처가 모두 낫더라)*!"

보조 마법이 끝남과 동시에 수인이 마법진을 완성했다.

'준비는 다 됐다! 이제 남은 것은 시동어뿐!

은수의 입에서 주문아 터져 나왔다.

"*Riigi taastamine(상태 회복)*!"

마법진에서 은은한 초록빛이 넘칠 듯 흘러나와 동일을 뒤덮었다. 그 빛은 마치 동일의 몸에 흡수되듯 들어갔다.

"좋은 꿈 꿔라, 동일아."

은수는 마법을 끝마치고 동일의 머리를 쓰다듬었다. 그러자 동일의 표정이 조금은 부드러워졌다. 마치 좋은 꿈을 꾸는 것처럼.

＊　　　＊　　　＊

231

다음날 아침은 평소와 똑같았다. 비록 동일 어머니께서 조금 늦잠을 자긴 했지만, 그래도 이른 새벽이었다. 그녀는 일어나자마자 매일 반복했던 일과를 시작했다. 평소와 똑같은 하루. 그녀는 아침 일과를 모두 마치고 그의 아들 앞에 앉았다.

"동일아, 저번에 읽었던 책 마저 읽을까?"

그녀는 '희망을 가져라' 라는 책을 꺼내다가 문득 어제 동일의 친구에게 받은 봉투가 기억났다.

"아, 맞다. 어제 네 친구가 와서 편지를 주고 갔단다."

반드시 내일 열어보라던 그 봉투 안에는 수표 한 장과 함께 작은 쪽지가 접혀 있었다. 종이에는 '만약 동일이가 일어나거든 유용한 데 써주십시오' 라고 적혀 있었다.

그녀는 쪽지를 보곤 복잡한 표정을 지었다.

"있잖니, 동일아. 친구가 편지를 적긴 적었는데… 생각보다 많이 짧구나. 친구는 네가 일어났으면 좋겠대."

그녀는 말을 끝마치고 조용히 입을 닫곤 깊은 한숨을 내뱉었다.

그리고 그때,

기적 같은 일이 일어났다.

"으… 아아……."

동일이 일어났다. 그는 마치 한숨 푹 잔 사람처럼 기지개를 쫙 폈다.

"엄마, 왜 그렇게 한숨을 쉬어? 땅 다 꺼지겠다. 엄마 때문에 잘 자다 깼잖아. 근데 누가 왔다 갔다고?"

"어?"

동일 어머니의 고개가 홱 돌아갔다. 그러자 동일이 누운 자세 그대로 눈을 뜨곤 말했다.

"뭐가… 어? 야."

동일 어머니가 입을 떡 벌리고 동일을 쳐다봤다. 그녀는 믿을 수 없다는 표정으로 동일을 쳐다봤다.

"엄마, 있잖아. 나 엄청 긴 꿈 꿨다?"

"아… 아아……."

그녀는 한참 동안이나 믿을 수 없다는 듯 동일을 쳐다봤다.

"동일아……?"

"응, 왜?"

"진짜… 진짜 동일이니?"

"응, 맞다니까. 아, 맞아. 은수 꿈도 꿨어. 있잖아, 은수가……."

"동일아!"

동일 어머니가 동일을 와락 끌어안았다. 그리곤 신께 감사하다며 한참 동안이나 꺼이꺼이 울었다.

"어, 엄마. 왜 그래?"

"다행이야. 정말 다행이야!"

동일은 영문을 모르겠다는 표정을 지었지만, 동일 어머니
는 한참 동안이나 동일을 끌어안고 놓아주지 않았다.

은수는 모자의 모습을 보고 미소를 지었다. 돌아가지 않고
기다린 보람이 있었다.

'미안했다, 동일아. 나 때문에 네가 너무나 많이 고생했다.
다시 얻은 인생, 열심히 살아라. 내가 네 인생, 최대한 밀어주
마.'

은수는 병실 밖으로 나갔다. 하지만 둘은 문이 열렸다 닫히
는 것 따윈 신경 쓸 새가 없었다. 은수는 그런 둘을 뒤로하고
빠른 걸음으로 병원에서 나왔다. 분명 그도 동일이 깨어난 것
이 기쁘긴 했지만, 지금은 가족과 함께 그 기쁨을 만끽할 수
있는 시간을 양보해 주는 게 도리라고 생각했다.

Chapter 08

돈빌려 드립니다

　은수가 아무리 체력이 강해졌다지만, 아무리 그라도 이틀 밤을 내리 새운다는 것은 굉장히 힘들었다.

　"으어~!"

　거기다 마나도 있는 것 없는 것 전부 다 쥐어 짜낸 까닭에 이유 모를 허망함도 있었다.

　'이거 정말 몸은 걸레조각, 정신은 곤죽이 따로 없네.'

　거기다가 그가 방금 집에 도착했을 때에도 작은 사건이 있었다.

　아무래도 집을 비우는 시간이 너무 많고 집세도 안 내고 무단 거주(?)하고 있었으니 집주인이 사람을 시켜서 강제로 은수의 짐을 옮기고 있었던 모양이다. 그 사건은 은수가 빨리 달려가 자기 안 죽었다며 밀린 월세에 용역비까지 전부 내고 세 밀려 죄송한 마음─당연히 웃돈이다─을 좀 더 얹어줌으로써 순순히 해결됐다.

"아무래도 내 집이 제일 좋구나!"

은수는 마루에 대자로 누워 손발을 쫙 펴고 기지개를 켰다.

"크~!"

손과 발끝에 살짝 벽이 닿았다.

"근데 좁긴 진짜 좁구나."

은수는 잠시 그 돈으로 집이나 살까 하는 마음이 들었지만, 아무래도 그는 이 집이 더 좋았다. 집이 크면 분명 편하긴 하겠지만 아무래도 이 집에 정이 너무 많이 들었다. 그리고 혼자 사는 입장에서 뭐 그리 큰 집이 필요할까 싶기도 했고 말이다.

'차라리 그 돈으로 다른 걸 하자.'

은수는 그렇게 생각하곤 눈을 감았다.

"아아아~ 역시 여기서 자는 게… 제일 편해."

은수는 눈을 감자마자 마치 이불과 한 몸이 되는 기분 좋은 느낌과 함께 잠이 들었다.

*   *   *

은수가 안고 있던 일들이 하나둘 해결됨에 따라 시간은 굉장히 빠르게 흘러갔다.

동일은 의식이 회복되어 병원에서 여러 검사를 받았다.
그리고 동일 아버지에게도 전화가 왔다. 그는 은수가 했던 일들을 몰랐다며 정중하게 사과를 해왔다. 은수는 그에 대해 괜찮다고 답했다. 사실 따지고 보자면 은수가 실수하지 않았으면 이 모든 일이 일어나지도 않았을 테니 말이다. 그러자 그의 아버지는 그래도 미안하다며 다음에 꼭 은혜를 갚겠다고 말했다.

한필은 교직에 다시 복귀했다.
은수는 이 사실을 진관고 체육교사인 박현준에게서 들었다. 그는 갑자기 전화해 예의상 하는 안부를 물은 다음 일이 잘 풀려서 다행이라는 본론을 꺼냈다. 그러면서 한필이 정의로운 교사라고 표창을 받았고, 작은 신문사에 '옛 제자를 위해 빚쟁이를 막아준 정의로운 교사'라는 기사까지 났다며 너스레를 떨었다. 그러자 전화기 밖 먼 소리로, 그 녀석 은수냐며 전화 좀 바꿔보라는 한필의 엄한 목소리가 들려왔다.

은수는 모두 끝났다고 생각하곤 이제부터는 인생을 즐기기로 했다.

돈이 없던 시절에 하고 싶은 게 너무나도 많았던지라 은수는 그것들을 차례차례 해나갔다.

고등학교를 졸업하면서부터 연락없이 멀어졌던 친구들을 불러 자랑도 해보고, 비싼 옷도 마음껏 사고, 비싼 음식과 술도 마음껏 먹고 마셨다.

하지만 그것도 잠시뿐, 은수는 약 한 달 만에 벌써 6,000만 원가량을 사용했다는 충격적인 사실을 깨달았다. 차에 2,500, 한필과 동일에게 1,000씩 줬다고 쳐도 한 달에 1,500만 원이나 써버렸다는 얘기다.

'그, 그, 그래도 미, 밀린 집세랑 세금도 내고 오, 옷도 좀 한 번에 샀으니까!'

하지만 아무리 생각해도 1,500만 원이란 돈은 너무했다 싶었다.

'앞으론 조금씩만 쓰자.'

솔직히 은수 입장에선 그랬다. 워낙 소시민 생활에 익숙해진 까닭에 좋은 것들이 좋은지 몰랐다. 좋은 음식이라고 해봐야 그냥 고기 두꺼운 것 좀 구워 나오는 것으로밖에 보이질 않았고, 좋은 옷이라 봐야 그냥 부드러운 게 끝이며 좋은 술이라고 해도 쓰기만 했다.

'파스타나 스테이크 같은 것도 맛있긴 한데… 된장찌개도 맛있단 말이지.'

은수에겐 이탈리안 파스타라고 해봐야 그냥 이탈리아식

라면으로밖에 보이지 않았고, 스테이크라고 해봐야 두꺼운 삼겹살 정도로밖에 느껴지지 않았다.

그리고 옷도 똑같았다. 애초에 그는 합성섬유와 면을 구분할 줄도 몰랐다. 그냥 '아, 이거 좀 편하네' 정도랄까? 그렇기에 조금 좋은 옷 사는 데 자신이 샀던 옷 가격의 세 배에서 다섯 배나 되는 돈을 지불하기가 영 꺼려졌다.

마지막으로, 그는 집 같은 건 살 생각도 없었다. 지금 그가 사는 한 평 남짓한 방도 충분히 좋았다. 비록 얼마 전까지 비도 새고 항상 습기가 차서 고생하긴 했지만 그것도 이제 전부 고쳐 정말 쾌적했다. 물론 은수 입장에서 쾌적하다는 말은 잠자기 좋다는 뜻이긴 하지만 말이다.

다른 누군가가 들었다면 입에 게거품을 물었을 생각이지만, 아무래도 은수의 행복 기대치가 호모 사피엔스 급인지라 인간의 기본적인 욕구―먹고, 자고, 싸고―만 충족되면 영 욕심이 나질 않았다.

결국 그렇게 시간이 조금 더 지나자, 결국 은수는 비싼 음식 따윈 저 우주 너머로 날려 버리게 됐고, 자취방에서 혼자 요리를 해먹게 됐다. 물론 사 먹는 쪽이 더 편하긴 하지만 이쪽이 더 싸다는 간단한 이유 때문이었다.

"그런 의미에서 오늘도 된장찌개로 해볼까."

그는 그렇게 말하며 익숙한 손길로 냉장고를 열었다. 은수는 일단 제일 먼저 된장을 꺼내 물에 풀곤, 이후 채소들을 정리하기 위해 꺼내려 했지만 어째 채소라고 남은 건 당근 하나밖에 없었다.

"감자랑 단호박이랑 두부를 사놓은 것 같은데?"

사놓았다. 3일 전에. 하지만 글피, 모레, 그리고 어제도 아침, 점심, 저녁 식단이 된장찌개였다는 게 문제라면 문제일 뿐.

"에이! 뭐 벌써 다 떨어져?"

은수는 결국 나갈 준비를 했다. 그리고 이번에는 잔뜩 살 생각으로 가까운 재래시장으로 향했다. 차를 몰고 갈까 했지만 아무래도 러시아워 때이기도 했고, 근래에 들어 운동을 안 한 것 같아 가벼운 차림으로 밖으로 나갔다.

"이상하게 난 이 녀석이 제일 마음에 든단 말이지."

은수가 선택한 옷차림은 검은 청바지에 검은 후드였다. 나익환 일행을 잡을 때 썼던 물건이다. 그땐 얼굴 가리려는 용도로 썼지만 이 녀석, 어째 쓰다 보니 엄청 편했다.

은수는 저녁 밤거리를 뛰었다. 그리고 보광동쯤 들어섰을 때 특이한 피켓을 든 한 무리가 보였다.

서민 내쫓는 재개발 필요없다! 당장 나가라!

은수는 문득 그 피켓을 보며 이 근방에 재개발 때문에 시위가 났던 것을 알아차렸다. 시간이 조금 지나 끝날 줄 알았는데 아직 그게 아닌 모양이다.

피켓 든 사람이 피켓을 위협적으로 흔들며 외쳤다.

"월세민 쫓아내는 재개발 물러나라! 서민 죽이는 재개발 물러나라!"

그러자 뒤에 있던 사람들이 '물러나라!' 하고 덧붙였다.

"누굴 위한 재개발이냐! 없는 사람 다 죽는다!"

이번엔 '다 죽는다!' 하고 덧붙었다.

은수는 잠시 뛰던 걸음을 멈추고 그들을 쳐다봤다.

추운 날씨에도 밖에서 시위를 하는 사람들. 그들의 얼굴이, 손이 굉장히 빨갰다.

"서민 다 죽는다!"

외치는 사람의 입에서 뜨거운 입김이 뿜어져 나왔다. 그 입김은 마치 그들의 생존 의지 같았지만, 그 입김은 혹독한 겨울바람에 너무나 쉽게 흩어져 버렸다.

은수는 멈춰 서서 한동안 그들을 쳐다봤다.

잠시 후 사이렌 소리가 들려왔다. 순경들은 여기서 이러면 안 된다고 시위대를 말렸지만, 시위대는 되레 더 격해져 '재개발 물러나라!' 라고 소리를 질렀다.

경찰들은 결국 강제 연행을 시작했다. 비록 심한 몸싸움은 없었지만, 몇몇 사람이 경찰에게 연행됐다. 시위대는 경찰에게 끌려가면서도 소리를 질렀다.

"빚 얻어 간신히 얻은 내 집인데… 네놈들이, 네놈들이 도대체 뭔데 우리 집을 부숴!"

"그래도 이러시면 안 돼요. 일단 진정하시고, 서에 가서 얘기해요."

"서민 죽이는 재개발 물러나라!"

"에이! 진짜 왜 이러실까!"

결국 그 남자는 서로 연행됐고, 남은 시위대는 경찰의 통솔에 따라 해산했다. 그들은 어깨가 축 처진 채 마치 패잔병처럼 돌아갔다.

"아……."

은수는 그 모습에서 눈을 떼지 못했다.

자신의 집 없이 하루하루가 전쟁 같은 사람들.

뉴스에선 항상 살기 좋은 나라, 세계의 중심, GDP가 얼마가 오르고 코스피가 얼마나 올랐으며, 세계 경제 순위 몇 위라며 떠들어대지만, 저런 사람들에게 그런 애긴 그저 먼 나라 얘기밖에 되지 않았다. 아무리 나라가 잘살아봐야 자신들의 삶은 전혀 나아지지 않았으니까. 언제나 항상 돈에 쫓기고, 언제나 궁핍했다.

얼마 전까지만 해도 은수도 저런 사람들과 같았다. 하지만 힘을 얻자 모든 게 달라졌다. 지금은 좋은 차를 몰고, 좋은 옷을 입으며, 좋은 음식을 먹는다. 분명 돈이 많다는 것은 좋았지만, 문득 은수는 그 돈이 어디서 나왔을까 생각했다.

물론 일차적으로 생각했을 땐 간단했다. 나익환이다. 하지만 그게 전부가 아니다. 나익환은 그 돈을 전부 어디서 얻었을까?

은수가 깊은 한숨을 내뱉었다.

자신도 나익환에게 돈을 뺏겨 죽으려던 주제에 다른 사람에게서 빼앗은 돈을 아무렇지도 않게 쓰며 호의호식했다.

어떻게 보자면 분명 나익환은 은수에게 죽어 마땅한 짓을 했다. 하지만 그렇다고 해서 은수가 나익환이 다른 사람들에게 갈취한 돈을 쓸 수 있다는 당위성까지 생기는 건 아니다. 나익환은 죽음으로 은수에게 한 짓에 대한 죗값을 전부 치렀다.

'난 이 돈을 쓸 자격이 없어.'

그가 쓰려고 했던 12억은 서민들의 피와 눈물 위에 쌓인 돈이다. 은수는 그제야 왠지 모르게 돈을 쓸 때마다 떨떠름했던 기분이 왜 그런 것인지 모든 게 이해됐다. 그땐 그저 구두쇠 생활이 몸에 뱄나 했지만, 사실은 무의식중에 전부 알고 있었다. 단지 깨닫지 못했던 것일 뿐.

'그래, 이건 전부 본래의 주인에게 돌려주자.'

하지만 은수는 잠시 고민했다. 과연 그게 잘하는 짓일까?

11억이면 엄청난 돈이다. 아마 예전의 은수였다면 평생 일해도 1억 쥐기 힘들 것이다. 11억은 은수가 원하는 것을 현실로 이뤄줄 수 있는 돈이었다. 하지만……

'11억. 분명 많은 돈이지만 겨우 그 정도에 내 양심을 팔기

엔 수지 타산이 맞지 않아.'

아무리 그래도 피 묻은 돈은 안 됐다.

돌려준다는 결심이 서자마자 은수는 방법을 찾았다. 일단 저렇게 도움이 필요한 사람을 무작위로 도와주는 것도 좋겠지만, 아무래도 역시 제일 좋은 것은 돈을 빌린 사람에게 직접 가져다주는 것이다. 은수는 어떻게 그런 사람을 찾을까 고민하다가 금세 해답을 찾을 수 있었다.

'그래, 그 녀석이라면 장부를 가지고 있을 거야.'

그 녀석은 함정도 이중 삼중으로 파던 녀석이다. 그런 꼼꼼한 녀석이 장부를 가지고 있지 않을 리가 없다.

은수는 시장으로 가던 발걸음을 돌려 어두운 뒷골목으로 향했다.

정확하겐 나익환 사무소 말이다.

나익환 사무소는 굉장히 처참했다.

"후아?"

사무소 입구엔 채 떼어가지 않은 노란 접근 금지 테이프의 잔해가 널려 있었다.

"하하하, 을씨년스럽네."

거기다 사무실 안은 어지럽혀져 있었다. 아무래도 나익환 일행이 통째로 없어졌으니 경찰이 후퇴한 후 아무도 청소를 해놓지 않은 모양이다. 그리고 그 상태로 방치되어서 그런지

밤손님이 오간 흔적도 보였다. 이거 뭐 폐가가 따로 없다.

하지만 특이하게도 사람이 죽었다는 징조는 전혀 보이지 않았다. 라피스나 곽수의 말에 따르면 분명 나익환은 여기서 죽은 게 분명한데 말이다. 사무실 안은 마치 누군가 의도적으로 싸움 흔적만 치워놓은 것처럼 깨끗했다. 아마 아무것도 모르는 사람이 들어왔다면 아무런 이유도 없이 창문만 깨진 것으로 보일 것이다.

아마 라피스의 작품이리라.

'라피스……'

라피스의 생각을 하니 갑자기 그리움과 함께 고마움이 몰려왔다. 은수는 곱씹듯 사무실을 둘러봤다.

"라피스."

그의 말이 방 안에 작게 울려 퍼졌다.

"고마워. 네가 두 번 살려준 인생, 헛되게 살지 않을게."

은수는 그렇게 말하곤 픽 웃었다.

"뭐하는 짓이람."

은수는 그렇게 말하곤 장부나 찾자며 박수를 짝 쳤다. 라피스는 이제 갔다. 아마 그가 지금 이 모습을 봤다면 '이 빌어먹을 녀석아, 남 걱정하지 말고 너나 잘살아' 하고 폭언을 내뱉었으리라. 그러니 그녀가 준 삶을 감사히 살도록 하자.

"제일 먼저 책상을 찾아볼까."

은수가 책상 서랍을 열었다. 원래는 잠겨 있었던 것 같지만 누군가가 강제로 뜯어낸 흔적이 보였다.

첫 번째 서랍엔 은수도 작성했던 비평등 계약서와 인주 같은 계약 용품들이 들어 있었다. 은수는 그 서랍을 몇 번 뒤적거리다 기분이 나빠져 찾는 걸 그만두고 닫았다.

두 번째 서랍엔 정체불명의 검은 상자가 있었다. 은수는 그 상자를 열었지만 내용물은 없었다. 아무래도 권총 모양으로 파인 것이 건 케이스 같았다.

"도대체 어떻게 돼먹은 녀석이기에 총까지 가지고 있었던 걸까."

하지만 추측해서 뭐할까. 이미 죽은 사람인데. 은수는 손을 다음 서랍으로 옮겼다.

세 번째, 즉 마지막 서랍은 비어 있었다.

"에이, 뭐야."

은수는 김이 팍 새서 서랍을 세게 밀었다. 그러자 안에 공간이 있었던 걸까? 서랍이 닫히기 직전 쾅 소리에 섞여 뭔가 덜컥거리는 소리가 났다.

평범한 사람이라면 듣지 못했을 소리지만, 은수의 날카로운 귀는 그 작은 소리를 찾아냈다.

뭔가 이상하다고 느껴 서랍을 다시 열었지만, 서랍은 역시나 비어 있었다.

"뭐지?"

이번엔 서랍을 흔들어봤다. 그러자 아주 작게 덜컥덜컥 하는 소리가 났다. 서랍이 낡아 나무 사이의 마찰음 따위는 분명 아니었다. 좁은 공간에 물건이 가득 차 흔들릴 때마다 부딪치는 그런 종류의 소리였다.

소리가 아주 작아 판별해 내기 힘들었지만, 몇 번 더 흔들자 확신할 수 있었다.

'뭔가 있다.'

은수가 서랍을 아예 통째로 끄집어내 거꾸로 뒤집었다. 하지만 덜컥 소리만 날 뿐 아무것도 떨어지지 않았다.

은수는 서랍을 자세히 살폈다. 하지만 다른 서랍과 별다를 것 없는 평범한 서랍이다. 은수는 문득 착각을 했나 싶어 두 번째 서랍을 꺼내 비운 뒤 흔들어봤다. 아무런 소리도 나지 않았다. 아무것도 없지 않을까 하는 의심이 단 10초 만에 부서졌다.

결국 어떻게 열까 10분가량 서랍 두 개를 놓고 비교하자 특이점을 찾을 수 있었다. 홈이었다. 서랍을 책상 요철에 밀어 넣는 홈 사이에 특이하게도 작은 구멍이 하나 있었다. 다른 서랍에는 없는 홈이었다.

은수는 그 홈을 살펴보다 책상에 있는 송곳을 그 홈에 찔러 넣고 휘저었다. 그러자 뭔가가 작게 밀리는 느낌이 났다.

'이거 봐라?'

그렇게 힘을 주자 서랍 바닥 부분이 쑥 하고 밀려 나오며 바닥에 공간이 생겼다. 그 좁은 공간에 검은 가죽 노트가 있었다.

'찾았다!'

은수는 재빨리 노트를 펼쳤다.

"아……."

첫 장 날짜는 2006년이었다. 나익환은 생긴 것과 달리 굉장히 꼼꼼한 성격이었는지 채무자의 신상 정보가 전부 다 적혀 있었다.

이름, 주민등록번호, 전화번호, 주소 같은 신상 정보부터 시작해서 원금, 선이자, 이자, 이율 방식까지 아주 세세하게 적혀 있었다.

은수는 책장을 휘리릭 넘겼다. 그러다 문득 표가 변한 것을 발견했다.

표는 몇 가지 항목이 더 추가되어 있었다. 신상 정보와 원금 및 이자에 관한 내용 외에도 용도, 담당자, 담당자 전화번호라는 항목이 추가되었다.

처음엔 그저 어선이나 섬이라고만 적혀 있고 담당자는 모두 같았다. 은수는 그러려니 하고 페이지를 계속 넘겼다.

그리고 2009년부턴 충격적인 것들이 튀어나오기 시작했다.

처음 발견한 것은 '눈'이었다. 그 사람은 굉장한 원금과 이자를 가지고 있었고, 용도에 '눈'이라고 적혀 있었다. 그리고 그 위로 붉은색 줄이 그어져 있었다.

은수의 눈이 멈췄다. 그리고 간혹 가다가 신장 같은 것들이 튀어나오기 시작했다. 그리고 아주 가끔가다가 '심장'이라든지 그냥 '몸'이라고 적힌 사람들도 나왔다. 그들 역시 전부 이자와 원금이 굉장히 높았다.

그리고 특이하게 용도에 신체 부위가 적힌 사람들은 모두 붉은색 줄이 그어져 있다는 공통점이 있었다.

은수의 손이 더 빨라졌다. 은수는 마지막 장을 찾았다. 그러자 그곳에 은수의 이름이 보였다.

나익환은 은수의 정보를 아주 세세하게 기록해 놓았다. 그리고 원금과 선이자가 보였다. 아주 높은 원금과 비싼 이율이었다. 그리고 용도에는 '온몸'이라고 적혀 있었다. 붉은 선은 딱 절반까지만 그어져 있었다.

은수는 순간 소름이 돋았다.

'이 새끼들, 사람을 뜯어다 팔았어.'

그리고 아마 은수가 자살하지 않았다면 그들은 은수의 몸을 해제했을 게 분명했다. 은수는 갑자기 나익환이 죽기 전에 한 말이 떠올랐다. 몸을 전부 뜯어내서 갚는다는 말.

은수는 순간 죽은 사람에게도 이렇게나 분노할 수 있다는 사실이 굉장히 놀라워졌다.

"이런 미친 새끼들!"

은수의 손에 힘이 들어가 장부가 부들부들 떨렸다. 그의 눈이 담당자란으로 향했다.

담당자란에는 학소파 견소라고 적혀 있었다.

'돈 때문에 사람을 사고팔다니! 이 찢어죽여도 시원찮은 새끼들 같으니!'

순간 은수의 눈에 살기가 스쳐 지나갔다. 하지만 은수는 그 살기를 애써 꾹꾹 눌러 참았다. 은수는 마음 같아선 당장 이 견소라는 녀석을 찾아가 없애 버리고 싶었지만, 라피스가 사람을 죽이지 말고 착한 일을 하라고 한 말이 마음에 걸려 그럴 수 없었다.

'곽수를 죽인 게 얼마 전이야. 진정하자, 진정해. 중요한 건 지금 나익환 때문에 돈에 허덕이는 사람들이다. 지금은 이 녀석들보다 그 사람들이 급해.'

은수는 일단 장부를 가져온 가방 속으로 넣었다.

'학소파 견소, 기다려라. 넌 다음에 끝장내 줄게.'

포기한 건 아니다. 그저 우선순위를 미룬 것뿐이다.

장부를 가지고 나가는 은수의 눈에서 붉은 안광이 일렁였다. 하지만 은수가 진정하듯 한숨을 내뱉자 그 안광은 바람에 촛불 꺼지듯 수그러져 버렸다.

'파괴보다… 구원이 먼저다.'

＊　　　＊　　　＊

은수는 그 후 집으로 돌아와 장부를 더 확인했다.

252

특이하게 용도란에 뭔가 적힌 사람들은 대부분 빨간 줄이 그어져 있었다. 은수는 그 빨간 줄들을 자신의 것과 비교해 보았다.

은수는 반, 그리고 대부분의 사람들은 전부 그어져 있었다. 은수는 문득 나익환과 곽수가 했던 말이 떠올랐다.

'그들의 말을 봤을 때 아무래도 좋지 않은 일이 일어난 게 분명해.'

은수는 시험 삼아 빨간 줄이 그어진 사람들 중 무작위로 한 명에게 전화를 했다.

'나이는 49, 남자, 이름은… 이세호인가.'

나를 사랑해 주세요~ 나를 잊지 말아주세요~

근데 어째 49살 된 사람 핸드폰 컬러링이 근래에 한참 뜨는 남자 아이돌 노래다. 다른 용무 중인 걸까? 컬러링이 길게 이어졌다. 은수가 그냥 전화 안 받는 것이겠거니 하고 끊으려는 순간 목소리가 들려왔다.

"여보세요~"

밝다. 그리고 무엇보다,

"이세호 씨 핸드폰인가요?"

전화 받은 사람이 여자였다.

"아뇨. 잘못 거신 것 같아요."

"혹시 번호가……"

은수는 장부에 있는 전화번호를 그대로 읽자 상대방이 맞다고 말했다.

"아~ 아마 옛날에 쓰던 사람인가 봐요. 가끔 이상한 전화 오던데……."

"저기, 핸드폰 바꾸신 지 얼마나 되셨나요?"

"네? 대충 두 달 전쯤에요. 근데 누구세요?"

여자는 수상하다는 말투로 은수에게 되물었다.

"아뇨, 아무것도. 감사합니다."

은수가 일방적으로 전화를 끊었다. 닫히는 슬라이드 사이로 여자의 잠깐이란 목소리가 흘러나오다 뚝 끊겼지만, 은수는 그런 것 따윈 신경 쓸 새 없어 당장 장부로 눈을 옮겼다.

"2개월 전에 핸드폰을 바꿨다고?"

은수는 남자가 돈을 빌린 날짜를 확인했다. 지금으로부터 약 9개월 전이다. 은수는 아주 옛날에 돈을 빌린 사람에게 전화를 하고 페이지를 넘기려다 문득 눈에 뭔가 밟혔다.

'뭐지?

빨간 선 끝에 깨알같이 작은 글씨로 뭔가 적혀 있었다. 은수가 집중해서 들여다보자, 그곳엔 약 3개월 전 날짜와 '완료'라는 글이 적혀 있었다.

"후."

은수가 머리를 벅벅 긁었다. 이로써 빨간 줄은 그 사람의 생명, 혹은 그와 비슷할 정도로 중대한 것을 잃었다는 표시임이 확실해졌다.

그럼 일단 빨간 줄이 그어져 있는 사람들은 반환 순위를 낮췄다. 산 사람이 먼저였다. 죽었는지 살았는지도 모를 사람 때문에 시간을 낭비할 순 없었다.

"그래, 그럼 일단 살아 있는 사람들 돈 먼저 돌려주자."

은수는 장부 끝 페이지에 있는 사람을 확인했다. 그녀는 20대 중반 여자였는데, 빨간 줄이 반쯤 그어져 있다 말았다. 용도에는 '동생'이라고 적혀 있었다.

은수가 저게 무슨 뜻인가 싶어 다른 것을 더 확인했다. 담당자는 학소, 유령이라고 적혀 있었고, 동생이라는 글자 위에는 붉은 별표가 쳐져 있었다. 은수는 별표에 굉장한 불쾌감이 느껴졌지만 무시했다.

'줄이 반밖에 없는 걸 보니 아직 무슨 일이 일어나진 않았을 거야. 이 사람 먼저 도와주자.'

은수가 핸드폰에 그 여자의 이름을 옮겨 적었다.

피소현, 27세, 원금 1,000, 선이자 포함 이자 200(2개월).

'곧 만나러 갑니다.'

은수는 실행에 앞서 은행에 찾아갔다. 저번에 돈을 맡겼을 때 지점장의 과잉 친절이 영 불편했던 그 은행이다.

분명 지점장은 다시 은행에 오면 자신을 직접 찾아달라고 명함까지 줬지만, 왠지 자신만 특별 시 되는 게 영 떨떠름해서 그냥 번호표를 뽑고 자리에 앉았다.

'다른 사람들 다 기다리는데 나 혼자서만 일찍 가는 것도 이상하잖아?'

은수는 지점장이 볼까 후드를 눌러쓰고 번호표를 뽑았다. 하지만 도리어 그게 수상해 보인 걸까? 지점장이 수상한 눈초리로 은수를 쳐다봤다.

은수가 지점장의 눈치를 보고 고개를 돌리자, 지점장은 더욱 의심스런 눈초리를 빛내며 은수를 쫓았다. 은수는 그런 지점장을 애써 무시하고 고개를 돌렸다. 그러자 지점장의 시선은 더욱 따갑게 은수를 찔렀다. 그러다 지점장이 드디어 알아챘는지 은수에게 다가오기 시작했다.

'싫다, 진짜. 나 좀 내버려 둬. 그냥 돈 좀 꺼내서 나가자.'

마음 같아서는 ATM에서 돈을 뽑고 싶었지만, 안타깝게도 ATM엔 한도 금액이 있어서 이용하지 못했다. 한 번에 70만 원까지밖에 못 뽑기에 수십 번이나 반복하고 싶지 않은 이유에서다.

지점장은 슬금슬금 돌아다니다가, 후드 속 은수 얼굴이 보이는 위치로 다가섰다. 그리곤,

"오."

이제 아예 대놓고 다가왔다. 은수는 한숨을 내뱉곤 자리에서 일어났다.

"이은수님 오셨습니까?"

히죽 웃으며 은수를 반기는 지점장. 은수는 그런 그가 부담

스러워 개미 같은 목소리로 작게 대답했다.

"저쪽으로 가시죠. 저번에 제가 오시면 바로 제 쪽으로 와 달라고 말씀드렸는데 어째서……."

"그냥 빨리 뽑아다 가려고 했죠."

은수는 곧 죽어도 당신을 만나기 싫어서라고는 말 못할 것 같아 대충 둘러댔다.

"아뇨! 제게 오시는 게 훨씬 더 빠릅니다!"

지점장은 은수를 후다닥 테이블로 끌고 갔다. 그는 그러곤 옆에 있는 은행원에게 커피를 타오라고 시켰다.

"예, 오늘은 무슨 업무 때문에 오셨나요?"

"돈 좀 뽑아가려고요."

지점장의 얼굴에 아주 잠깐 동안 실망이 스쳐 지나갔다. 그는 아무래도 저번에 얘기해 줬던 투자 정보 얘기를 기대했었나 보다. 하지만 그는 금방 실실 웃는 얼굴을 했다.

"얼마나 말입니까?"

은수는 잠시 고민하다 말했다.

"1억요."

아무래도 여러 사람에게 돈을 나눠 줘야 하니 돈이 많이 필요할 것 같았기 때문이다.

"예, 수표로 드릴까요?"

'수표? 웬?'

은수는 수표는 전혀 필요하지 않았으므로 현금을 요구했다.

"아뇨. 현금으로요. 신권 5만 원짜리로만."

그러자 지점장의 얼굴에 당황함이 떠올랐다.

'하, 12억 맡긴 사람만큼 통도 크구나. 현찰로 1억이라……'

지점장은 은수가 대단한 사람이라고 생각하고 방긋 웃었다.

'역시 잘 구슬려 꿰어다 실적 하나 올려야겠다. 그러면 나도 본사 진출이 문제가 아냐.'

물론 그러기 위해선 그의 비위를 더 잘 맞춰야 하고 말이다.

지점장은 그런 자신이 엄청 부담스럽단 사실을 알지도 못하고 헤죽헤죽 웃기만 했다.

"예, 알겠습니다. 금방 가져다 드리겠습니다."

지점장이 부하 직원을 달달 볶으니 1억 원이 금세 은수 앞으로 날아왔다. 은수는 그 돈을 스포츠 백에 쓸어 담고 밖으로 나왔다.

지점장은 이번에도 밖까지 따라 나와 배웅했다.

"다음에 또 찾아주십시오."

"아, 네. 괜찮으니 들어가세요."

"네, 알겠습니다! 살펴 가십시오!"

"네… 아, 아하하!"

순간 은행을 옮겨 버릴까 고민하게 된 은수였다.

은수는 밤이 되자 한달음에 피소현의 주소로 달려갔다. 왜 밤에 갔느냐 하면,

역시나 제일 좋은 방법은 얼굴을 마주 보고 주는 게 제일 좋겠지만, 아무래도 은수가 가진 돈이 깨끗한 돈이 아니다. 이 돈은 나익환을 '죽여서' 빼앗은 돈이다. 물론 지금은 좋은 곳에 쓰고 있긴 하지만, 그 사실은 절대로 변하지 않는다. 그러니 익명에 의존할 수밖에 없었다.

피소현은 나익환의 사무실에서 멀지 않은 원룸 촌에 살고 있었다.

'어디 보자. 이쯤인가?'

은수는 핸드폰에 적힌 주소지와 집 앞에 붙은 주소 명패를 확인했다. 맞았다.

은수는 명패를 확인하자마자 사람 키만 한 담을 훌쩍 넘었다. 그러자 사람 한 명이 간신히 지나갈 수 있을 법한 좁은 길이 나왔다. 그 길 끝에 다 무너져 가는 문이 있었다.

은수는 문을 살며시 열어봤지만 잠겨 있었다.

'흠, 저번에 실패했던 그걸 써볼까.'

은수는 나익환의 금고에서 실패했던 잠금 해제 마법을 생각하곤 입을 열었다.

"*Of juuksenõel sisse(밤손님의 머리핀).*"

은수는 조용히 문을 지켜봤다. 그러자 약 3초쯤 후에 딸깍

하는 소리가 나더니 문이 열렸다. 그의 얼굴에 미소가 그려졌
다.

은수는 방 안에 들어가 주변을 살폈다. 문을 열자마자 부엌
이 있고, 방은 하나밖에 없는 원룸. 방 안은 창밖에서 들어온
빛밖에 없어 어두웠다.

'혹시 이미 실종된 건 아니겠지.'

은수는 순간 불길한 기운을 느꼈지만, 머지않아 작은 숨소
리를 들을 수 있었다. 쌕쌕 하는 작은 숨소리. 은수는 자고 있
는 사람의 머리맡으로 다가갔다. 그리고 가방을 열려는 순간
은수의 사각지대였던 구석에서 소리가 들려왔다.

"흭!"

은수가 깜짝 놀라 고개를 돌리자, 그곳엔 은수 또래로 보이
는 여자가 겁먹은 표정을 짓고 있었다. 그녀는 구석에서 작은
스탠드만 켜놓은 채 공부를 하고 있었다.

'이런 젠장!'

은수가 창밖에서 들어온 빛으로 생각했던 그건 스탠드 빛
이었다. 그녀가 비명이라도 지를 기세로 입을 틀어막았다. 은
수는 다급해졌다.

"자, 잠깐. 진정해요. 나 나쁜 사람 아니에요."

은수 역시 당황해 가방 안에서 돈을 꺼냈다. 하지만 정체불
명의 여자는 더 믿을 수 없다는 듯 눈동자를 키웠다.

"그, 그거 훔친 거예요? 우리 집에서?"

'아니, 어째서 그런 전개로 가!'

은수는 여기서 저만한 돈 훔치려야 훔칠 수 없다고 주장하고 싶었다. 하지만 상황이 상황인 만큼 오해받기 딱 좋지 않은가.

"우, 우리 집 그렇게 부자 아니에요. 그게 다니까 그냥 가, 가세요."

"아, 아니, 그러니까……."

"안 가면 비, 비명 지를 거예요."

"아, 아니, 이거 드리러 왔다고요."

은수는 더 이상 설명해 봐야 이상한 방향으로만 갈 것 같았다. 그래서 그냥 손에 든 5만 원권 100장 뭉치 두 개를 그 여자에게 던졌다.

"앞으로 사채 같은 거 쓰지 마세요."

그리고 뒤도 돌아보지 않고 달렸다. 그러다,

쾅!

"켁!"

대문에 부딪쳤다. 은수는 나름대로 홍길동이나 스파이더맨처럼 멋진 영웅을 기대했건만 이거 어째 가면 갈수록 엉망진창이다.

'이런 제에에엔장! 쪽팔리게 이게 뭐야!'

그리고 다시 달렸다. 이거 어째 좋은 일 하고 꽁지 빠지게 도망치기만 한다.

“저기요!”

그런 은수의 등 뒤로 여자의 목소리가 들렸지만 은수는 뒤도 돌아보지 않고 달렸다.

“이봐요! 자, 잠깐 머, 멈춰요!”

여자도 지지 않고 쫓아왔다. 은수는 그런 여자에게 겁먹어(?) 더욱 세게 도망쳤다. 하지만 머지않아 멈춰야 할 수밖에 없었으니……

“핸드폰 떨어뜨렸어요.”

“뭐?”

은수가 멈추자 여자도 서서 헥헥댔다. 그녀의 말대로 그녀의 손엔 은수의 핸드폰이 들려 있었다. 아무래도 대문에 부딪칠 때 떨어진 모양이다.

“가져 가세요.”

은수는 문득 그런 그녀에게 다가갈까 하다가 되레 거리를 벌렸다.

“아뇨. 던져서 주세요.”

은수는 그런 그녀에게 얼굴을 알리고 싶지 않았다. 하지만 그녀도 만만치 않은 사람인지 히죽 웃곤 고개를 저었다.

“그건 싫은데요?”

곤란했다. 가까이 가면 잡고 늘어질 생각 같았다.

“근데 당신, 누구예요?”

“그냥 지나가던 사람입니다.”

“요즘 그냥 지나가던 사람은 돈 뭉치를 사람한테 집어 던지고 도망가나요?”

은수가 머리를 벅벅 긁었다.

“요즘 유행인가 보죠. 무슨 상관입니까?”

여자가 ‘거 참 퍽이나 흥미로운 의견이네’ 하는 표정을 지었다.

“거참, 부르주아들이나 가질 만한 유행이네요.”

“그만하고 핸드폰 주세요.”

은수가 좀 강한 어조로 말하자 그녀가 한 발짝 물러섰다.

“싫어요. 당신, 우리 집에 몰래 들어왔잖아요. 제가 당신을 어떻게 믿고 돌려줘요?”

은수는 순간 어이가 우주 저 멀리 다른 은하까지 날아가는 것을 느꼈다. 아니, 돌려주기 싫다면서 도대체 왜 쫓아온 것인가.

“그럼 왜 쫓아왔어요?”

“물어볼 거 있어서요.”

“대답하기 싫습니다. 그러니 그냥 핸드폰이나 주시죠.”

여자가 고개를 저었다. 은수가 얼굴을 찌푸렸다.

“자꾸 이러시면 강제로 뺏어갈 수밖에 없습니다.”

“와, 남의 집 무단침입으로도 모자라서 절도까지? 이거 강도가 따로 없네요.”

“그러니까 순순히 내놓으라고요.”

"그쪽이 대답하면요."

이쯤 되면 황당하다 못해 화가 나게 된다. 물론 그건 은수도 마찬가지고 말이다.

"아까 사채라고 했잖아요. 그건 뭐예요?"

은수는 여자를 훑어봤다. 나이가 스물일곱 살로 보이진 않고 되레 은수보다 한두 살 어려 보이는 외모였다. 혹시 다른 사람인 걸까? 명패는 분명 피소현이 맞았다.

"음? 실례지만 성함이……?"

"피주하요."

"혹시 피소현 씨 아세요?"

"네. 저희 언니인데… 근데 제가 먼저 질문했거든요? 사채라뇨?"

'이런… 장부에 적혀 있던 그 동생인가. 잠깐, 그런데 사채 사용을 몰라?'

아무래도 피소현이 동생에게 사채 사용을 알리지 않은 모양이다. 아니, 보통은 알리지 않지만 싫어도 빚쟁이들이 찾아오면 알 수밖에 없다. 그리고 나익환이 빨간 줄을 반이나 그어놓은 걸로 봤을 때 절대로 한 번도 찾아오지 않았을 리가 없는데…….

'아무렴 어때. 동생이라는 거 확인했으니까 됐어.'

동생이라면 어차피 상관없었다. 사채라는 좋지 않은 사실을 알려주긴 했지만, 이미 그 빚은 없는 거나 같으니 괜찮겠지 싶었던 까닭이다.

"됐습니다. 그냥 그 핸드폰 가지세요. 가겠습니다."

"엑?"

어차피 싼 핸드폰이다. 그리고 연락처도 3년 이상 연락 안 한 사람들이 대부분이고 말이다. 어차피 필요한 사람들 전화번호는 전부 머리에 있다.

"이봐요!"

은수는 여자가 부르는 말에 뒤로 돌았다. 여자는 핸드폰을 집어 던졌다. 은수는 핸드폰을 가까스로 받았다.

"훔쳐 간 거 없어 보이니까 그냥 줄게요. 그리고 그 돈, 뭔지 모르겠지만 내일 그냥 파출소 가져다 줄 거니까 그렇게 알아요. 난 아무런 설명 없이 받은 돈을 쓸 수 있을 정도로 넉살 좋은 사람이 아니니까 말이죠. 그리고 다음부터는 도둑질 같은 건 그만둬요. 초범인 것 같아서 경찰에 신고는 안 했으니 그렇게 아시길."

어째 끝까지 의심이다. 은수는 그냥 저 곤란한 여자를 상대하지 않기로 했다.

"가져다주든 말든 마음대로 하세요. 대신 그전에 언니랑 얘기나 해보시길. 그리고 저 도둑 아닙니다. 그럼 안녕히."

은수는 그녀를 뒤로하고 걸었다. 그러다 문득 장부에 적힌 '동생' 이라는 의미가 뭔지 궁금했지만, 이미 나익환 패거리가 없어져 별것 아니겠지 하는 심정으로 걸었다.

'참으로 이상한 여자야. 또 만나고 싶지 않네.'

은수는 이후 빠른 속도로 돈을 돌려줬다.

처음부터 커다란 실수(?)를 했던 까닭인지 두 번째부턴 좀 더 조심하게 되어 실수를 덜하게 됐다.

예를 들어,

"안녕하세요, 박동조님. 혹시 주소가… 맞나요?"

은수는 상대가 전화를 받자마자 장부를 읽었다. 그러자 상대는 얼떨결에 맞다고 말했다.

"네. 창문 깨질 거니까 조심하세요."

"뭐라는 겁니……."

은수는 상대의 말을 듣지 않고 전화를 끊었다. 그리곤 손에 든 보자기를 마치 포환 던지듯 집어 던졌다.

"후읍!"

그러자 그 보자기는 2층 집 창문을 뚫고 그대로 들어갔다.

쨍!

"골인. 그럼 다음 집으로."

이런 식이거나,

"이번엔 아파트인가?"

은수는 퍽 곤란한 표정으로 신식 아파트를 올려다봤다. 들어가려면 토큰이나 비밀번호가 필요한 아파트였다.

'어떻게 들어가지?'

마법으로 들어가자니 아무래도 CCTV가 걸리고, 그렇다고 전화로 불러내자니 좀 많이 힘들었다. 그렇다고 해서 이 인구밀도 높은 아파트 단지에서 날아서 올라갈 수도 없는 상황.

'어쩔 수 없나.'

결국 은수는 조용히 숨어서 기다리다가 사람이 오자,

"어이쿠! 같이 가요!"

냅다 달려서 같이 들어갔다.

'905호인가?'

은수는 905호 앞에 가서 후드를 푹 눌러쓰고 초인종을 눌렀다. 그러자 머지않아 초췌해 보이는 목소리의 여자가 인터폰을 받았다.

"누구세요?"

"택배 왔습니다. 수령 좀 해주세요."

은수는 예전에 알바했던 기억을 되살려 카메라 앞에 택배처럼 위장한 돈을 보여줬다.

여자가 문을 열자 은수는 조용히 박스를 건네주며 말했다.

"힘들게 되찾아온 거니까 다시 잃어버리지 마세요."

여자는 뭔 개소리냐는 듯 쳐다봤지만, 은수는 그런 여자를 무시하고 계단으로 내려왔다.

이렇게 네 명 정도 돈을 되돌려 주고 나니 시간은 어느새 새벽이 됐다.

은수가 이번에 찾아가야 할 곳은 주택가. 어떻게 들어갈까 고민하고 있으니 대문 앞에 있는 우유 통이 보였다.

‘흠, 여기다 넣어도 괜찮으려나?’

은수가 우유 통을 열어 확인하고 있자니 뒤에서 누군가 퉁명스레 불렀다.

“그거 훔쳐 먹다 걸리면 고소당합니다. 하지 마세요.”

“아? 네, 네.”

은수가 뒤로 물러서자 남자는 그곳에 우유를 집어 넣곤 은수를 눈빛으로 내쫓았다.

‘뭐 저 사람도 지나갔으니 넣어도 되겠지.’

물론 은수는 되돌아와서 그 우유 통에 돈 덩이를 집어 넣었고 말이다.

“제가 많은 것을 해드릴 순 없지만… 행복하세요.”

Chapter 09

돈빌려 드립니다

은수가 가진 돈이 빠르게 줄어갔다. 처음엔 별것 아닌 듯했지만, 어느새 천만 원 단위 돈이 빠져나가고, 또 금방 억 단위 돈이 빠져나갔다.

'어디 보자.'

이제 남은 돈은 8억가량. 벌써 3억 가까운 돈을 돌려줬다. 약 한 달도 안 되는 시간에 3억이나 쓴 것이지만, 은수는 전혀 아깝다거나 하지 않았다. 아니, 정확하겐 기분이 좋았다.

그는 예전에 항상 사람들에게 동정받고 도움을 받는 입장이었지만, 지금은 오히려 도와주는 입장이 됐다. 전이었다면 생각도 안 해볼 행동이다. 당장 내일 굶게 생겼는데 어떻게

271

남 도울 여유가 있겠는가? 하지만 지금은 달랐다.

'사람을 돕는다는 게 이렇게 즐거운 거였구나!'

지금 은수는 하루하루가 즐거웠다. 비록 아침부터 저녁까지 하루 종일 움직이지만, 돈을 얻고 나서 무의미하게 쓰던 시간보단 훨씬 소중했다.

그리고 또 다른 변화가 있었는데, 바로 마나의 안정화였다. 예전엔 마법을 사용할 때마다 마나가 마치 성난 고슴도치처럼 은수 체내를 뛰어다녔지만 지금은 잠잠하게 가라앉았다.

'마나도 안정되는 느낌이야. 이게 라피스가 말한 효과일까.'

확실히 라피스의 말대로 은수는 처음에 너무 전투 마법만 사용했다. 그 외에 사용한 마법이라곤 약간의 변이계와 강화계 마법뿐. 보호계, 소환계, 치유계, 정신계 마법은 거의 사용도 하지 않았다. 물론 덤으로 강령계 마법도 있었지만 은수는 그쪽 페이지는 아예 펴보지도 않았다.

그런 까닭에 은수는 돈을 돌려주며 틈틈이 치유계나 보호계, 정신계, 소환계 마법들을 연습했다. 특히 소환계 같은 경우는 생명체 소환보다는 물건의 이동 같은 이계 색이 짙지 않은 마법들만 연습했다. 물론 강력한 생명체를 소환해 부린다는 것은 굉장히 매력적이었지만 어떤 사람이 딱 봐도 '저건 마술이다' 싶은 것밖에 없었고, 무엇보다 통제가 잘 되지 않았다.

'그땐 참 난감했지.'

은수가 처음으로 생명체를 소환한 건 랜턴이라는 녀석이었는데. 등잔 모양을 한 불덩이였다. 그 녀석을 소환한 것까지는 문제가 없었다. 쉬운 마법이었기에 실패도 없이 단 한 번에 소환을 완료했지만.

크히히히히히히히!

"그만! 그만! 멈춰!"

이상하게 그 녀석이 말을 듣지 않았던 것.

물론 강하게 밀어붙이면 얌전해지긴 했지만, 조금이라도 한눈을 팔면 이상한 곳에 불을 붙이기 일쑤였다. 결국 은수는 아끼던 밥솥을 태워먹고 나서야 그 녀석을 돌려보낼 수 있었다.

그렇게 고생해도 보람은 있었다. 은수가 마법 하나하나를 익힐 때마다 핸드북의 백지가 줄어나갔으니 말이다.

그런 식으로 빠른 속도로 돈을 돌려주자 얼마 가지 않아 올해 빌린 사람들의 돈을 전부 가져다 줄 수 있었다. 비록 가면 갈수록 연락이 되지 않거나, 이사를 가버린 사람들이 늘어서 힘들긴 했지만 은수는 그래도 멈추지 않았고, 이윽고 장부 마지막 장에 적힌 사람을 찾을 수 있었다. 장부 정보가 오래된 까닭에 찾아다니는 데에 시간이 꽤 걸리긴 했다.

정보에 따르면 그는 홍등가에 있었다. 은수는 홍등가 뒷골목에서 장한구를 기다렸다.

‘출근 시간이 오후 9시.’

은수가 시간을 확인하고 있으니 딱 알맞게 사람 하나가 골목으로 들어왔다. 그러자 은수는 후드를 눌러쓰곤 그 사람 앞으로 다가갔다.

“장한구 씨?”

“뉘쇼?”

“나익환이라는 사람 압니까?”

순간 장한구의 얼굴이 찌푸려졌다. 그는 여차하면 도망갈 자세를 취했다.

“돈 빌리셨더군요. 그거 돌려 드리러 왔습니다.”

“뭐요?”

뭔가 못 들을 말이라도 들은 건지 장한구가 믿지 못하겠다는 표정을 지었다. 이후 그는 설명을 원했지만, 은수는 그냥 그의 손에 돈 뭉치만 쥐어줬다.

“앞으로 사채 같은 거 쓰지 마세요.”

“아……?”

장한구는 돈을 확인하고 다시 고개를 들었지만, 은수는 거기 없었다. 그는 이미 달려서 멀어지고 있었다.

“이, 이봐! 너 누구야?”

“굳이 알 거 없는 사람입니다. 행복하십시오.”

은수는 멍하니 서 있는 장한구를 뒤로하고 홍등가 속 사람들에 섞여 밖으로 나갔다.

하지만 운명은 언제나 기구하다. 마치 우연이 필연처럼 다가오니 말이다.

"으아악!"

시끄러운 홍등가에 날카로운 비명이 들려왔다. 누군가 소란이라도 피우는 걸까? 은수는 빠른 걸음을 멈추고 문득 소란이 난 곳을 쳐다봤다. 의외로 가까웠다.

그곳엔 여자 둘이 있었다. 한 명은 술집 여자인지 가슴이 굉장히 깊게 파인 옷을 입고 있었고, 다른 한 명은 그런 여자를 밖으로 끌어내려 하고 있었다.

"여기 있으면 안 돼! 나가자! 언니랑 같이 나가자!"

여자가 오열하며 자신의 동생을 끌어당겼지만, 동생은 저항하며 외쳤다.

"언니! 여기서 이러면 안 돼! 그 사람들이 와……!"

"괜찮아! 내가 경찰한테 연락할 테니까……!"

"그만해, 언니! 이미 늦었어! 나, 언니 원망 안 하니까… 그냥 가!"

여자가 소리를 질렀다. 은수는 문득 그 목소리가 낯이 익다는 걸 깨달았다.

"주하야! 제발, 제발 언니 말 들어! 응? 지금밖에 안 돼!"

'주하?'

그 여자들이었다. 은수가 처음으로 돈을 돌려준 사람. 피소현과 피주하 자매.

'저 사람들이 도대체 왜 여기에……'

은수가 그렇게 생각하려는 찰나 술집 안에서 한 남자가 올라왔다. 옷은 깔끔한 웨이터 복을 입었지만, 얼굴은 우악스럽기 그지없었다. 그 남자는 소현과 주하를 보고 한숨을 내뱉었다.

"손님, 무슨 일인진 모르겠지만 여기서 이러시면 곤란합니다."

그는 최대한 신사적으로 소현을 떼어놓으려 했지만, 소현은 지지 않고 소리를 빽 질렀다.

"네가, 네가 뭔데 내 동생을 술집 여자로 만들어! 내가 몸 팔아서라도 다 갚는다고 했잖아! 내 동생! 내 동생 건들지 말라고! 이 빌어먹을 건달 새끼야!"

'술집 여자?'

소현이 남자에게 소리를 지르자 남자는 이내 얼굴을 싹 굳히고 말했다.

"이런… 씨발! 지금 뭐라고 그랬냐? 뭐? 건달?"

은수는 머리가 복잡했다. 잘살라고 돈까지 돌려줬는데 도대체 왜 저들이 여기서 이러고 있는 걸까. 하지만 생각할 시간이 충분치 않았다. 건달이 소현에게 다가가기 시작했다.

은수는 당장 달려가서 남자를 고꾸라뜨리고 싶었지만 지금은 사람이 너무나 많다. 비록 이능의 힘을 가진 은수지만, 아직까진 그 역시 대한민국의 법규 안에 있다. 고소라도 당하면 꽝장히 곤란했다. 하지만 그렇다고 내버려 두면 소현이 저 남자에게 두드려 맞을 게 분명했다.

결국 은수가 앞으로 나왔다. 그의 손엔 핸드폰이 들려져 있었다.

"예. 거기 경찰서죠?"

은수가 남자와 소현이 들으라는 듯 크게 말하자, 그들의 눈이 동시에 은수에게 돌아갔다.

"예. 여기가… 네, 거기요. 지금 여기서 어떤 남자가 여자 폭행하려고 하고 있습니다. 네."

건달이 은수에게 달려들며 뭐하는 거냐고 소리를 질렀다. 하지만 은수는 아랑곳하지 않고 빨리 와달라고 말하곤 핸드폰 슬라이드를 닫았다.

"너, 뭐야?"

"그냥 지나가던 준법정신 투철한 시민입니다."

"이 미친 새끼가! 지금 장난하냐?"

남자가 은수에게 윽박질렀지만 은수는 태연하게 굴었다. 마음 같아선 피가 끓는 것이 당장 이 덩치에게 저승행 특급 티켓을 쥐어주고 싶었지만, 아까도 말했듯 눈이 너무 많았다.

"곧 경찰이 올 겁니다. 그럼에도 절 치면 사건은 일파만파 커지는 거고, 그냥 방금 나오셨던 곳으로 들어가시면 아무 일도 없이 끝날 거예요."

남자가 이를 꽉 깨물었다.

“너 다음에 보자.”

“네, 다음에 꼭 보죠. 두 번 보죠.”

남자는 다음에 봤을 때 그가 어떻게 될지 알고나 있을까. 남자가 주하를 끌고 들어갔다. 소현은 끌려가는 주하를 보며 오열했지만 은수가 막아섰다.

“진정하세요.”

“이 미친 자식아! 이거 놔! 내, 내 동생이!”

“알아요. 하지만 지금은 때가 좋지 않아요. 사람들 앞에서 저 남자한테 흠씬 두들겨 맞고 싶어요?”

소현은 좀 더 발버둥 쳤지만 이내 지쳤는지 주저앉아 엉엉 울었다. 소현이 울기 시작하자 주변에 몰렸던 사람들이 제 갈 길로 돌아갔고, 은수는 112에 다시 전화해 신고를 취소했다.

“아이고, 주하야, 주하야!”

“쩝, 진정하세요.”

“지금… 지금 동생이 끌려갔는데 진정하게 생겼어? 네가 뭘 알아! 뭘 아냐고!”

소현이 눈에 독기를 가득 품고 말했다. 은수는 한숨을 푹 내쉬고 말했다.

“적어도 얼마 전에 사채로 빌린 돈을 되돌려 받았다는 것 정도는 알죠.”

소현의 눈동자가 일순간 거대해졌다.

“에? 어떻게……?”

"일단 우리 어디 가서 얘기 좀 해요."

은수가 소현에게 손을 내밀었다. 소현은 혼란스러운 얼굴을 했지만, 은수가 손을 계속 내밀고 있자 어쩔 수 없이 붙잡고 일어섰다.

은수는 소현을 데리고 가까운 뒷골목으로 향했다. 은수가 소현을 데려다 놓고 쓸쓸함에 담배에 불을 붙이고 있으니 소현이 먼저 입을 열었다.

"저기… 저번에 혹시 돈 주신 분인가요?"

"그런 건 중요하지 않아요. 가장 중요한 건 돈을 돌려받고도 왜 그렇게 됐느냐 하는 거죠."

순간 은수의 눈이 빨아들이는 담배와 같은 붉게 타올랐다. 소현은 그 모습을 보고 잠시 움찔거렸다.

"그게… 사실은……."

소현은 한숨을 푹 내뱉었다. 그녀는 금방이라도 울 것 같은 표정으로 자신의 얘기를 풀어 나가기 시작했다.

그녀와 주하는 가족이 없었다. 소현이 스무 살 때까지만 해도 아버지가 계셨지만 그는 알코올, 도박 중독자였다.

사실 그도 처음부터 알코올, 도박 중독자는 아니었다. 한때는 건축 인부로 착실하게 일했지만 어느 날 사고를 당해 한 손을 잃었다. 분명 건설업체 측의 과실이 분명한 사고였다. 하지만 건설업체 측은 손해배상은커녕 산재 인정도 해주지 않았다.

사고로 인해 회사의 이미지가 떨어진다는 이기적인 이유 때문이었다.

그녀의 아버지도 격분해서 회사에 소송을 걸었지만, 회사는 유명 로펌 출신 변호사를 고용해 재판에서 그녀의 아버지를 짓밟았다. 그래도 아버지는 끈질기게 항소하며 2년 넘게 재판을 계속했지만 결국 법원은 건설업체의 손을 들어줬다.

그때부터 그녀의 아버지는 술을 마시기 시작했다. 매일매일 술로 시작하고 술로 끝냈다. 소현은 그런 아버지를 말렸지만, 아버지는 그런 소현에게 뭘 아느냐며 그녀를 때렸다. '너희 때문에 돈이 필요한 거야! 너희들 때문에!' 라며.

그녀들의 아버지는 그걸로 그치지 않았다. 술 다음엔 도박이었다. 처음엔 엄청 땄다고 좋아했지만, 머지않아 그는 그 돈을 모두 탕진하고 남은 재산까지 탕진해 가기 시작했다. 도박은 무서웠다. 순식간에 재산이 거덜 났다. 하지만 그럼에도 그는 멈추지 않았다. 도리어,

'한 번만, 한 번만 대박이 터지면 돼!' 라며 딸들을 설득시켰다. 딸들은 결사반대했지만, 그는 결국 또 도박에 손을 댔다. 재산이 남지 않았기에 이번엔 사채를 썼다. 물론 그 사채 역시 순식간에 전부 잃었다.

그다음부터 빚쟁이들이 찾아오기 시작했다. 집안은 황폐해졌고, 두 딸은 공포에 떨었다. 매일 찾아오는 빚쟁이, 그리

고 그 빚쟁이들에게 폭행당하는 아버지, 그리고 아버지는 빚쟁이들이 다녀간 날이면 딸을 더욱 세게 구타했다. 마치 빚쟁이들이 그를 구타할 때처럼.

소현은 그렇게 매일 두드려 맞다가 참지 못하고 말했다.

"우리 집이 이렇게 된 건 전부 당신 때문이야! 이럴 거면 그냥 죽어! 죽어버리라고! 당신이 뭐가 아빠야!"

아버지는 소현을 때리던 손을 멈췄다. 그리고 오랜 시간 침묵하다 밖으로 나갔다. 그리고 다시는 돌아오지 않았다. 그 이후 빚쟁이들도 다시는 찾아오지 않았다.

소현은 아버지가 사라진 이후 가장이 되었다. 소현은 어린 동생을 책임져야만 했다. 그래서 가정 형편 때문에 휴학했던 대학을 단숨에 그만두고 일을 하기 시작했다.

비록 힘든 생활이었지만, 자매는 서로를 부둥켜안고 잘 견뎌냈다. 어려운 상황에서도 소현은 열심히 일했고, 주하는 열심히 공부했다. 신이 그들을 보살펴 준 까닭일까? 주하는 노력의 결실을 얻어 들으면 누구나 다 아는 좋은 사립대학 법학과에 합격했다. 둘은 뛸 듯이 기뻐했다. 하지만 그땐 몰랐다, 이게 재앙의 시작이 될 거라곤.

학비가 살인적으로 비쌌다. 대학을 그만둔 소현이 한 달 열심히 벌 수 있는 돈은 150 남짓. 그리고 거기에 은수처럼 세금 및 기타 최저 생계유지 비용을 제하면 돈은 얼마 남지 않았다. 하지만 그래도 그녀는 동생을 대학에 보내고 싶었다.

그래서 직장을 술집으로 바꿨다. 임금이 제일 좋다는 이유였다.

그 때문에 소현은 매일 잘 받지도 않는 술을 토할 때까지 마시게 됐고. 욕정으로 가득한 남자들에게 시시때때로 성희롱을 당해야 했다. 그래도 소현은 주하를 생각하며 견뎠다.

다행히도 그녀가 고생한 만큼 월급은 높아졌다. 하지만 학비를 따라가기엔 턱없이 부족했다. 학교를 다닌다는 것은 학비만 낸다고 끝나는 게 아니었다. 사람이 숨만 쉬고 살 수 없는 것처럼 통학비, 외식비, 교재비, 학회비, 모임비 등 대학에서 돈 나갈 곳은 끊임없이 많았다.

결국 그녀는 소위 말하는 2차를 나가게 됐다. 끔찍하게 싫었지만 그녀는 견뎠다. 그녀가 망가짐으로써 동생이 성공할 수 있다면 그걸로 족했다.

그렇게 1년은 괜찮았다. 하지만,

학비가 올랐다.

식비가 올랐다.

책값이 올랐다. 교통비가 올랐다.

옷값이 올랐다. 술값이 올랐다. 기름값이 올랐다.

물가가 올랐다. 모든 게 비싸졌다.

하지만 임금은 오르지 않았다.

정부는 학비가 오르자 학비 대책이라며 학자금 정책을 내놨다. 하지만 소현, 주하 자매에게 학자금 대출은 되지 않았다. 자매의 아버지가 사채를 썼다는 이유에서였다. 주하와 소현은 자신들이 신용불량자가 된 것도 아닌데 어째서 안 되느냐며 따졌지만 그들은 그냥 안 된다는 말로 일축했다.

주하가 자신도 일을 한다고 했다. 그래서 한 학기 휴학하고 학비를 벌려고 했다. 그리고 그 다음 학기, 중간은 가던 그녀의 학점이 미친 듯이 떨어지기 시작했다. 주하는 애써 괜찮다고 말했지만 소현은 학점이 얼마나 중요한지 알고 있었다.

학점이 낮으면 취업이 되지 않는다.

결국 그런 절망적인 상황은 소현을 사채의 늪으로 밀어 넣었다. 사실 그녀도 사채는 절대 안 된다는 것을 알고 있었지만 다른 수가 없었다. 결국 그녀도 살기 위해 어쩔 수 없이 자신을 사채의 늪으로 밀어 넣었다.

그리고 그 사채 이자는 감당할 수 없을 정도로 커졌고, 소현은 그 이자를 돌려막기 위해 나익환을 찾아와 돈을 빌렸던 것이다. 그리고 그렇게 그녀가 돈을 빌린 지 2개월 후, 은수가 나익환을 죽였고, 빚을 소현에게 돌려줬다. 하지만 아직 다른 사채는 남아 있었고, 소현은 그 사채업자들에 의해 강제로 몸을 팔기 시작했다. 하지만 그들은 그걸로 만족하지 못했는지 결국 주하까지 납치해 갔다.

그녀는 얘기를 마치곤 눈물을 뚝뚝 흘렸다. 은수는 그 얘기를 들으니 머리가 멍해졌다.

'빚이 두 개였어?'

허탈했다. 은수는 자신이 그들을 도와줌으로써 이제 다시 행복해질 수 있는 기회를 얻었다고 생각했다. 하지만 은수의 생각과는 달리 그 돈은 그대로 다른 사채업자의 입으로 되돌아갔다.

"도와주세요. 제발, 제발……. 염치없다는 거 알아요. 더럽다고 욕해도 좋아요. 그러니 제발 제 동생만은 깨끗하게 있을 수 있게 해주세요. 저보고 몸을 더 팔라면 팔게요!"

소현의 주저앉아 은수의 바지를 잡고 울었다. 은수는 그런 소현을 멍하니 바라보다 고개를 돌렸다. 그리고 다 타버린 담배에 짜증을 담아 집어 던져 버린 후 새로운 담배에 불을 붙었다.

"씨발, 진짜 좆같네."

은수가 단숨에 담배를 쭉 빨아들이곤 집어 던졌다.

"일어나세요."

그러자 소현이 부은 눈으로 은수를 쳐다보며 쉰 목소리로 말했다.

"도와주세요."

"알겠습니다. 하지만 지금은 집에 가서 쉬세요."

"동생… 동생은요?"

"내일 동생 만날 건데 그렇게 부은 눈으로 만나면 안 되잖아요. 그러니 가서 좀 쉬어요."

　소현의 눈에 다시 눈물이 차올랐다. 은수는 그런 그녀에게 괜찮다고 말하곤 술집으로 향했다.

　"이 개만도 못한 새끼들아!"

　이를 꽉 깨문 은수의 목에서 분노가 새어 나왔다.

＊　　＊　　＊

　은수는 소현을 택시에 태워 보낸 뒤 다시 술집으로 돌아왔다. 은수는 술집을 보고 있으니 머리가 뒤집힐 것만 같았다.

　'겨우 그 늪지에서 끌어내 놨더니… 감히 네놈들이 다시 끌고 들어가?'

　자신이 그 고통을 느껴봐서 그 설움을 잘 알았다. 그렇기에 분노도 훨씬 컸다.

　하지만 은수는 분노를 꽉 눌러 담았다. 그는 분명 인간을 뛰어넘기 시작했지만 아직 폭군은 아니다.

　'적어도 니들이 지상에 숨구멍 내놓은 곳에선 말이지.'

　저들이 내놓은 단란술집은 불법적 공간이 아니다. 그지 지명비가 조금 비싼 술집일 뿐. 저들에게 있어 저곳은 밝은 공간이다. 아마 은수가 저곳을 침입해서 깽판을 부린다면 저들은 분명 국가 공권력 뒤로 비겁하게 숨어 마치 피해자인 양 가증스런 연기를 하겠지.

　그렇기에 은수는 밤을 기다렸다. 그들이 눈부신 빛 속에 그

285

들의 추악한 몸뚱이를 숨길 수 없도록 말이다.

그들은 밤이 되면 그들의 추악한 몸뚱이를 온 천하에 드러낸다. 밤은 빛과 질서의 시간이 아닌 어둠과 폭력이 지배하는 시간이니까 말이다. 그들은 그곳에서 사람들을 힘과 폭력으로 다스렸다.

'그리고 그걸 거꾸로 말하면… 그 시간은 나에게도 똑같이 적용된다. 너희들이 군림했던 그 시간, 내가 빼앗아가겠다.'

술집은 늦은 새벽이 되어서야 끝났다. 퇴근하는 여자들은 피곤에 절어 있었고, 남자들은 그런 여자들을 욕설을 내뱉으며 승합차에 우겨넣었다. 그중엔 피주하도 섞여 있었다. 그녀는 마치 죽은 닭 눈처럼 눈을 축 늘어뜨리고 있었다.

승합차가 출발하자 은수가 세워뒀던 자전거로 그들을 뒤쫓았다. 나익환 일행을 뒤쫓을 때 사용했던 그 자전거다. 승합차는 새벽 도로를 질주해 창문에 박힌 창살 데커레이션이 인상적인 다세대 주택 앞에 순식간에 도착했다. 아무래도 불법 개조를 한 모양이다.

'역시 감금당하고 있는 건가.'

남자들이 여자들을 데리고 들어간 지 약 3분 정도 지나자 1, 2층에 차례로 불이 켜졌다. 아무래도 1, 2층을 전부 숙소로 쓰고 있는 모양이었다. 그리고 30분쯤 더 시간이 지나자 불이 꺼졌다.

"자, 그리고 이제 밤이 찾아왔습니다. 강도께서는 행동해

주십시오."

은수는 마피아 게임 속 대사를 읊으며 일어났다.

"일어나셨으면 어느 시민을 죽일지 결정해 주십시오."

깊게 눌러쓴 후드에서 붉은 안광이 새어 나왔다.

"난 말야, 선량한 시민의 탈을 쓴 기생충들을 없앨 거야. 다시는 고개 내밀지 못할 정도로 처참하게."

은수는 1층부터 찾아갔다. 은수는 시험 삼아 문을 열어봤지만, 역시나 문단속은 철저했다. 하지만 은수에겐 그런 문단속 따윈 무용지물과 같았다.

'*Of juuksenõel sisse(밤손님의 머리핀).*'

은수가 주문을 외우자 문에서 딸깍 소리가 나며 문이 열렸다. 그는 어둠에 녹아들어 소리없이 방 안으로 들어갔다.

방은 전체적으로 어둡고 고요했다. 하지만 문이 직접적으로 보이는 방 하나에만 불이 켜져 있었다. 거기선 작게 TV 소리와 함께 한 남자의 웃음소리가 새어 나왔다. 여자들이 야밤에 도망가지 않게 지켜보는 보초 같았다.

보초는 은수가 자신을 관찰하는지도 모른 채 문을 등시고 TV에만 집중하고 있었다. 은수는 최대한 발소리를 죽이며 방 안에 들어가 방문을 닫았다. 작게 탁 하는 소리가 났지만 다행히 보초는 뒤돌아보지 않았다.

은수는 성큼 보초 뒤로 다가가 그의 목과 코를 동시에 막곤 목을 주먹으로 있는 힘껏 내려쳤다.

　순간 보초의 눈이 고통으로 물들며 그가 끅 소리를 냈다. 그는 굉장히 고통스러운지 팔을 위로 해 은수를 저지하려 했지만 역부족이었다. 은수는 되레 보초의 손가락을 잡고 비틀어 버렸다. 그러자 뼈 부러지는 섬뜩한 소리와 함께 보초가 끅 소리를 냈다.

　"묻는 말에 몸으로 대답해. 알겠냐?"

　보초는 끅끅거리기만 할 뿐 고개를 끄덕이지 않았다. 그러자 은수는 보초가 앉아 있던 의자를 밀어버렸다. 보초는 앞으로 거꾸러졌다. 은수는 거꾸러져 일어나려는 보초를 발로 한 번 찬 뒤 고통스러워하는 보초의 등 위에 올라탔다.

　"묻는 말에 대답해. 알겠냐?"

　두 번째로 물음. 보초는 이번에도 긍정하지 않았다. 은수가 그의 머리 뭉텅이를 잡아 머리를 바닥에 내리찍었다.

　한 번, 다시 물었다. 두 번, 또 물었다. 세 번.

　"대답해."

　그러자 보초는 그제야 끅끅거리며 힘겹게 고개를 끄덕였다. 그의 이마에서 피가 흘러내렸다.

　"여기 피주하라는 여자 있지?"

　보초가 고개를 끄덕였다.

　"여기 보초가 몇 명이나 있냐?"

　보초가 성한 손으로 3을 가리켰다.

　"층당?"

그가 고개를 끄덕였다. 그는 굉장히 힘겨워 보였다.

"그래."

은수는 필요한 대답을 다 듣자마자 그의 머리를 바닥에 고정시키곤 주먹을 들었다. 그러자 보초의 눈이 희번덕거리며 고개를 움직이려 했지만, 은수는 무정하게 주먹을 내리찍었다. 주먹은 정확하게 귀에 꽂혔다.

남자는 뇌진탕을 일으키며 바닥에 축 처졌다.

은수는 그런 보초를 내버려 두고 방 밖으로 나왔다. 그런 다음 가까운 방으로 향했다. 그곳은 굉장히 어두웠지만, 실루엣으로 보건대 사람 둘이 누워 있는 것으로 보였다.

은수는 누워 있는 한 남자에게로 다가갔다. 그는 저녁 일이 피곤했는지 코를 골며 자고 있었다. 은수는 남자를 약 2초 정도 보고 있다가 순식간에 그의 베개를 낚아챘다. 그리고 남자가 바닥에 머리를 부딪쳐 깨어나려는 찰나 그의 입을 베개로 틀어막았다.

"우으으!"

한동안 소리없는 아우성이 계속됐다. 그는 손을 허우적거리며 의미없는 반항을 했지만 머지않아 손을 축 늘어뜨렸다.

"으… 뭐 이리 시끄럽냐. …아?"

그 작은 소란에 옆에 있던 남자가 깨어났다. 그는 자신의 동료 위에 올라탄 은수의 실루엣을 보고 깜짝 놀랐다.

"으어어어!"

은수의 눈에서 붉은 안광이 흘러나왔다.

"너, 너, 누구야?"

"나? 강도다."

"으아아!"

남자는 일어서려 했지만, 깜짝 놀란 육체는 말을 듣지 않고 무너져 버렸다.

"조직 폭력배님. 지금 강도 살인 사고를 당하고 계시는데, 기분이 어떻습니까?"

"미친 새끼!"

조폭이 은수에게 달려들어 태클을 걸었지만, 은수는 꿈쩍도 하지 않았다.

'컥! 뭐 이리 단단해?'

은수가 그런 조폭을 그대로 벽에 집어 던져 버렸다. 콰직하는 엄청난 소리가 나며 부딪친 조폭은 고통스러운 신음을 내뱉으며 일어서지 못했다. 아마 어깨뼈가 박살이 난 모양이다.

은수는 그런 조폭을 뒤로하고 다른 방문들을 열었다. 좁은 방엔 여자들이 닭장의 닭처럼 빼곡히 들어가 있었다. 은수는 말도 없이 불을 켰다. 그러자 방 안은 단 한 번도 보지 못한 은수의 모습에 아수라장이 되어버렸다.

"피주하를 찾고 있습니다."

은수가 목소리를 내뱉자 일순간 조용해졌다.

“주하요?”

“이번에 새로 들어온 애 같아.”

“그 아이라면… 2층에 있어요.”

은수가 고개를 끄덕이고 등을 돌렸다.

“밖에 있는 건달들은 모두 없앴습니다. 나가실 분은 나가십시오.”

그러자 여자들은 잠시 멍한 표정을 지었지만 금세 은수의 말뜻을 깨닫고 밖으로 내달리기 시작했다. 은수는 그런 여자들을 다 내보낸 뒤 2층으로 향했다.

그리고 다 도착할 때쯤 되자 문이 벌컥 열렸다.

“뭐야! 저 미친년들 어디 가!”

“집에 갈걸?”

“넌 뭐야! 저거 네놈이 한 거냐?”

은수는 대답할 필요도 없어 보여 성큼 다가갔다. 조폭은 기다렸다는 듯 주먹을 날렸다. 싸움 좀 해본 건지 꽤나 날카로웠지만 상대가 좋지 못했다. 은수는 그 잽을 손으로 잡아버린 후 자신 쪽으로 당기며 주먹을 날렸다. 은수의 주먹이 정확하게 건달에게 꽂히며 건달이 쓰러졌다.

은수는 2층 숙소로 진입했다. 방 안은 굉장히 시끄러웠는데, 여자들은 창문에 달라붙어 도망가는 여자들을 쳐다보고 있었고. 건달들은 그런 그녀들을 창가에서 끌어내고 있었다.

은수는 그런 그들 사이로 당당히 다가갔다. 그러자 조폭 하나가 은수를 발견하곤 경계했다. 아무래도 방금 나간 동료를 생각해 낸 건지 함부로 덤벼들진 않았다. 조폭은 둘이었는데, 하나는 체격이 좋았고 다른 한 명은 마치 시체처럼 흐리멍덩해 보였다.

흐리멍덩한 남자가 입을 열었다.

"…누구냐?"

"강도."

"강도짓 할 거면 잘못 골랐다. 딴 데 알아봐."

은수의 입에 비웃음이 서렸다.

"안 돼. 내가 뺏긴 게 여기 있거든."

흐리멍덩한 남자의 눈썹이 일자로 굳었다.

"1층도 네가 그런 거냐?"

"어. 근데 1층엔 내가 원하는 게 없었어. 여기 있을 것 같아."

"이러는 이유가 뭐냐? 원하는 게 뭐야?"

흐리멍덩한 남자는 교섭을 원한다는 듯 말했다. 하지만 은수는 그런 그가 그저 가소롭기만 했다.

"간단해. 너희들이 납치한 내 사람."

"그게 누군데?"

"피주하."

순간 여자들의 시선이 한곳으로 몰렸다. 그곳엔 피주하가 있었다. 그녀는 두려움에 떨고 있었다.

“저년 하나 때문에 왔다고? 너 뭐냐. 남자 친구라도 돼?”

“아니. 그냥 강도.”

“하, 어이가 없구나. 그래서 저년을 넘겨주면 그냥 갈 거냐?”

“아무래도 그렇겠지?”

은수가 별것 아니라는 듯 말하자 흐리멍덩한 남자가 픽 웃었다.

“그래, 그러기 전에 묻자. 여기가 어딘 줄은 알고 왔냐?”

“내가 알 바 뭐야?”

“학소파 소속이다.”

“아, 그러… 어? 뭐?”

은수는 아무래도 상관없다는 듯 넘겨들으려다 학소라는 말에 입을 다물었다.

“학소파. 너도 주먹 좀 쓰는 걸 보니 이쪽 사람 같은데, 건드려 봐야 좋을 거 없다는 것 정도는 알 테지.”

“학소라고?”

“그래. 왜, 이제야 네가 무슨 짓을 했는지 깨달았나 보지?”

은수의 머릿속에 장부에서 봤던 기묘한 이름 하나가 떠올랐다. 피소현의 용도와 함께 적혀 있던 담당자.

“혹시 네 이름이 유령이냐?”

그러자 흐리멍덩, 아니, 유령이 웃었다.

"그래. 내가 유령이다. 날 아나 보지?"

"아니. 단지 궁금했을 뿐이야. 피주하만 주면 그냥 갈게."

유령이 눈짓하자 덩치 큰 사람이 피주하를 던지듯 은수에게 보냈다. 은수는 그런 피주하를 붙잡고 방 밖으로 나갔다.

"그래, 탁월한 선택이다."

"아, 그래. 내가 생각해도 정말 탁월한 선택 같아."

은수는 피주하를 질질 끌고 방 밖으로 나갔다. 주하가 아프다고 애처롭게 말했는데도 신경 쓰지 않았다.

"나 기억납니까?"

은수가 주하를 계단으로 끌고 나와 구석으로 몰아넣었다. 그러자 주하는 신발도 신지 못한 발로 사정없이 구석으로 몰린 채 겁먹은 표정을 지었다.

"사, 살려주세요."

은수는 한숨을 내뱉었다. 얼마나 겁을 먹었으면 그렇게 간 컸던 여자가 이렇게 될까.

"그만 떨어요. 당신 언니가 시켜서 구하러 온 겁니다."

순간 피주하의 눈이 커졌다.

"어, 언니는 무사한가요?"

"무사합니다. 조금 있다가 데려다 줄 테니 여기서 기다려요. 마음 같아선 당장 데려다 주고 싶긴 한데 할 일이 남았습니다. 그리고 무슨 소리가 나든 문은 절대 열지 마세요. 알겠습니까?"

“네, 네.”

주하는 혼자 남는다는 게 두려웠지만 은수의 붉은 안광이 무서워 알겠다고 답했다. 은수는 그런 주하를 내버려 두고 방 안으로 들어갔다.

유령은 전화를 하고 있었다.

“아, 그래. 검은 후드에 검은 바지. 키는 177 정도. 얼굴은 대충 외웠다. 주먹깨나 쓰는 것 같… 잠깐, 끊는다.”

유령이 얼굴을 잔뜩 찌푸리며 전화기를 놓았다.

“왜 다시 돌아왔지? 원하는 게 더 있나?”

“어.”

“뭐지?”

“너희가 학소파라고 했지?”

“그래.”

은수는 문득 머릿속에 박혀 있던 한 이름을 꺼냈다.

“견소라는 녀석도 알아?”

“그 녀석은 왜 그러지?”

유령이 정확하게 대답하진 않았지만 상관없었다. 저 설로도 충분했다. 유령이 ‘그 녀석’이라고 한 이상 아는 사람이라는 소리니까.

“그래, 그 녀석도 여기 소속이란 말이지?”

이걸로 은수는 확신했다. 이 녀석들은 정말 쓰레기 같은 녀석들이라고. 나익환은 그저 이 녀석들이 키우는 영악한 피라

미에 불과했다. 진짜 사라져야 할 녀석들은 따로 있었다.
　"재활용도 안 되는 쓰레기 같은 새끼들아! 너희 같은 새끼들, 모조리 이 세상에서 지워주마!"

Chapter 10

돈빌려 드럽니다

은수가 순식간에 둘에게 달려들었다. 그러자 덩치 큰 녀석이 은수를 가로막았지만,

빡!

분노가 잔뜩 담긴 엘보 스매시 한 방에 무너져 버렸다.

덩치가 쓰러지자 방 안에 있던 여자들이 비명을 지르며 도망가기 시작했고, 이윽고 방 안엔 유령과 은수만 남게 되었다.

"너 말이 안 통하는 새끼군. 이러는 이유가 뭐냐."

"아까도 말했……."

은수가 채 대답하기도 전에, 유령의 손이 순식간에 허리춤을 훑는가 싶더니 뭔가가 획 하고 날아왔다.

은수는 뭔가 섬뜩한 기운에 몸을 옆으로 돌렸다. 날카로운 뭔가가 은수의 목을 스쳐 지나갔다.

"빌어먹을!"

유령이 다시 손을 휘두르자 이번에도 뭔가 날아왔다. 투척용 양날 대거였다.

공기를 찢으며 날아드는 단검! 은수는 정중앙으로 날아오는 단검을 보고 반사적으로 막았지만, 굉장한 화끈함이 느껴졌다.

칼이 팔뚝에 박혔다. 곤란했다.

이래서야 맨몸으로 막기는 무리다.

사실 제일 좋은 방법은 칼을 피하며 전진하는 것이지만, 그러기엔 유령의 손이 너무 빨랐다.

'어떻게 하지?!'

그가 잠깐 상황을 파악한 시간은 겨우 1~2초 남짓인데도, 그 사이에 대거 하나가 더 날아왔다.

마치 탄환처럼 날아오는 대거! 은수는 그 단검을 보고 고개를 푹 숙였다. 그러자 대거는 은수의 머리카락을 잘라내곤 주변 가구에 틀어박혔다.

'젠장!'

은수는 더 이상 고민했다간 고기 칼집이 될 것 같은 불길한 느낌에 그대로 옆으로 굴러 방 안으로 들어갔다. 구르는 사이에도 대거가 날아왔다. 대거는 아슬아슬하게 은수를 스쳐 지나가 문지방에 틀어박혔다.

은수는 방 안에 들어가자마자 유령의 사각지대에 있는 벽에 엄폐했다. 그리곤 조심스레 팔뚝에 꽂혀 있는 칼을 뽑아내곤, 옷을 찢어 상처 부위에 묶었다.

"후으……."

마음 같아선 유령의 동태를 살피고 싶었지만 고개를 내밀 엄두가 나질 않았다. 녀석은 마치 총처럼 대거를 뱉어낸다.

잘은 모르겠지만 아마 손목 스냅을 이용하는 것 같았다. 칼을 칼집에서 뽑는 동시에 스냅을 이용한 순간 가속이리라. 풀 스윙으로 던지는 것보다야 속도가 느리겠지만, 그 정도로도 사람 살에 칼 박는 것엔 문제없다.

중요한 건 투척 속도였다. 은수는 첫 일격 때 유령이 뭘 던지는지 보지도 못했다. 그냥 허리를 훑는가 싶더니 칼이 날아왔다. 칼 한 번 던지는 데 1초도 걸리지 않는다.

'이래서야 총이랑 다를게 뭐야……!'

그렇게 숨어 있으니 유령이 도발을 걸어왔다.

"아까 같은 패기는 어디 갔지?"

하지만 은수도 저런 조악한 도발에 넘어갈 성도로 멍청히진 않았다. 저 말에 불끈해서 나가면 바로 칼꽂이 신세가 될 게 분명하다.

은수가 나오지 않자 유령은 혼잣말을 하기 시작했다.

"닭장 2층이다. 빨리 와라. 내 칼도 좀 가져와. 그래. 알겠다."

유령이 픽 웃었다.

'지원 요청인가?

곤란했다. 이러지도 저러지도 못하는 상황. 빨리 뭐라도 해야겠다는 생각에 필사적으로 방 안을 훑자 문득 앞에 손거울이 보였다. 은수는 그 거울을 집고 방 밖으로 비췄다. 그러자 유령의 모습이 보였는데, 그는 은수 쪽을 주시하며 게걸음으로 움직이고 있었다. 그는 벽까지 이동하더니 가구에 박혀 있던 칼을 뽑아 허리춤에 꽂았다.

'그러고 보니 거울을 보고도 칼을 던지지 않았다.'

은수는 재빨리 유령에게로 눈을 돌렸다. 그리고 그가 칼을 꽂는 순간을 유심히 살펴봤다. 허리띠에 있는 칼집은 다섯 개였다. 그리고 그 중 세 개만 채워져 있었다.

은수는 방금 팔에서 뽑아낸 칼과 문지방에 박혀 있는 칼을 쳐다봤다.

'그래서 칼을 가져오라고 한 건가!

이제 남은 건 세 발. 유령도 섣부르게 던지진 못하리라. 제한된 탄환, 구석에 몰린 적군, 오고 있는 지원군. 그는 이렇게 시간만 끌어도 자기에게 유리해지니 방어적으로 행동할 게 분명했다.

'어차피 아무리 많이 던져 봐야 세 발인가. 그 중 한 발 맞는다고 해도 이길 수 있다.'

은수는 그렇게 생각하고 널브러진 칼을 장롱 아래로 밀

어 넣었다. 무기로 쓸까 하는 생각도 잠시 들었지만, 혹시라도 뺏기면 생각하기도 싫은 끔찍한 결과로 돌아올 게 뻔했다.

은수는 머릿속에 있는 마법들을 정리했다. 지금 상황에 필요한 게 무엇일까.

솔직히 유령을 단번에 저 세상으로 보내 버릴 수 있는 마법은 많았다. 하지만 중요한 건 시간이다. 그의 손놀림으로 보건대 아마 그가 마법을 마치기도 전에 칼이 날아올 게 분명했다. 마법을 쓸 시간을 벌어야 했다.

은수는 순간 스톤 폼을 사용할까 했지만, 금세 그 생각을 날려 버렸다. 스톤 폼을 사용한다면 투척용 대거 따윈 보기 좋게 팅겨 내겠지만, 마나 소모가 너무 심하다. 그걸 사용하면 미끄럼 마법 같은 아주 간단한 마법밖에 사용하지 못한다. 은수는 스톤 폼의 느린 속도로 재빠른 유령을 잡을 자신이 없었다.

상황을 보건대, 시간이 지나면 유령의 부하들이 몰려올 게 뻔한데 그때까지 스톤폼이 유지된다면… 그들을 모두 죽여야 했다. 하나도 빠짐없이. 은수는 그 정도까진 하고 싶지 않았다. 그는 죽어 마땅한 사람을 벌하고 싶은 거지, 학살하고 싶은 게 아니었으니까.

은수는 생각하는 사이에 잠시 눈을 돌려 유령을 확인했다. 그는 방문을 경계하기만 할 뿐, 공격하려는 의도는 없어 보였다. 그러고 있으려니……

휙!

쨍!

리모콘이 날아와 거울을 깨버렸다.

"젠장……!"

은수는 거울 파편 중 그나마 큰 것을 골라 유령의 동태를 살폈다. 그는 먼저 들어올 생각이 없는지 계속 경계했다.

은수의 머릿속에 많은 주문들이 스쳐 지나가다가, 문득 정체 장벽이 떠올랐다. 그거라면 칼을 막아줄 수 있을 게 분명했다!

"*Tavapäraseid tõkkeid(정체 장벽)!*"

은수가 마법 주문을 외우자 방문 앞 복도가 일렁거렸다. 그런 다음 그가 가진 마법들 중 시전 시간이 가장 짧은 마법을 기억했다.

'염동력이 제일 좋겠어……!'

은수가 밖으로 튀어나갔다! 그러자 유령은 기다렸다는 듯 대거를 던졌다. 날카롭게 바람을 찢으며 날아드는 대거!

훙!

그리고 그 대거는 보이지 않는 벽에 닿자 마치 돌 맞은 수면처럼 울렁거리며 느려졌다. 마치 슬로모션 비디오 같은 움직임.

'막진 못했지만 그래도 상관없어! 어차피 단 2초만을 위한 장벽이었다!'

"*Telekinesis(염동력)!*"

은수가 짧게 외치며 손을 쭉 뻗어 유령이 던졌던 리모콘을 향한 뒤 그대로 그걸 유령에게 되돌려 주는 시늉을 했다.

'가라……!'

그러자 리모콘은 엄청난 속도로 날아가 유령의 머리에 부딪쳤다. 그는 리모콘에 맞기 직전까지 아무것도 이해하지 못하겠다는 표정이었다.

굉장한 소리가 나며 유령의 머리가 돌아갔다. 하지만 그걸로 유령을 쓰러뜨리긴 불가능했는지, 유령은 금세 고개를 돌리고 다음 대거를 쏘아냈다.

다시 한 번 날아드는 대거!

'소용없어!'

대거는 방금 전 날아왔던 대거와 같이 정체 장벽에 닿자마자 슬로 모션으로 변했다. 하지만…….

푸엉!

마법의 효력이 다한 건지 괴상한 소리와 함께 정체 장벽이 찢어졌다! 그러자 칼들은 다시 빨리 감듯 속도가 빨라지기 시작했다.

"이런 젠장!"

은수가 꼴 사납게 고개를 푹 숙이자, 그 위로 대거가 아슬아슬하게 쓸고 지나갔다. 유령은 칼이 다시 날아가는 것을 보고 남아 있던 마지막 대거를 던짐과 동시에 은수에게 달려들었다.

은수는 이번엔 염동력으로 날아오는 대거를 붙잡았다. 그

러자 대거는 마치 보이지 않는 물체에 꽂히기라도 하는 양 공
중에서 그대로 멈췄다. 하지만 그게 끝이 아니었다. 대거 다
음엔 유령이 들이닥쳤다!

우악스런 몸통 박치기! 은수는 염동력에 집중하느라 유령
을 보지 못하고 그대로 들이받쳐 밀려났다.

"꺼져!"

그리곤 은수를 무시하고 그대로 달려 땅에 떨어진 대거를
주워 들었다. 순간 은수는 등골이 서늘해지는 것을 느꼈다.
그리고 주저없이 연속으로 대거를 던지는 유령!

하지만 벌써 몇 번이나 당했던 수법! 계속 당해줄 만큼 은
수도 바보가 아니었다. 저 정도는 이미 예상했다!

"두 번은 안 당한다!"

은수는 이번엔 염동력으로 방문을 열었다. 그러자 엄폐물
하나 없던 복도에 커다란 장벽이 생겨났다. 칼들은 모두 그곳
에 박혔다. 정확히 세 번의 소음.

은수는 칼이 문에 박히자마자 문을 발로 차서 닫아버렸다.
이제 유령에게 남은 칼은 없다.

"다 던졌냐. 이 빌어 처먹을 자식아?"

"그래. 이 괴물 새끼야!!"

유령은 칼이 없자 이번엔 출구 쪽으로 몸을 날렸다. 그리고
그가 문을 열고 나가려는 순간…….

"이거 되돌려 주마!"

그의 종아리에 대거가 틀어박혔다.

"끄아아아아!"

유령이 넘어지며 비명을 질렀다. 그의 비명이 계단에 울려퍼졌다. 그리고 방 밖에 있던 피주하가 그런 유령을 본 건지 그녀도 쫓아서 비명을 질렀다.

"흐아…… 흐아!"

유령은 기어서라도 도망가려고 버둥거렸지만 너무 느린 까닭에 금방 은수에게 따라잡혔다.

"어딜 가시나."

집 문지방에 엎어져 있는 유령을 방 안으로 끌어당겨 집어던졌다. 그리곤 잠깐 방 밖으로 나가 피주하를 살피곤,

"거기 그대로 있어요."

다시 안으로 들어왔다. 유령의 얼굴에 절망이 드리웠다.

"마음 같아선 묻고 싶은 게 한두 개가 아니지만, 네가 빌어먹을 지원을 불러서 나도 시간이 많이 없어. 그러니까 짧게 할게. 알겠냐?"

유령이 겁에 질려 고개를 끄덕였다.

"너 아까 내가 왜 여기 왔냐고 물었지. 그게 그렇게 궁금하냐?"

은수가 내민 손으로 주먹을 쥐자 유령의 안색이 파랗게 질렸다.

"그래. 첫 번째 이유는 네 녀석들이 내가 기껏 희망을 돌려

준 사람들에게 다시 절망을 선사했기 때문이고. 두 번째 이유
는 너희가 내 장기를 뜯어다 팔려고 했기 때문이고. 마지막으
로 세 번째는 너희가 돈에 영혼까지 팔아넘긴 새끼들이기 때
문이야. 그래서 너희를 죽이러 왔다."

은수가 눈을 붉게 물들이곤 방문에 박혀 있는 대거들을 염
동력으로 뽑아내 공중에 띄웠다.

"그래. 저 칼이 네 무기지. 저 칼로 몇 명이나 죽였냐? 아
니, 대답할 필요도 없어. 정말 많이 죽였겠지. 그러니 이번엔
네가 이걸로 당해봐. 알겠어?"

"사, 살려줘… 제발……."

"살려달라고……?"

유령의 눈에 눈물이 고였다. 은수의 손이 잠시 멈칫거렸다.

"싫어."

하지만 그건 말 그대로 잠시. 은수의 손이 유령에게로 향함
과 동시에, 나이프들이 유령의 머리를 향해 날아갔다.

은수는 그렇게 유령을 처리한 뒤 상처를 치료하고 집 밖으
로 나왔다. 그곳엔 주하가 있었는데, 그녀는 겁에 질려 오들
오들 떨고 있었다.

"모두 끝났습니다. 잘 견뎌내 줘서 고마워요."

은수는 떨고 있는 그녀의 어깨를 다독였다. 그러자 그녀는
그제야 안심이 됐는지, 울음을 터뜨렸다. 마음 같아서야 겁내
지 말라고 더 감싸주고 싶었지만, 지금 시간을 더 지체하면

다른 녀석들이 올지도 몰랐다.

"집에 갈 시간입니다."

은수가 손을 뻗어 주하를 일으켜 세우려 했지만, 그녀는 힘이 빠졌는지 일어나지 못하고 주저앉아 버렸다. 은수는 그 모습을 보자니 문득 가슴이 뭉클해졌다. 돈 때문에 벼랑 끝까지 몰려 자살까지 생각했던 과거.

'지금 이 여자와 그때의 내가 다를게 뭐야……'

병원비든 학비든 결국은 모두 돈 때문이었다. 그놈의 빌어먹을 돈!

은수는 속에서 뭔가 알 수 없는 것이 끓어오름을 느꼈다.

"결국 모두 돈 때문에 이렇게 됐군요. 그 필요하신 돈, 제가 모두 빌려 드리겠습니다."

그러자 주하가 눈물 흘리던 얼굴을 들어 은수를 올려다봤다.

"자세한 얘기는 나중에 하죠. 지금은 시간이 많지 않습니다."

『돈 빌려 드립니다』 2권에 계속…

Book Publishing CHUNGEORAM
魔道公子
마도공자
전기수
新무협 판타지 소설

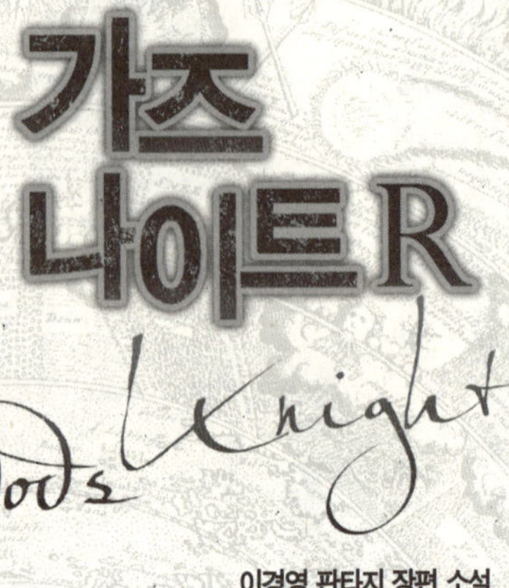

이제는 그 전설조차 희미해진 옛 신계, 아스가르드.

그 멸망한 신계의 전사가 새로운 사명을 품고 다시금 인간들의 곁으로 내려온다.

렘런트라는 이름의 적들, 되살아나는 과거,
그리고 가치관의 차이.
그 모든 것들과 맞서 싸우려는 그녀 앞에 신은 단 한 사람의 전우를 내려준다.

그는 붉은 장발의, R의 이름을 가진 남자였다!

초대작 「가즈 나이트」의 부활!
신의 전사들의 새로운 싸움이 지금 시작된다!

SWORD SLAYER

소드 슬레이어

류연 판타지 장편 소설

FANTASY FRONTIER SPIRIT

그날로 돌아간 그 순간부터 입버릇처럼 붙은 한마디.

"생각해라, 아서 란펠지."

귀족 반란에 휘말린 채 죽어야 했던 기사, 아서 란펠지.
600년 전 마룡 카브라로 인해 봉인당한 세 용사의 영혼.
버려진 이름없는 신전에서 그들이 만났을 때
운명은 또 다른 전설의 서막을 알렸다!

소드 슬레이어!

힘없이 죽어간 모든 인연들을 위하여
무력하고 허망했던 어제를 딛고
멈추지 않는 오늘을 달려 내일을 잡아라!

위선에 가득찬 검들을 향해
여섯 번째 마나 소드, 에스카룬의 검이 질주한다!

Book Publishing CHUNGEORAM

2011년 대미를 장식할
준.비.된. 작가 정민교의 신무협이 온다!
『낭인무사(浪人武士)』

"죄수 번호 사천이백삼, 담운!"
"……!"
"출옥이다."

만두 하나.
고작 그 하나에 이십 년 옥살이를 한 소년, 담운.
그 답답하고 억울한 마음을 풀어낸다!

무림맹! 구대문파! 명문세가!
겉만 번지르르한 놈들은 다 사라져라!
겉과 속이 다른 너희들을 심판하러 내가 왔다!